Elfriede Brüning

Kleine Leute

Roman

Mit autobiographischen Notizen
der Autorin

Mitteldeutscher Verlag
Halle · Leipzig

ISBN 3-354-00314-6

Lizenz-Nr. 444-300/3/88 · 7001
Printed in the German Democratic Republic
Einband: Gerhard Medoch
Satz: Karl-Marx-Werk Pößneck V 15/30
Druck und Bindearbeiten: LVZ-Druckerei »Hermann Duncker«,
Leipzig III/18/138
Best.-Nr. 639 394 6

00850

1

Hermann Wegener ging über die Straße. Der Kopf war gesenkt, die Arme pendelten an den Seiten. Er hatte einen kleinen Buckel. So ging er, blickte nicht rechts und nicht links und hatte seine Gedanken. Er ging eine schmale Straße, viele schmutzige, borstige Kinder spielten am Rinnstein, in den Häusern standen Frauen und redeten überlaut. An einem Haus klebte ein Schild mit einer Kuh: *Täglich frische Milch*. Hermann ging hinein, zum Hinterhaus, stieg die Treppe hinauf, eine steile, dunkle Stiege, in den Ecken raschelten Mäuse. Er kam vorbei an *E. Schäfer, Matratzen en gros und en detail*, der zweite Stock war unvermietet, im dritten lag seine Werkstatt.

Hermann hängte das Jackett an den Haken und zog den Kittel an. Grau war der, mit dicken Leimkrusten besetzt. Hermann stand eine Weile am Fenster und kramte die Pfeife hervor. In einer abgestoßenen Blechschachtel lag der Tabak. Er nahm ihn mit Daumen und Zeigefinger und stopfte ihn behutsam in den Pfeifenkopf, bis ein runder, behäbiger Berg über die Ränder sah. Dann entzündete er das Streichholz; es flammte auf und erlosch. Auch das nächste. Beim dritten stieg ein feiner blauer Rauch in den Raum. Hermann tat ein paar kräftige Züge, nahm die Pfeife aus dem Mund und griff nach den Brettern, die neben den Böcken standen. Er zwängte das erste in eine Bank. Im ruhigen, sicheren Takt strich der Hobel darüber hin, helle Locken rieselten zu Boden. Hermann hobelte. Er stand an der Bank, mit gesenktem Kopf, sein Rücken war beinahe krumm. Aber seine Muskeln arbeiteten. Unentwegt wurden sie angespannt, traten hervor und wichen zurück. Im gleichen Rhythmus pfiff Hermann eine alte Melodie dazu. Schmunzelnd trug er das glattrasierte Brett zur Seite und holte ein neues herbei. Der Hobel glitt leicht über die Runzeln und Warzen. Es war nicht anders, Hermann nahm wieder die Melodie auf, er pfiff und summte vor sich hin. Ging es ihm wie einem, der den Tag versingen kann?

Seht, da steht der Meister, er arbeitet, der Schweiß rinnt ihm von der Stirn. Vier Bänke sind um ihn herum. Eine Kreissäge und eine Fräsmaschine. Zwingen, Hobel und Zangen hängen an den Wänden. Holz stapelt sich am Boden. Ist es sein Holz? Der große Kollege hat es ihm gebracht, er soll Schränke davon bauen, über den Preis wird man schon einig werden. Der Meister arbeitet. Für vier Mann wäre Platz in der kleinen Werkstatt unterm Dach. Der Meister biegt den Rücken krumm.

Er dachte an Felix, den ersten Gesellen. Der war jung und hatte helle Augen. Blau, und braune Haut. Hermann hat ihn später mal getroffen, da hielt er eine Kleine an der Hand. Dieselben blauen Augen. Der Meister dachte auch an Isaac. Der arbeitete wie ein Pferd, er war Sozialist. Hermann hatte nichts gegen Sozialisten, er hatte manchmal zugehört, wenn Isaac erzählte. Sie wollen alles gleichmachen, die Reichen sollen werden wie die Armen. Meisterchen, hat Isaac gesagt, man wird Ihnen Ihre Klitsche nehmen, und Sie arbeiten als Werkmeister in einem großen Staatsbetrieb. Hermann lachte. Geh an die Arbeit, sagte er zu Isaac. Er nahm ihm solche Reden nicht übel, aber noch war er der Meister. Es war seine Bank, an der Isaac stand, sein Material, das er verarbeitete. Hermann konnte ihn entlassen und wieder einstellen. War es das? Nein, der Meister arbeitet selbst am Kratzbock, er hämmert und hobelt. Es entsteht ein Schrank, ein Tisch, ein Bett. Es entstehen die Kleider für seine Frau, die höhere Schule für die Kinder.

Hermann griff wieder nach der Pfeife. Sie war erloschen, aber er behielt sie zwischen den Zähnen, aus alter Gewohnheit. Er ging zum Leimofen und machte Feuer. Alles Arbeit für den Jungen, dachte er. Aber der ist wohl wieder auf Fahrt. Hermann lief zurück durch die Werkstatt, zehn Schritte, dann war er schon am anderen Ende. Er schaltete den Motor ein. Die Säge heulte auf, fraß sich gierig ins Holz. Ein monotones Summen, wie von einem Bienenschwarm, füllte den Leerlauf, bis Hermann das nächste Brett anlegte. Wieder leckte die kreisende Säge nach dem Holz, biß sich fest, trieb eine gleichmäßige, stete Furche hinein.

Die Tür ging auf. Hermann blickte hoch. Er kniff die Augen zusammen, er sah nicht gut. Er schaltete den Motor aus. Ein rundlicher Mann mit entzündeten, heftig blinzelnden Augen kam näher. Er kramte in Papieren und zog einen blauen Umschlag hervor. »Die letzte Mahnung vom Wirt«, sagte er, »unsere Geduld ist erschöpft. Wann wollen Sie endlich zahlen?«

Hermann steckte den Umschlag ein. Er las ihn nicht. Er stand da, die Hände auf dem Rücken, die Pfeife hing lasch zwischen seinen Zähnen.

»Sie sind mit hundertzwanzig im Rückstand«, las der andere ab. »Wie denken Sie sich die Regelung?« Er trippelte von einem Fuß auf den anderen, sein gewölbter Bauch pendelte schwerfällig mit.

»Ich weiß nicht«, sagte Hermann, »ich tue ja mein Mögliches.«

Er schwieg. Auch der andere sagte nichts. Nur seine Augen gingen hin und her. Hermann sagte: »Vielleicht kann ich diese Woche zehn Mark abstoßen und nächste Woche ...«

»Vielleicht«, äffte der Verwalter, »vielleicht, vielleicht! Sie arbeiten doch dauernd, Sie müssen doch Geld haben.«

Hermann ging an die Maschine und ließ den Motor laufen. Das helle Surren erfüllte den Raum. Der Verwalter fuchtelte mit den Armen, er schien etwas zu sagen, aber die Maschine zersägte seine Stimme.

Als er draußen war, stellte Hermann den Motor ab. Er räumte die Späne beiseite und fegte mit der Bürste über die Bank, an der er gearbeitet hatte. Blank und sauber standen die anderen drei Bänke. Er zog den Kittel aus. Auf dem Ofen stand der flüssige Leim. Hermann löschte das Feuer und brachte den Leimtopf in eine Ecke. Es ist wahr, er hatte noch verleimen wollen. Aber er hatte plötzlich keine Lust, etwas zu tun. Er nahm die Jacke über den Arm und ging.

Draußen war warmes, freundliches Wetter. Hermann lief dicht an den Häusern lang, er hielt den Kopf gesenkt, ein paarmal stieß er im Gehen gegen andere Passanten. Lärmende Kinder spielten um ihn herum. Flüchtig dachte er daran, jetzt zu Willy zu gehen. Es war Sonnabend, Lohntag, vielleicht fand sich Gelegenheit, über den Preis zu sprechen. Sechs Schränke à neunzig Mark, rechnete Hermann, macht fünfhundertvierzig. Sechzig hatte er erst weg, neben dem Material. Vielleicht gab Willy heute hundert, dann könnten gleich fünfzig an den Wirt gehen. Es sollte jeder sein Geld bekommen. Dem Schneider schuldeten sie noch dreißig Mark, vom letzten Winter her. Auch er sollte es haben, diese Woche oder in der nächsten. Jeder Arbeiter ist seines Lohnes wert, so ähnlich hatte auch der Verwalter gesagt.

Hermann klinkte an der Ladentür: *Willy A. Krüger – Möbelverkauf.* Ein Verkäufer schnellte herbei, stoppte, als er Hermann sah, und sagte durch die Nase: »Gehn Se man nach hinten, Meester.«

Willy saß im Kontor und rechnete. »'n Tag, Willy«, sagte Hermann. »Wie geht's Geschäft?«

»Nichts los«, sagte der und starrte vor sich hin. Dann nahm er die Feder und kritzelte etwas in sein Buch.

Hermann setzte sich an die Tür. Er saß mit gespreizten Beinen, die Hände zwischen den Knien gefaltet, und drehte die Daumen ineinander. Kollege Willy rechnete.

Sein großes, derbes Gesicht lag halb über dem Tisch, die Zunge war vorgestreckt, die Augen standen rund und trübe unter der Stirn. Der Verkäufer kam mit einer Frau herein. »Die Dame wünscht den Vertrag.«

Meister Wegener sprang von seinem Stuhl und bot ihn der Dame an. Er drückte sich in die Ecke. Willy füllte die Formulare aus.

»Sie kaufen von mir einen Schreibschrank, Eiche mit Nußbaum, rund gearbeitet, einszwanzig breit, für hundertfünfzig Mark. Eine Anzahlung von fünfzig Mark wurde geleistet. Die restlichen hundert Mark werden in fünf Raten von je zwanzig Mark getilgt. Werden zwei aufeinanderfolgende Raten nicht eingelöst, so ist der Restbetrag auf einmal fällig. Der Gegenstand bleibt bis zur völligen Bezahlung mein Eigentum. Danke!«

Die Frau ging zurück in den Laden. Willy saß wieder über die Bücher gebeugt, aber er rechnete nicht. Er stierte auf die Zahlen und säuberte mit einem Brieföffner seine Nägel. Hermann stand in der Ecke. Er dachte an den Verwalter. Sie müssen doch Geld haben, hat er gesagt, Sie arbeiten doch dauernd.

Hermann sagte: »Ich wollte ein bißchen Lohn haben, Willy. Wie ist es damit?« Er trat an den Tisch und stützte die Hände auf die Platte. Willy sagte: »Ich habe jetzt keine Zeit, kannst Montag kommen.«

Der kleine gebückte Mann steht da, er hat dicke Tränensäcke unter den Augen, seine schwieligen Hände sind an den Tisch gekrallt. Er sagt: »Du kannst mich doch nicht einfach wegschicken, Willy. Ich lebe doch davon. Der Wirt mahnt, meine Frau hat kein Kostgeld, Strom ist zu bezahlen, Gas …« Er sagt alles her, was ihm einfällt. Nie hat er sonst daran gedacht, was alles auf ihn wartet. Er steht vor dem Kollegen, er weiß nicht ein noch aus.

Willy sieht ihn aus trüben Augen an. »Wieviel willst

du denn haben?« fragte er. »Na, komm her.« Er zieht einen Zehnmarkschein aus der Tasche, legt nach kurzem Zögern noch einen Fünfer dazu, steht auf und blickt auf den Meister herab. Er streckt ihm die Hand entgegen. »Kannst Montag mal vorbeikommen.«

Hermann ging zur Tür. Im Laden saß Willys Frau. Eine junge, knusprige Frau. »Angenehmen Sonntag«, rief sie mit ihrer hohen Stimme. »Ja, danke«, sagte Hermann, »danke, was macht ihr denn?«

»Wir fahren nach Kremmen. Ich will eben den Willy holen, der Wagen ist schon da.«

»Ja«, sagte Hermann, »viel Vergnügen auch.« Er stolperte aus dem Laden.

Es war nicht weit bis nach Hause. Die schmale Straße hoch, bis zur Ecke. Ein Karren zog vor Hermann her. Der Kutscher knallte mit der Peitsche und brüllte monoton sein »Holllz für Kartoffelschal'n«! Hinter ihm bückte sich eine alte Frau gierig nach den herabfallenden Resten.

Vor der Tür traf Hermann mit Anna zusammen. »Du kommst so spät«, sagte sie, »ich habe schon beim Kaufmann geborgt.« Sie stieg vor ihm die Stufen hinauf: Auf jedem Treppenabsatz blieb sie stehen, atmete drei-, viermal tief und preßte die Hände an den Leib. Dann ging sie langsam weiter. »Hast du mit Willy gesprochen?« fragte sie über den Kopf hinweg.

»Geh man, geh«, sagte Hermann. Er war hinter ihr, schob sie an den Beinen vorwärts. Wie rund die waren, fiel ihm auf. Zwei dicke Flaschen, an den Kniekehlen stießen sie etwas zusammen. Dort hörte auch der Strumpf auf, mit einem rotkarierten Bändchen als Abschluß. Darüber geäderte lasche Haut.

Hermann setzte sich auf den Balkon und griff nach der Zeitung. Aber er las nicht, die Schrift tänzelte vor seinen Augen. Anna kam mit dem Kaffee. »Ich habe Kuchen geholt«, sagte sie, »weil Sonnabend ist.« Sie sah zu Hermann hin. Er blickte nicht auf, saß da, die Hände trommelten matt auf den Tisch.

»Der Junge ist auf Fahrt?« fragte er schließlich.

Sie goß den Kaffee ein. »Er ist schon mittags weg«, sagte sie. »Du hattest doch nichts Eiliges?«

»Nein, nein«, sagte er, »ich habe nichts Eiliges. Ich kann mich ja totarbeiten, Tag und Nacht an der Bank stehen! Hauptsache, der Junge kann ins Grüne.«

Er nahm einen großen Schluck, hustete, griff wieder nach der Zeitung, legte sie hin. Anna schwieg. Sie war sonst nicht eine, die still beiseite stand und alle Ungerechtigkeiten einsteckte. Aber sie sah Hermann da hokken, ein Klümpchen Mensch, lose schlotterte die Hose um seine Beine. Auf dem Kopf lichtete sich sein Haar zu einer kleinen kahlen Stelle.

»Trude hat geschrieben«, sagte sie.

Hermann blickte auf. »So, hat sie endlich von sich hören lassen?«

»Sie schreibt, daß sie draußen viel arbeiten muß. Jeden Tag haben sie Kurse, aber gebadet und geaalt wird auch. Alle wohnen in einem Jugendheim. Sie möchte gar nicht zurück.«

»Das ist ein Mädel«, sagte Hermann. Er tat ein Stückchen Zucker in den Kaffee und zerstieß es mit dem Löffel. »Wenn sie sich nur erholt.«

Anna sagte nach einer Weile: »Ich möchte auch mal weg.« Sie blickte auf die Straße, auf der, vier Treppen unter ihr, alles wie am Schnürchen ablief. »Mal acht Tage«, fügte sie versonnen hinzu. »Weißt du, ein bißchen raus aus dem Ganzen.«

»Ja«, sagte Hermann, »das wäre schön.« Er kaute auf dem Kuchen herum.

Anna sagte schnell: »Es müßte doch gehen, jetzt. Die Schränke sind in zwei Wochen fertig, und wenn Willy den Rest bezahlt, nehmen wir davon und fahren.« Sie war ganz bei ihrem Plan, holte einen Bleistift und kritzelte auf den Zeitungsrand. »Was würden wir denn brauchen für acht Tage? Kostgeld, na, höchstens zwölf Mark. Dann die Miete. Ich glaube, für zehn Mark würde man was finden. Es müßte in der Nähe sein, damit wir nicht soviel Fahrgeld brauchen.«

»Die Kinder müssen auch leben«, warf Hermann ein.

»Also noch mal zwölf Mark. Das ist aber reichlich.«

»Vierzig Mark im ganzen.« Hermann sah Anna an, die lachte. Ihre Augen waren klein und jung. So war sie, man konnte ihr alles sagen.

»Willy hat mich heute mit fünfzehn Mark abgespeist.«

Annas Gesicht wurde ernst. Hundert Fältchen krochen auf ihre Stirn. Sie tupfte die Krumen vom Tisch und fegte sie zu einem Haufen zusammen.

»Ich soll Montag mal vorbeikommen.«

»Wir müssen uns eben einrichten. Das Geld muß uns ja werden. Habt ihr über den Preis gesprochen?«

»Nein, nein, er hatte es eilig. Wie immer.«

Anna sagte energisch: »Weniger als neunzig Mark kann er nicht geben. Es sind doch große Schränke.«

»Nein, weniger nicht. So ist der Willy nicht.«

Sie sprachen noch den ganzen Abend über diese Dinge. Hermann lag im Liegestuhl, der Wind strich warm über seinen Kopf. Anna saß in der Balkontür. Sie flocht die Gardinenfransen zu kleinen steifen Zöpfen.

Es war wie früher. Keine Kinder sind da. Nur sie beide. Er dachte daran, wie Anna früher war. Das runde Apfelgesicht in einen Stehkragen gepreßt, die Füße treten unermüdlich die Maschine. Er hilft ihr das Futter wenden und Schirme einnähen. Sie näht und hört nicht auf. Erst wenn die Mützen lieferfertig sind, zwei Dutzend, drei Dutzend, klappt sie den Deckel zu. Als sie zum Tisch gehen will, knickt sie in den Beinen ein. Du machst morgen einen Ruhetag, sagt er. Sie blickt ihn an: er trägt schiefe Absätze, sein Anzug ist blank. Mit so einem geht sie nicht! Da braucht er sich nicht bei ihr sehen zu lassen. Sie arbeitet – er kauft sich einen Anzug. Sie arbeitet – er kauft sich neue Schuhe. Sie arbeitet – er besucht die Fachschule für Tischler, damit er später den Meister machen kann. Seht doch unsere Anna, höhnen die Verwandten, die kauft sich einen Mann an den Hals. Wird ihn ewig ernähren müssen. Anna arbeitet, selten kommt sie auf die Straße. Ihr Leben sind die vier Wände, die Nähmaschine, das Trittbrett. Selten geht sie mal tanzen. Sie arbeitet und spart. Eine große Hochzeit will sie haben. Ihr Brautkleid ist aus weißer Seide. In einer weißen Kutsche wird sie zum Altar gefahren.

Hermann wünschte sich jetzt öfter dies oder jenes zurück. Die Zeit mit Trude, als sie nicht gedeihen wollte. Mit dem nackten Po hat das Dingelchen auf seiner Hand gesessen, die Ärmchen um seinen gestreckten Daumen gekrallt. Jeden Tag hat er sie dreimal auf die Waage gelegt. Dann die Geburt des Jungen. Damals hat er sich selbständig gemacht. In einer Laube fing er an, kaufte eine Hobelbank und das Handwerkszeug. Tagsüber arbeitete er in der Fabrik, wenn er nach Hause kam, begann er für sich zu schuften. Eine lasierte Küche, mit Umbau, sechshundert Mark. Er wird sie los, kauft eine zweite Bank, baut Küchen, zwei und vier auf einmal. Er hat große Pläne, schon pfeift er auf die Arbeit in der Fabrik, er ist ein freier Mann. Anna hörte auf zu nähen, er mietet die Werkstatt über dem Kuhstall, nimmt Gesellen, es geht voran ...

Anna stand auf und lehnte sich aus dem Balkon. Unter ihr auf der Straße waren die Laternen jetzt angezündet, sie glommen wie große Glühwürmchen. Von gegenüber kamen hell und blechern die Klänge eines Klaviers herüber.

»Das junge Mädchen ist wieder zu Hause und spielt«, sagte Anna. »Der junge Mann am Fenster scheint ihr Verehrer zu sein.«

»Trude ist eben anders«, erwiderte Hermann. »Hast du was dagegen, wenn sie den Kursus nimmt? Sie will mal weiterkommen im Leben.«

»Ja, mag sein.«

Es wurde kühl. Die Geranien wippten auf ihren Stengeln. Hermann nahm seine Pfeife, er stopfte sie mit Daumen und Zeigefinger voller Tabak. Der Rauch zog an der Mauer hin, kringelte sich die Wände hoch und zerging am Dach.

»Wenn der Junge nur halb so fleißig wäre.«

Anna sagte: »Der steht schon seinen Mann, was du immer mit dem Jungen hast.« Sie ging ins Zimmer, schlug die Betten auf, begann sich auszuziehen. Das gestärkte Nachthemd war oben mit einer Schleife verziert.

Hermann kam erst nach einer Weile, seine Schuhe polterten auf den Dielen. Er zerrte an seinem Kragen, knipste das Licht wieder an und machte sich lange vor dem Spiegel zu schaffen. Endlich trat er zu Anna: »Mach doch mal den Kragenknopf auf.«

Anna erhob sich halb, ihre weißen Brüste schimmerten blaß. Sie löste die Knöpfe mit einem Griff und löschte dann das Licht. Hermann stieg in sein Bett, er krümmte sich zusammen. Er fror. Anna sagte: »Gib deine Hand, ich träume manchmal so schwer.« Sie lagen nebeneinander. Jeder hörte den Atem des anderen.

2

Zweimal in der Woche stand der Junge als erster auf. Er schlich durch die Räume, die Eltern schliefen noch. Kurz nach sieben ging er aus dem Haus, um acht fing die Fortbildungsschule an. Er schlenderte über die Straße, langsam, wie einer, der sich Zeit lassen kann. Vor manchem Schaufenster blieb er stehen. Er sah durch die Auslagen hindurch auf sein Bild. Ganz flotter Kerl, dachte er. Nicht so spillerig. Aber größer muß er noch werden. Er trägt ein grünes Hemd, offenen Kragen, die Hosen hören über den Knien auf. Die Haare sind nach hinten gekämmt, eine Strähne fällt als Widerhaken in die Stirn. Schade, das Haar müßte dunkler sein. Es sieht energischer aus. Braune Augen hat er ja. Was die Jungen für'n Respekt haben würden! So ist er fast ein Mädchen. Früher, als die Trude mit ihm spielte, mußte er auch immer ein Mädchen sein. Bekam eine Schleife ins Haar und hieß »Urselchen«.

Eine Kirchturmuhr pinkte acht Schläge. Der Junge ging weiter und bog in ein nahes Haus. Auf dem Hof roch es nach Land, Vieh und Heu. Er zog tief die Luft ein. Hier gab es kein Hinterhaus. Ein kleiner Holzbau schloß den Hof nach hinten ab, unten hielt sich jemand ein paar Karnickel. Eine Leiter lehnte an der Mauer. Der Junge kroch hinauf, er schloß die kleine rechteckige Luke auf. Rings an den Wänden hingen Helme, Fahnen und grüngelbe Skelettknochen. Unter der Decke spannte sich eine Fahne, im weiten Bogen, wie eine Hängematte. Sie war dreieckig, aus weißem Stoff. Darauf war ein schwarzes Kreuz. Aus einer Ecke stierte ein Totenkopf. Hellblaue Bänke zogen sich den Raum entlang.

Ein Brief lag da. Der Junge öffnete den Umschlag, es war Gustls Schrift. Der war doch auf Großfahrt. Gustl schrieb: »Lieber Mogli, uns geht es sehr gut. Wir schlafen beim Förster oder auf Gütern. Zu essen kriegen wir überall. Wir brauchen wenig Geld. Du hättest ruhig mitkommen sollen. Ich schwimme manchmal weit hinaus, von allen weg. Dann denke ich an Dich. Du mußt mir treu bleiben, hörst Du? Ich schicke Dir mein Bild. Sieh es Dir immer um Mitternacht an, ich denke dann an Dich. Mit wem schläfst du im Zelt? Schreibe mir postlagernd, Neumünster. Dein Gustl.«

Das Bild lag im Umschlag. Ein massiger Junge, der Körper springt in die Breite, der Kopf mit den dünnen, wimpernlosen Augen ist zurückgeworfen.

Mogli nahm ein Blatt Papier, er wollte sofort antworten. Er drehte den Halter zwischen den Fingern. Er hatte so viele Gedanken, aber wenn er dazu die Worte suchte, ging alles durcheinander. Wieder holte er das Bild hervor. Er dachte an Gustl, wie er auf Fahrten war. Er war der Führer, alle mußten ihm gehorchen. Mogli schrieb: »Lieber Gustl! Du fragst mich, mit wem ich im Zelt schlafe. Mit Kuno und Heipa. Ich würde am liebsten allein schlafen, aber wir haben nicht so viele Zeltbahnen. Einmal war ich bei dem Doktor draußen. Sei nicht böse, ich wollte so gern segeln. Er war ganz anständig zu mir. Ich glaube, ich bin nicht sein Typ. Es gab Erdbeeren mit Schlagsahne. Ich kann nicht um Mitternacht Dein Bild ansehen, da schlafe ich meistens. Nenne mir eine andere Zeit. Die Jungens habe ich im Zug. Wir haben das Nest ausgebaut. Die Baltenfahne hängt an der Decke. Erhole Dich gut! Es grüßt Dich Dein Mogli, I. Offizier.«

Er verschloß den Brief und klebte die Marke so, daß sie kopfstand. Dann wußte er nicht, was er machen sollte. Er gähnte. Es war zehn Uhr, um zwei durfte er erst beim Vater sein. Er hoffte, daß Götz heraufkommen würde. Der lernte vorn im Bäckerladen. Eigentlich war er der Netteste. Die anderen gingen alle zur Schule. Sie erzählten Pennälergeschichten. Auch Gustl war manchmal komisch. »Wir von der Uni«, sagte er. Und einmal: »Ein Mediziner kann sich die Dummheiten nicht erlauben.«

Mogli legte sich auf die Bank. Sie war hart, aber er war

sehr schläfrig an diesen Tagen, wenn er früh aufgestanden war. Er mußte sich ein bißchen ausruhen. Abends war Vorturnen. Er blinzelte an die Decke. Wie ein großer schwarzer Käfer lag das Kreuz auf dem Tuch. Unheimlich sah das aus. Die Wände müßten auch noch schwarz behangen werden. Er grübelte über eine neue Uniform. Die grünen Hemden sahen so verwaschen aus. Dabei schlief er ein. Er träumte von einem riesigen Walroß, das sich auf ihn zuwälzte. Die Tochter vom Portier stand dabei und bleckte ihre großen Zähne. Im Arm hielt sie eine Mausefalle. Was kriege ich, wenn ich das Walroß fange? rief sie von Zeit zu Zeit. Dabei tänzelte sie dicht vor seinen Augen, ohne daß er sie greifen konnte. Er fing vor Wut an zu weinen.

Als er aufwachte, hatte er ein nasses Gesicht. Götz stand vor ihm, ein feiner, blasser Junge. Ein buntes Muster von Sommersprossen saß auf seiner Nase. »Ich habe nicht lange Zeit«, sagte er, »man hat mir meine Mittagspause gekürzt.«

»Pfui Deibel!« sagte Mogli.

Sie holten die Karte hervor und studierten die nächste Fahrt. »Wie lange hast du denn?« fragte Mogli.

»'ne halbe Stunde. Und sonnabends gibt er auch nicht mehr frei.«

Mogli sah kurz auf den Freund. Wie der das sagte – und blieb ganz ruhig dabei. »Ich würde den Kram hinschmeißen«, sagte er.

»Nein, nein, ich muß auslernen. Andere haben's noch schlechter.«

Mogli klappte die Karte zu. »Wir fahren an die Havel«, bestimmte er.

Sie saßen nebeneinander auf der Bank, die Beine angezogen. Mogli sagte: »Fast wie am Lagerfeuer. Ist es nicht knorke hier?« Götz nickte. Er kam von unten und fand sich nicht so schnell zurecht.

»Geh doch einfach auf Walze«, sagte Mogli nach einer Weile. »Du kannst dir alles zusammenschnorren. Du weißt doch, wie wenig man auf Fahrt braucht. Wir schlagen uns schon durch.« Er stand auf, reckte sich, wippte auf den Stiefelspitzen. Sein Hemd sperrte über der Brust. »Denkste, ich will mein Leben lang Tischler bleiben? Wenn ich ausgelernt habe, fahre ich erst mal um die Welt.«

Götz sagte bedächtig: »Ich glaube nicht, daß das so einfach ist. Es gibt doch genug Arbeitslose, und alle sitzen hier.«

Mogli war nicht zufrieden. »Du wirst 'ne richtige Sülze in deinem Laden«, sagte er. »Ich muß es mal Gustl schreiben.« Wieder rückte er sich gerade, warf den Widerhaken über die Stirn und fragte streng: »Hast du die Zeltbahnen ausgebessert?«

»Zu Befehl«, sagte Götz. Sein dürrer Körper sprang wie eine Feder hoch. Er war so groß wie Mogli.

»Du solltest auch zu Heipas Eltern gehen!«

»Zu Befehl. Heipa kommt mit auf Fahrt.«

Sie gingen zusammen hinunter. Götz' Meister stand in der Ladentür. Er zog den Jungen an den Haaren und stukte ihn vor sich her. Mogli blickte ihnen nach. Es war jetzt zwei Uhr. Schulschluß.

Der Vater sah auf, als der Junge in die Werkstatt kam. »Du mußt gleich abputzen«, sagte er. »Ich gehe nachher zu Willy.«

Sie arbeiteten stumm nebeneinander. Hermann hielt die kalte Pfeife im Mund. Der Junge rieb über das Holz, gelbe staubige Späne tanzten um ihn herum und setzten sich auf seine Augen.

»Was sagt denn der Lehrer?« erkundigte sich Hermann. Er stand schon in der Tür. Die Mütze war ihm ins Genick gerutscht.

Der Junge zuckte mit der Schulter. »Was soll er sagen.« Er holte die große Säge und setzte sie an. Sie krächzte, stöhnte und zerteilte das Brett in zwei schmale Streifen. Auf der Treppe drehte Hermann sich nochmals um. Er rief zurück: »Von deiner Schwester ist Nachricht da, daß sie heute kommt. Wir müßten sie überraschen und von der Bahn abholen.«

»Ich muß turnen.«

Der Meister ging seinen Weg, die Hände auf dem Rücken, der Kopf mit der kleinen kahlen Stelle war nach vorn gebeugt. Wie oft mag er diesen Weg schon gegangen sein? Er steht und wartet. Er bettelt um seinen verdienten Lohn. Letzten Sonnabend hat Willy ihm so gut wie nichts gegeben, die Geschäfte gehen schlecht. Montag hat der Meister ihn nicht angetroffen; er war wohl noch in Kremmen.

Heute stand Willy in der Tür. Er wollte essen gehen. »Warte auf mich«, sagte er und schlich sich weg.

Hermann blieb allein. Er setzte sich auf den Stuhl in der Ecke, aber er war zu unruhig und stand wieder auf. Er trat ans Fenster. Es war ein trüber Tag, Regen hing in der Luft. Es gab keine Wolken, nur eintönig grauen Himmel, der beklommen machte. Hermann blickte auf den Hof, auf das stumpfe, holprige Pflaster. Am Müllkasten stand eine Frau und wühlte mit hastigen Fingern im Staub. Sie klaubte einen Rock und eine halbe Apfelsine hervor. Der Rock war in den Falten zerschlissen. Die Frau hielt ihn an ihren Körper, er schlenkerte um ihre Glieder.

Drüben lag Willys Fabrik. Ein vierstöckiges Gebäude. Bei dem Hämmern und Poltern, das dumpf herüberklang, dachte Hermann an die eigene Arbeit. Hier stand er und vertat seine Zeit. Er wollte zusammenbauen, in einer Woche sollten die Schränke zum Liefern sein. Plötzlich fiel ihm ein, daß auch Willy so lange Pause machte. Sie waren doch selbständig, freie Herren! Sollten sie nicht ihre Zeit vertrödeln dürfen? Wieder starrte er zu dem roten Gebäude hinüber. Schatten huschten hinter den Fenstern vorbei, Gestalten mit krummen Rücken, Schultern, auf denen lange Bretter wippten. Nein, Hermann konnte sich wohl nicht mit Willy vergleichen. Der hatte Leute, die seine Arbeit taten.

Hermann trat endlich vom Fenster weg. Er setzte sich wieder auf den Stuhl und stützte die Arme auf die Knie. Der Verkäufer blickte herein. »Rufen Sie doch mal oben an«, rief er mit seiner glatten Stimme.

Hermann ging zum Apparat, drückte auf den schwarzen Knopf. Eine weiche Frauenstimme meldete sich. Hermann sagte: »Entschuldigen Sie, aber ich warte hier schon über eine Stunde. Hm. Ja. Meester Wegener spricht.« – Die weiche Stimme sagte: »Was wünschen Sie denn?« – »Ja, ich warte auf meinen Kollegen Willy. Er wollte kommen und mir das Geld auszahlen.« – »Herr Krüger schläft«, sagte die weiche Stimme jetzt weniger freundlich. Es knarrte im Apparat. Hermann rief noch einige Worte, aber niemand antwortete ihm. Er hängte den Hörer auf.

Eine Weile stand er am Tisch, betrachtete die Platte, das viereckige Löschblatt obenauf. Lauter Bänke, drei steife Striche, waren darauf gekritzelt. Der Federhalter steckte noch in der Tinte. Ein grün-gelber Halter – die Augen fingen an zu tränen, wenn man ihn lange ansah. An der Wand hing ein Plakat, das unzählige Stühle zeigte, einfache, verschnörkelte, solche mit Polstern und ohne Polster. Darunter stand *Herr Wochenend freut sich.* Ich müßte auch solche Plakate herausgeben, dachte Hermann. *Reeller Tischlermeister übernimmt Aufträge aller Art.* Angeklebt im Milchladen, beim Gemüsefritzen. Vielleicht kommt doch mal jemand. Er wollte es mit Anna bereden.

Dann lief er hin und her durch den Raum. Vier

Schritte hin und vier zurück. Er ging wie einer, der einen weiten Weg vor sich hat, die Hände auf dem Rükken, den Kopf vornübergebeugt. So ging er, auf und ab, hin und her. Als eine Uhr von weitem fünf schlug, machte er die Tür zum Laden auf. Er winkte dem Verkäufer.

»Wie lange schläft denn der Chef gewöhnlich?« fragte er.

Der andere lächelte. Er strich über seinen geölten Scheitel. »Um diese Zeit ist er schon lange auf. Wahrscheinlich ist er weggefahren.«

Hermann stierte ihn an, der machte sicher Spaß.

»Rufen Sie doch noch mal an!«

Hermann ging an den Apparat, es war ein Witz, gleich würde Willy hier unten sein. Er drückte auf den schwarzen Knopf, ein langes Tuten stieß ihm in die Ohren. Nichts weiter. Die weiche Stimme blieb weg. Hermann griff nach seiner Mütze, er rückte sie lange hin und her auf dem Kopf, bis sie richtig saß. Er schob sich am Verkäufer vorbei.

»Sehen Sie«, sagte der, »die sind ausgeflogen!«

Hermann ging zurück in die Werkstatt, den gewohnten Weg durch die plärrende Straße. Der Junge saß auf der Bank und ließ die Beine baumeln. »Endlich!« sagte er, als der Vater kam. »Ich muß um sechs in der Halle sein.« Er war schon fertig zum Gehen, den Kittel hatte er bereits abgeworfen. Er lief hinaus. Hermann sah ihm vom Fenster aus nach, wie er den Hof überquerte. Er nahm lange Schritte. Sein langes helles Haar hüpfte auf dem Kopf. Hermann blickte sich um. Nicht mal aufgeräumt hatte der Junge. Er nahm den Besen und fegte die Späne beiseite. Dann machte er seinen Rundgang, wie jeden Abend. Vom Leimofen bis zur Maschine, an den Furnierböcken vorüber. Zehn Schritte im ganzen, wenn man es so nahm. Aber für Hermann war es viel mehr.

Der Motor glänzte und funkelte. Die Sonne war herausgekommen, sie leuchtete ihm ins Gesicht. Hermann blinzelte. Er trat an das kleine Pult und klappte den Dekkel auf. Obenauf lag das Verzeichnis für Rufnummern, aber das suchte er nicht. Er griff nach dem Kursbuch, fuhr mit dem Zeigefinger die Zeilen entlang. Kurz vor acht sollte der Zug einlaufen. Er mußte sich sputen.

Unterwegs fiel ihm ein, daß er nicht einmal etwas Schokolade hatte. Er kramte die Geldtasche hervor und kratzte in der hohlen Hand die Pfennige zusammen. Es reichte noch fürs Fahrgeld. Wenn er laufen würde … Aber dann verpaßte er den Zug. Er hatte Anna versprochen hinzugehen.

Er sprang auf die Sechsundfünfzig, stand vorn auf dem Perron. Ein breitschultriger Mann fuhr den Wagen. Er blickte starr geradeaus, drehte die Kurbel herum und ließ sie wieder zurückschnurren. Im Genick, unter seiner Dienstmütze, saßen drei rote Falten. Hermann schwankte hin und her, er spreizte die Beine und stellte sich neben den Fahrer. Der scheuchte ihn weg, wie man eine Fliege verscheucht. Seine aufgedunsene Faust wies auf das Schild *Die Unterhaltung mit den Fahrgästen ist dem Fahrer untersagt.* Der Schaffner lugte durch das Fenster und schob es wieder zu. Hermann hatte plötzlich einen Einfall. Er schob sich zwischen die Fahrgäste, knickte in den Knien ein, um sich noch kleiner zu machen, zwei dickbusige Frauen verdeckten ihn. Der Wagen schaukelte, hielt, ruckte wieder an. Neben dem Fahrer tauchte auf einmal der Schaffner auf.

Hermann starrte auf den Boden, wo sich viele Füße gegeneinanderschoben, sich zu einem Kreis weiteten, auseinanderrückten. Kahl und plump standen jetzt nur noch die eigenen Schuhe, braune, abgetretene Sandalen, mit vielen Leimspritzern an den Kanten.

»Hatten Sie schon einen Fahrschein?«

Es bleibt still, vielleicht halten alle den Atem an, die Bahn zottelt auf gerader Strecke.

»Nein«, sagte Hermann wie aus tiefen Gedanken heraus. »Denken Sie, das hätte ich fast vergessen.«

Eine klägliche Ausrede. Er zog die Groschen aus der Tasche, die Schokoladen-Groschen. Der Schaffner hatte den rechten Fuß vorgestemmt, die anderen drängten sich heran. »He, umsonst fahren!« krächzte einer mit Aktentasche. Seine Melone hing zwei Köpfe über Hermann. »Det wolln wa alle. Mogelt sich hier zwischen, der Hering!«

Hermann mußte daran denken: Wenn er von Willy das Geld bekommen hätte. Mager und klein stand er in seiner Ecke. Die Mütze hatte er abgenommen, er drehte sie zwischen den Fingern. Der Schaffner sprang vom Trittbrett. »Nächstes Mal geht's nicht so glatt ab«, rief er drohend zu Hermann hin. Die anderen stießen sich an. Eine Junge, Blasse, bemerkte gehässig: »So 'n Scheinheiliger. Aber so sind sie alle. Geht's, denn geht's.« Sie drückte ihr strampelndes Gör fester an sich.

Hermann stieg aus. Als er an die Sperre kam, stand Anna da. Sie hatte er nicht erwartet. Ihr Gesicht war ganz rot, die kleinen lebhaften Augen sprangen hin und her. »Ich hielt es nicht aus zu Hause«, sagte sie.

Sie zerrte Hermann zum Automaten. »Nimm schnell eine Bahnsteigkarte, der Zug muß gleich kommen.« Sie rannte flink vor ihm her, ihr weiter schwarzer Mantel blähte sich im Laufen. Hermann zog sein Taschentuch aus der Hose, er wischte sich über die Stirn.

»Ich habe vergessen, zu Willy zu gehen«, sagte er.

Er stand breitbeinig, die Mütze im Genick, mutig sah er zu Anna hin. Die blickte ihn nur flüchtig an, rannte dann zurück an die Sperre; die ersten Reisenden kamen schon an.

Hermann wurde in eine Ecke gedrängt, hin und wieder streifte ihn ein Koffer, stieß ihn in die Seiten. Die haben also alle Geld, dachte er, die können reisen. Es war ihm nie so in den Sinn gekommen. Er fühlte sich auf einmal müde, erschöpft, träge klopfte er die Späne von seinen Hosen. Er war nichts als ein Arbeitstier. Anna stand neben ihm, sie kannte wohl solche Gedanken nicht. Ihre Augen suchten den Bahnsteig ab. Plötzlich stieß sie ihn an. »Da kommt ja Trude!«

Ja, nun sah er sie auch. Der leichte, springende Gang, die viel zu kurzen Haare. Wo hat sie denn ihren Koffer? Sie kam langsam näher, im Gehen knöpfte sie den Mantel auf, darunter leuchtete ein rotes Mohnkleid. Jetzt blickte sie endlich auf. Hermann winkte, wollte rufen. Doch da drehte sie sich blitzschnell um, riß einem neben ihr gehenden Mann den Koffer aus der Hand. Der guckte verdutzt und ging zur Seite. Ein großer, kräftiger Junge.

»Ich ahnte doch nicht, daß ihr mich abholt«, sagte Trude. Sie stellte den Koffer hin und fiel Anna um den Hals. Dann Hermann. Dann ging sie wieder zu Anna und vergrub ihr Gesicht an ihrer Schulter.

»Wo sind denn die anderen?« fragte Anna.

Trude sagte aus der Halskute heraus: »Die sind schon Gesundbrunnen ausgestiegen. Ich bin die einzige, die bis hierher mußte.«

Kleine Trude. Hermann hat sie vor Jahren auf der flachen Hand getragen, ein ganzes Persönchen auf einer Hand. Jetzt geht sie neben ihm, groß, stolz. Sie wiegt sich in den Hüften. Sie ist ihm beinahe fremd.

Anna sagte: »Ich wollte eigentlich noch irgendwo Kaffee trinken. Zum Wiedersehen. Aber Vater hat vergessen, Geld zu holen.«

»Nein, nein«, sagte Trude, »wir gehen noch.«

Das Café hatte geblümte Wände. Überall in den Nischen hockten junge Paare. Anna bestellte Torte mit

Sahne und für Hermann eine große Zigarre. Es war beinahe wie früher. »Wißt ihr noch«, sagte er schmunzelnd, »wenn ihr mich gefragt habt, ob ihr essen dürft, soviel ihr wollt? Das waren noch Zeiten!«

Anna fragte unruhig: »War der Herr neben dir nicht der junge Mann, der dich manchmal abholt?«

»Ach wo«, sagte Trude. Sie stand auf. Sie suchte ihre Tasche, fand sie nicht gleich und setzte sich wieder. »Es war sehr schön«, sagte sie hastig. »Übrigens – ja, dieser Junge, von dem du sprichst, war auch dabei. Hab ich euch das nicht geschrieben? Dann habe ich es wohl vergessen. Ist ja auch nicht so wichtig.«

Sie kritzelte auf die Tischplatte. Vater und Mutter sahen ihr zu. Hermann sagte: »Hm – und die anderen?«

»Waren auch nett, natürlich. Vormittags haben wir gelernt, dann konnte man machen, wozu man Lust hatte. Und für den Preis ...!«

»Ja«, sagte Anna, »billig war es.« Sie schlang ihren Kuchen hinunter, winkte dem Kellner. Trude legte das Geld auf den Tisch. »Wollt ihr schon gehen?« fragte sie. »So früh?«

»Ich fühle mich nicht wohl«, sagte Anna. Sie zog schnell ihren Mantel über. Hermann sah, daß sie feuchte Augen hatte. Das machte ihn ganz hilflos, er nahm ihren Arm. So ging er, Anna mit sich ziehend, seitwärts schlug der Koffer gegen sein Bein. Trude sagte hinter ihnen: »Ich kann euch ja zu Hause Bilder zeigen!« Ihre Stimme war tief und rauh.

Anna drehte sich um. »Du, Trude«, sagte sie mißtrauisch. »Halten denn solche Züge überhaupt in Gesundbrunnen?«

Hermann blickte auf Trude, die warf den Kopf zurück. Sie lachte. »Warum denn nicht?« fragte sie aufsässig. »Ich sage dir doch, die anderen sind alle da ausgestiegen.«

Sie nahmen Trude in die Mitte, sie war lang und dünn. Anna trippelte neben ihr her, und links ging Hermann, der schwere Koffer holperte gegen sein Bein.

3

Jetzt kamen die heißen Tage. Die Sonne stach mit tausend Nadeln auf die Erde, so war es, man schlich die Häuser entlang. Hermann ging früh um sechs aus der Wohnung. Er schuftete, der Schweiß rann ihm von der Stirn. Auch der Junge mußte ran. Die Schränke sollten geliefert werden. Hermann rieb sich die Hände. »Es muß mal wieder Geld her«, sagte er. Er kam spät nach Hause, aß und legte sich ins Bett. Wußte er überhaupt, daß Sommer war? Trocken war das Holz unter seinen Händen. Es machte Freude, damit zu arbeiten, er knetete und formte es. Lange, wippende Bretter tanzten auf seinem Rücken.

»Türen und Kästen einpassen, überwischen – dann sind wir fertig!«

Der Junge hüpfte hin und her, die Haarsträhne fiel ihm ins Gesicht. Wenn er am Ofen vorbeikam, warf er einen Blick auf die Telleruhr. Noch eine Stunde.

Vielleicht hatte es Anna am besten in dieser Zeit. Sie saß auf dem Balkon und blinzelte die Sonne an. Vor ihr duckten sich die Blumen unter der Hitze. Auf dem Tisch lagen weiße, bekritzelte Zettel, Zahlen über Zahlen. Anna rechnete. Fünfhundertvierzig Mark brachten die Schränke. Davon gingen fünfundsiebzig Mark ab in bar, dazu, hoch gerechnet, dreihundert für geliefertes Material. Blieben gute hundertundfünfzig. Anna wendete den Zettel, fing noch einmal an. Es blieb dabei. Fünf Wochen hatten die zwei daran gearbeitet, fünfzig Mark verdienten sie die Woche an Arbeitslohn. Na ja, der

Junge schaffte noch nicht viel. Anna griff nach dem Messer, spitzte den Bleistift an. Wieder blickte sie auf die Zahlenkolonnen. Nein, der Preis war zu niedrig, sie mußte es Hermann sagen. Vielleicht gelang es ihm doch noch, mehr herauszuschlagen.

Trude kam herein. Sie lehnte sich gegen das Gitter und blickte auf die Straße hinunter. Ihr Gesicht war blaß, die Bräune war schnell vergangen. Ihre Augen waren hell und klar, wie aus Glas. »Ich geh hinunter, bißchen spazieren«, sagte sie schnell.

Anna sah von ihren Zahlen auf. »Bleib doch mal hier«, bat sie. »Den ganzen Tag sitzt man allein herum.«

Trude gehorchte nur widerstrebend. Sie saß am Tisch und blickte stumm vor sich hin. Anna klapperte mit dem Bleistift einen Marsch auf die Tischplatte.

»Du hast so wenig von deiner Reise erzählt. Wie waren denn die Leute dort beim Kursus?«

Trude strich über ihr Bein, sie legte das Kleid auf ihrem Knie in feine Plisseefalten. »Was soll man denn dauernd erzählen ...«

Sie stand auf. Die Sonne schien grell auf den Tisch, am anderen Ende saß die Mutter und blickte unverwandt zu ihr hin. Der Bleistift hämmerte auf den Tisch. Anna sagte: »Manchmal erzählt man nichts, weil man nichts zu erzählen hat.« Ihre flinken, lebhaften Augen standen still auf einem Fleck. Die Uhr drinnen im Zimmer tickte aufdringlich.

Trude warf die Tür hinter sich ins Schloß und ging die Treppe hinunter. Die Straße dampfte vor Hitze. Barfüßige Kinder spielten auf dem Asphalt. Sie liefen neben einem Sprengwagen her, hielten die Waden unter den kühlen Strahl und kreischten, wenn das Wasser über Kopf und Kleider spritzte. Trude bog langsam um eine Ecke. Ihr Kopf brannte, in ihren Brüsten fühlte sie ein feines Stechen. Auf der Eisenbahnbrücke blieb sie einen

Augenblick stehen. Auch früher, als Kind, war sie hier immer stehengeblieben. Sich an die Eisenstäbe klammernd, hatte sie die Züge unter sich in der Tiefe heranbrausen sehen, und für Sekunden hüllte sie der Rauch in einen weißen Schleier. Sie fühlte sich dann jedesmal in eine Fee verzaubert. Jetzt surrten die Züge elektrisch über die Schienen. Alles war kälter geworden für Trude, einfacher, ohne Geheimnis.

Sie stand in der Badstraße, vor einem morschen Haus. Zwei Treppen links, hatte man ihr gesagt. Ein Mann in Filzpantoffeln öffnete ihr. »Agnes!« rief er quakend zur Küche hin. »Kundschaft da.« Trude stand fröstelnd auf dem heißen Flur. Eine wabbelige Hand umfaßte ihre Schulter. »Kommen Sie man rein, Kleine.«

Drinnen herrschte Dämmerung, die Vorhänge waren halb zugezogen. Trude ahnte eine dicke, füllige Frau. »Es ist immer dasselbe, ja, ja«, sagte die weinerlich. »Na, dann wollen wir mal an die Arbeit gehen.«

Trude sagte leise: »Ich wollte mich bloß untersuchen lassen.«

Die dicke Frau nahm sie bei der Hand und führte sie in den Nebenraum. Es war das Schlafzimmer. Zwei Betten standen längs der Wand, davor eine Chaiselongue. Von der Decke hing eine grüne Ampel herab. Trude schloß die Augen.

»So, ist gut«, sagte die dicke Frau nach einer Weile. Sie ging voran in den Empfangssalon. Trude setzte sich auf das Plüschsofa, nur vorne auf die Kante.

»Es ist, wie ich dachte«, sagte die Frau. »Sie sind verfallen, Kleine.«

Trude fragte: »Was würde die Sache kosten?«

»Dies? Was das kostet? Ah, das kostet nicht viel. Sie meinen doch nicht etwa ...? Nein, Kleine, Sie werden ein schnuddeliges Baby bekommen.«

Trude gewöhnte sich allmählich an die Dämmerung.

Vor ihr saß dick und behäbig die Frau. Ihre Waden steckten prall in einem grellen Schlafanzug. Wahrscheinlich war sie eben erst aus dem Bett gekrochen. »Was kostet es also?« wiederholte Trude hastig.

Die Frau rutschte auf ihrem Stuhl herum. »Das Risiko«, wisperte sie. »Abgesehen von all dieser Mühe ...«

Trude drückte ihr drei Mark in die Hand, für die Untersuchung. Dann stand sie wieder draußen. Der helle Tag flimmerte vor ihren Augen. Langsam ging sie den Weg zurück. Auf der Brücke wartete Hans. »Na?«

Sie ging neben ihm, sein großer, breiter Körper war wie eine Mauer. »Es stimmt natürlich«, sagte sie.

Er faßte ihren Arm, seine schweren Schuhe bemühten sich, mit ihrem Trippelgang Schritt zu halten. Rechts und links von der Straße blitzten die Schaufenster, ein Musikcafé donnerte einen Foxtrott auf das Straßenpflaster.

Trude blieb stehen. »Ich bin müde«, sagte sie. »Dieses dauernde Herumgerenne.«

Hans faßte in die Tasche, in der ein paar Geldstücke klapperten. »Wir könnten ein Eis essen«, sagte er.

Drinnen sagte Trude: »Zu der Frau gehe ich auf keinen Fall.«

Sie löffelte ihr Eis in ganz kleinen Happen. Der Mann am Ladentisch blickte neugierig zu ihnen herüber. Sie waren die einzigen Gäste.

»Wünschen die Herrschaften Musik?«

Er ging an den Apparat, ein Liebeslied kreischte auf. Vor dem Schaufenster sammelten sich ein paar Leute. Sie summten den Refrain, die Mädchen deuteten Tanzschritte an. Keiner kam herein.

Hans sagte: »Es ist ja nur, weil sie sehr billig ist. Sie ist mir empfohlen worden.« Er machte seine besorgte Miene. Seine Nase ragte steil aus dem Gesicht hervor, auf der Spitze saßen zwei Leberflecke. Trude räusperte sich. »Ich will nach Hause.«

Hans stand gehorsam auf. Ein starker, mächtiger Bursche, sein Brustkorb wölbt sich wie ein Berg – aber neben Trude ist er demütig. Am liebsten folgt er ihr wie ein Schatten überallhin. Manchmal streicht er sacht über ihr Haar. Aber er sagt kein Wort. Trude gab ihm schnell die Hand. »Kannst mich morgen vom Büro abholen.«

Er blickte ihr nach, wie sie die Stufen nahm: langsam, wie eine reife Frau. Oben blieb sie stehen und sah sich um. Sie erkannte ihn wohl nicht, ihr Gesicht blieb unverändert starr. Hans wandte sich langsam zum Gehen. Er blieb vor den Läden stehen, wählte insgeheim einige Dinge aus, die er Trude schenken würde, wenn er Arbeit hätte. Später kam er am Kino vorbei, Eintritt achtzig Pfennige. Das war gerade sein Taschengeld. Ein paar Mädchen strichen um den Eingang herum, stießen einander an, schienen ihm aufzulauern. Flüchtig dachte er daran, eine anzusprechen, bloß um mit irgend jemand reden zu können. Wenn er Arbeit hätte, könnte er abends mit voller Börse vor sein Mädel treten: Trude, heute gehen wir tanzen. Oder ins Kino. Alle die Sachen, die sie gern hat …

Für die »Fichte«-Versammlung war es noch zu früh. Er schlenderte wieder zurück in Trudes Straße, stellte sich auf die andere Straßenseite, ihrem Haus gegenüber. Vielleicht konnte er Trude sehen. Sie blickte manchmal vom Balkon.

Ja, Trude lehnte oben am Gitter, die Mutter stand am Tisch. Trude kam es vor, als ob die Mutter die ganze Zeit über gerechnet hätte. Kleine Striche zogen sich unter ihren Augen hin, liefen über die Stirn, lagen um den Mund.

»Wo nur Vater bleibt«, sagte Trude.

Anna sah auf. »Vater schuftet wie ein Pferd. Aber wenn man rechnet, bleibt wieder nichts.«

Trude zog die Lippen ein. »Sinnlos, das ganze Schuften«, sagte sie. »Andere arbeiten nicht und leben auch.«

Anna steckte ihren kleinen schütteren Zopf, der sich gelöst hatte, wieder fest. Die Hände zitterten leicht.

»Da sieht man, wie du mit uns lebst«, sagte sie erbost. »Solche Gedanken auszusprechen! Aber du lebst in deiner Welt. Was gehen wir dich an!«

Sie schluchzte. Große blanke Tränen rollten ihr über das runde Gesicht, tropften auf die Schürze. Trude beobachtete das alles ganz unbeteiligt. Sie verfolgte jede Bewegung der Mutter so aufmerksam, als ob sie sie nachher kritisieren müßte.

Anna sagte unter Tränen: »Ich weiß auch, seit wann du dich so verändert hast. Du warst gar nicht mit einer Gruppe weg. Du bist mit dem jungen Mann allein gefahren.«

Trude stand da, ohne sich zu rühren. »Ja«, sagte sie ruhig, »ich war mit dem Hans. Wir haben zusammen gezeltet.«

Sie ging in die Küche, holte vier Tassen und stellte sie auf den Tisch. Anna saß noch immer mit gesenktem Kopf, ihr kurzer runder Körper zuckte. Nach einer Weile fragte sie tonlos: »Wollt ihr denn heiraten, Trude?«

Trude dachte zum ersten Mal daran. Sie sah auf die kleine gebückte Gestalt. Es war so schwer, der Mutter alles klarzumachen. Noch nie hatte sie darüber mit Hans gesprochen. »Es geht doch nicht«, sagte sie endlich. »Wenn Vater uns auch ein paar Möbel baut – ihr braucht doch mein Gehalt.«

Anna fuhr sich mit den Händen über das Gesicht. Ihre Wangen waren rot und verquollen. »Es wird ja mal besser werden«, sagte sie eifrig. »Wir schlagen uns schon durch – auch ohne dich.«

»Hans hat keine Arbeit.«

Anna stand auf. Sie trat an die Brüstung und schaute mit blinden Augen auf die Straße hinunter.

»So armselig wie ihr will ich nicht anfangen«, sagte Trude.

Das war es also. Anna dachte zurück. Sie hatte genäht und genäht, viele Nächte hindurch. Pfennig auf Pfennig hatte sie gespart, damit sie endlich heiraten konnten. War es richtig gewesen? Heute zum Beispiel sitzt sie hier, Zettel sind rings um sie verstreut, sie rechnet und kann zu keinem Ergebnis kommen. Eigentlich hat sie ihr ganzes Leben hindurch gerechnet, und manche Rechnung ist nicht aufgegangen. Jetzt steht das große Mädel da und hat seinen eigenen Kopf. »Trude«, sagte Anna ängstlich, »wenn du mit jemanden verreist, mußt du ihn doch liebhaben – oder nicht?«

Trude antwortete flüchtig: »Ja, ich habe ihn lieb.«

In Wirklichkeit gab es einige Dinge, die waren ihr fremd an ihm. Wenn er wieder und wieder in seine Versammlungen rannte. Die Reichstagswahlen standen vor der Tür, und er hatte jetzt kaum einen Abend frei. In den wenigen Stunden, die er mit Trude verbrachte, versuchte er, ihr zu erklären, daß nicht nur die Kommunisten erbitterte Gegner der Nazis waren, sonder auch die sozialdemokratischen und christlichen Arbeiter, ja, viele Parteilose und Angehörige anderer Schichten. In vielen Städten hatte es bereits gemeinsame Demonstrationen gegeben. – Hans gönnte sich Tag und Nacht keine Ruhe. Er sah übernächtig aus, die Nase sprang noch spitzer aus seinem Gesicht hervor. Trude wußte, daß er unermüdlich sein *Wählt Liste 3* an die Mauern malte. Manchmal meuterte sie; sie hätte ihn gern mehr für sich gehabt, doch hierin war er unerbittlich. »Später, Trude«, scherzte er einmal, »wenn wir alle wieder Arbeit haben – dann haben wir Zeit für uns. Jetzt gibt es in Deutschland sieben Millionen Arbeitslose – da wird jeder Kopf gebraucht.« Er wollte auch Trude überreden mitzutun. »Wenn wir Kommunisten erst die Macht haben ...«, sagte er oft. Wenn er von der Zukunft träumte, ähnelte er plötzlich ihrer Mutter, fand Trude; die baute auch immer Luftschlösser. Bloß daß Anna auf etwas anderes hoffte, auf ein Wunder vielleicht. Hans vertraute fest auf seine Partei. – Doch konnte sie über alles das mit der Mutter sprechen?

Es wurde schon dunkel, draußen ging die Tür. Hermann kam und hinter ihm auch der Junge. Der Vater klopfte seine Pfeife aus, er stolperte über die Schwelle, so müde war er. Doch er schmunzelte breit.

»Das war 'ne Schufterei! Aber jetzt sind wir fertig.«

Anna stand auf und drückte ihn auf ihren Stuhl. Aber er sprang wieder hoch, ging auf dem schmalen Balkon hin und her. »Wir sind doch noch jung«, sagte er, »das bißchen Arbeit macht uns nicht kaputt.« Er packte Anna bei den Hüften und schwenkte sie herum. Er hatte wohl ein wenig getrunken. »Anneken, Mops«, sagte er wie früher, »wir machen eine Woche Urlaub und fahren weg!«

»Nein, nein«, sagte sie erschrocken, »was redest du ...«

Sie strich ihm rasch seine zwei Brote: erst die Margarine und darüber etwas von der Leberwurst. Dann dasselbe für den Jungen. Die eigene Schnitte zerteilte sie zu Häppchen. Hermann sagte stolz: »Schön sehen die Schränke aus. Die glänzen man so. Ihr müßt sie euch auch noch ansehen.«

»Ja«, sagte Trude.

»Sie sind ja viel zu billig«, sagte Hermann wieder. »Was da an Arbeit drin steckt.«

Anna antwortete nicht. Sie schob die rechteckigen

Brotstücke lustlos in den Mund. Der Junge in der Ecke kaute mit vollen Backen. Hermann blickte einen nach dem anderen an. »Ihr seid ja so still«, sagte er plötzlich. Trude starrte auf ihren Teller, bis die Augen tränten. Anna sagte giftig: »Kannst ja mal deine Tochter fragen, warum.«

Hermann wußte nun gar nichts mehr. Tagsüber steht er an der Hobelbank, er arbeitet und arbeitet und blickt nicht auf. Während des Frühstücks hockt er zwischen Spänen und Leim und würgt das trockene Brot hinunter. Mittags ebenso. Wenn er nach Hause kommt, ist die Sonne schon im Untergehen. Und das ist seine Familie. Anna hat verweinte Augen, jetzt bemerkt er es erst. Der Junge mag an hunderterlei Dinge denken. Trude? Irgendwann hat er sie mal auf seiner Hand getragen, jetzt ist sie fremd und fern.

Als er aufstand, torkelte er ein wenig. Die Arme pendelten. Er hatte einen kleinen Buckel. Er schrie plötzlich los: »Ich will nichts hören! Laßt mich in Ruhe mit eurem Kram!« Er tapste in die Stube, zog die Jacke aus und warf sich übers Bett. Nach wenigen Minuten atmete er tief und gleichmäßig.

Auch Anna ging. Ihre Schritte schlurften durch das Zimmer. Trude blieb mit dem Bruder allein zurück. Groß war er geworden. Ein richtiger Junge, dem man schon etwas erzählen konnte. Sie sah ihn eigentlich selten. Er kam und ging, zu Hause ließ er sich kaum mal blicken. Jetzt saßen sie still beieinander. Unten starb langsam die Straße. Wie ein samtenes Tuch hing der Himmel über den Dächern, manchmal blinkte ein Stern weit auf. Mogli kauerte sich in die Ecke. Sein Hemd sperrte über der Brust, dunkelbraun war darunter die Haut.

Trude fragte leise: »Was würdest du tun – wenn du bloß zu wünschen brauchtest?«

Der Junge sagte sofort: »Ich ginge zwei Jahre auf Fahrt. Länger nicht, dann wird es wohl langweilig. Aber so – nach Ägypten, nach Griechenland …«

»Und dann? Danach?«

»Dann wünsche ich mir ein Motorrad und ein Segelboot. Damit käme man schon durch die Welt.«

»Hast du noch kein Mädel?« fragte ihn Trude. Er wurde rot und warf den Widerhaken zurück. »Nein«, erwiderte er.

Trude sagte ironisch: »Du bist eigentlich schon zu groß, um Schlösser in die Luft zu bauen.«

Er zog die Beine an und lehnte sich gegen die Wand. »Hast du mal das Mädel vom Portier gesehen?« fragte er. »Übrigens habe ich einen Freund.«

»Einen Freund?« Trude lachte. »Ein Freund ist gar nichts …« Sie zupfte ihn an den Haaren und stand auf. Was für dünne Beine sie hatte. Ihr Kleid war hochgerutscht und schlenkerte im Gehen nach beiden Seiten. Über den Strümpfen sah er das nackte Fleisch. Er mußte wegsehen. Drüben die Häuser verschwammen in der Dämmerung. Hier und da schien hinter den Fenstern Licht. Von den Balkons schallten laute Stimmen herüber. Es klang wie Hundebellen, einschläfernd.

Ein Freund ist nichts, hat Trude gesagt. Ist es wirklich so? Trude ist älter als er, vielleicht weiß sie schon, wie es ist im Leben. Aber er hat mit Gustl im Wald gestanden. Der Mond hing am Himmel, rund und durchsichtig. Wie weiße Schlitten glitten die Wolken vorüber. Gustl hat gesagt: »Zum Zeichen der Treue und Freundschaft trinken wir jetzt unser Blut.« Er ritzte sich in den Arm, und Mogli saugte andächtig an der kleinen Wunde. Gustl drückte seine Hand. »Schwöre, daß du nie ein Mädel ansehen wirst«, sagte er zu ihm. Und Mogli antwortete: »Ich schwöre es.« Sie blieben die ganze Nacht wach, erst gegen Morgen fielen ihnen die Augen zu.

Das war lange her. Inzwischen war Gustl auf Großfahrt gegangen. Mogli hatte kein Geld dafür. Der Freund schrieb ihm manchmal zärtliche Briefe. Mogli faßte in die Tasche, Papier knisterte darin. Gustl schrieb:

»Ich weiß nicht, wie es kam, ich konnte einfach seinem Drängen nicht widerstehen. Du hast mein Bild. Wenn Du mich verurteilst, schick es mir zerrissen zurück. Aber für mich ist dann das Leben wertlos.«

Mogli saß da und grübelte. Er löste das leere Blatt von dem Brief und schrieb mit großen Buchstaben:

»Lieber Gustl! Ich habe Deinen Brief bekommen. Ob ich Dich verurteile, muß ich mir noch reiflich überlegen. Wenn ja, wirst Du Dir wohl auch nicht das Leben nehmen. Das würde ich an Deiner Stelle nicht tun. Behalte Mut! Es grüßt Dich Dein Freund Mogli.«

Er steckte den Brief in den Umschlag und sprang die Treppe hinunter, um ihn gleich wegzubringen. Als er vom Briefkasten kam, stand das Portiermädel vor der Tür. Es klimperte in der Hand mit dem Schlüsselbund. Mogli wollte rasch an dem Mädel vorbei. Er drückte auf die Klinke, die Tür gab nicht nach. Das Mädchen sagte wie schadenfroh: »Ist zugeschlossen.« Wieder klimperte sie mit dem Schlüsselbund, er hätte sie nur zu bitten brauchen. Aber er vergrub die Hände in den Taschen. Er sagte rauh: »Wollen wir ein bißchen spazierengehen? Wenn wir doch nicht rein können?«

Sie trug eine Schürze, die ihr viel zu knapp saß. Das Kleid darunter war fadenscheinig. Aber es war wohl gleichgültig, was sie anhatte. Sie hatte dunkle, verschüchterte Augen, einen langen weißen Hals. Zusammen schlenderten sie rund um den Häuserblock. Hier gab es nirgends ein paar Bäume und auch keine Bank. Immerzu mußte man gehen, und sie trug zerbrechliche Schuhe.

»Müssen Sie oft saubermachen?« fragte er.

Sie nickte. »Immer wenn Mutter krank ist. Aber ich fege nur. Wischen strengt zu sehr an.«

Er mußte plötzlich daran denken, wie er von ihr geträumt hatte. So zierlich war sie, wie eine Tänzerin. »Ich helfe Ihnen mal«, sagte er eifrig, »wenn es Ihnen zu schwer ist.«

»Au ja, fein.«

Nach einer Weile sagte sie: »Ich heiße Lieschen.«

So, Lieschen, das gefiel ihm nicht. »Ich bin Mogli«, erwiderte er. Sie riß die Augen weit auf. Solchen Namen hatte sie noch nie gehört, und er mußte ihn ihr erklären: »Das ist so: der Rudyard Kipling hat mal ein Buch geschrieben, das Dschungelbuch. Darin gibt es einen Menschen, der ist splitternackt, und der wird von Wölfen aufgefunden. Die Wölfe wissen nicht, was sie mit ihm machen sollen. Und sie nennen ihn Mogli, das heißt soviel wie Frosch. Nackt wie ein Frosch. Ja, so ist das mit mir.«

Sie kicherte plötzlich. »Sie sind doch nicht nackt ...« Gerade waren sie wieder vor der Haustür angelangt. »Ich kann ja nun aufschließen«, sagte Lieschen. Sie standen eine Minute im dunklen Hausflur, Moglis Nase wischte über ihr weiches Haar. Flüchtig dachte er an Gustl. Er preßte ihre Hand. Dann kam die Müllern mit ihren Hunden über den Hinterhof. Die beiden stoben auseinander. Mogli hetzte die Stufen hoch. Er nahm immer drei auf einmal. Er keuchte, als er vor der Wohnungstür stand.

4

Ein breites, schweres Brett wankte über die Straße. Unter dem Brett sahen bestaubte Beine hervor. Vor einem Karren, der am Rinnstein stand, machten die Beine halt, das Brett glitt auf den Wagen. Hermann wischte sich die

Stirn. Er ging um den Karren herum, schob an den Druckstellen einen Sack unter das Holz, damit es nicht beschädigt wurde. Dann ging er wieder zurück. Der Milchmann stand untätig auf dem Hof. Er kratzte sich die Schulter, griente. »Na, wieder mal liefern? Kommt Geld ins Haus.«

»Wird Zeit«, erwiderte Hermann. Er stieg die Treppe hinauf, oben reichte ihm der Junge die letzte Ladung. Die Mittelteile. Sie verschlossen die Tür, der Junge packte mit an, so schleppten sie alles zum Karren. Hermann spannte sich vor die Deichsel. Er mußte sich schwer hineinhängen, sonst wurde er, schmächtig wie er war, in die Luft gehoben. Er stakste breitbeinig, die Muskeln angespannt: ein Bauer, der sein Korn einfährt. Der Junge lief leichtfüßig nebenher. Er sollte aufpassen, daß es keine Schrammen gab.

Der Verkäufer stand schlaksig im Laden. »Fahrt man gleich zum Lager«, sagte er. Hermann bog in den Hausflur ein, er nahm einen kleinen Anlauf, der Schwelle wegen. Der Karren schluckte die Stufe, holperte über das steinige Pflaster und hielt. Wortlos gingen sie ans Abladen. Beide hatten die Hemdsärmel hochgekrempelt. Dann bauten sie die Teile zusammen. Hermann wischte alle Stellen nach, bis die Politur wie ein Spiegel glänzte. Die Türen schlossen, die Einlegeböden saßen fest, alles war fix und fertig. Der Junge brachte den Karren wieder zum Milchmann zurück.

Der Werkmeister kam näher, trat zu Hermann. Er schob seinen Bleistift hinters Ohr und sagte durch die Zähne: »Ganz schöne Schränke. Alles, was recht ist: sauber.« Sie standen beide vor der Ware, betrachteten sie von allen Seiten, befühlten kundig das Holz.

»Was kriegst 'n dafür?«

Hermann zuckte die Achseln. »Ich glaube, neunzig«, sagte er. »Ist ja viel zu billig.«

»Man muß ja heute billig sein«, sagte der andere.

»Ja, ja, wir Kleinen dürfen keine Preise nehmen.«

Er gab dem Kollegen die Hand, sah noch einmal auf die Schränke, die in einer Reihe hintereinanderstanden, und riß sich endlich los. Er mußte hinüber ins Kontor. Drüben saß nur Willys Frau am Schreibtisch. Hermann ging zu ihr. Er sagte: »Ich wollte endlich mal abrechnen. Die Schränke stehen im Lager.«

Sie legte die Feder hin und drehte den Sessel herum. »Mein Mann ist nicht hier«, sagte sie. »Da müssen Sie schon ein andermal kommen. Er ist zur Versammlung gegangen.«

»So?« sagte Hermann, »zur Versammlung ist er?« Eine Wut stieg in ihm hoch. Früh hat er dem Willy gesagt, daß er heute liefert. Jetzt ist der Willy ausgeflogen.

Er ging grußlos an dem feixenden Verkäufer vorbei, ohne sich umzusehen. Zu Hause schlang er das Essen hinunter, zog die Jacke aus, wusch sich gründlich Gesicht und Hals. »Ich will noch zur Versammlung«, sagte er, Anna machte ihm rasch ein paar Stullen zurecht. Dann holte sie einen sauberen Kragen aus dem Schrank, auch den blauen Anzug. Sogar einen Schirm mußte er mitnehmen, Anna bestand darauf. Sie fand, es sah draußen so trübe aus.

Die Versammlung war in den Germania-Festsälen. Eine Tafel am Eingang wies ihm den Weg. *Verein der Tischlermeister zweiter Stock.* Dicke blaue Luft stand im Raum, Rauchschwaden zogen an den Wänden entlang. Hermann setzte sich dicht neben die Tür; es hatte schon angefangen. Ein Redner auf dem Podium hielt die Hände vor den Mund: »Kollegen!« posaunte er so laut er konnte, »für uns hat es immer geheißen: so weit wie möglich nach rechts. Die Linken haben uns nie was geben können und werden es auch nie tun. Wir müssen uns auf uns selbst besinnen. Der deutsche Mittelstand wird auferstehen, und der alte Satz wird wieder gelten: Handwerk hat goldenen Boden!« – »Bravo!« schrien sie im Chor, Biertöpfe knallten auf die Tische, anhaltend brauste der Applaus. Der Redner zupfte an seinem Jakkett, er lockerte den Kragen, wischte mit einem Tuch über den kahlen Schädel. Jemand brachte ihm ein Glas Wasser, das er in einem Zuge hinunterstürzte.

Hermann saß weit vorgebeugt, er lauschte auf jedes Wort. Er kannte den Redner seit langem. Früher hatte er selbst eine Werkstatt gehabt, jetzt war er bei der Innung angestellt. Auf jeder Versammlung sprach er über die neuesten Ereignisse. »Sehen wir uns doch das heutige Handwerk einmal an«, sagte er jetzt, »alles liegt am Boden, der kleine Meister hat kaum das tägliche Brot.« Das stimmte. Ja, alle nickten dazu, niemand brauchte vor dem anderen großzutun. »Und wer hat die Schuld daran? Wer hat die Schuld, frage ich? Da sind die Maschinen, die die Handarbeit vernichtet haben. Die Großen, mit denen der kleine Mann mit seinem einfachen Betrieb nicht mehr konkurrieren kann.«

Hermann stützte den Kopf in die Hand. Er hatte zwei Bier getrunken, er vertrug nichts, der Kopf wurde ihm schwer. Er wollte nachdenken, wie das mit den Maschinen war. Er hat doch selber Maschinen, und er freut sich, wenn sie rasch und sauber das Holz zersägen. Früher, mit der Handsäge, hat er dreimal so lange gebraucht. Auch Willy hat Maschinen. Aber dem einen geht es gut und dem anderen schlecht. Es ist wahr, Willy hat einen großen Betrieb, in dem viele Leute für ihn arbeiten. Ein Gedanke blitzt in ihm auf: Vielleicht sind es gerade diese Leute, die den Unterschied machen? Schuftet er nicht selber für Willy? Baut schöne blanke Schränke, damit Willy sie teuer verkaufen kann?

Er kam zu keinem Ergebnis. Er war zu müde. Vielleicht konnte er morgen klarer denken. Er schlürfte die

Bierneige, stand schwerfällig auf und wand sich durch die Stuhlreihen. Der Referent hatte gerade geendet. Minutenlange Pause. Er mußte Willy finden.

An einem T-förmigen Tisch entdeckte er ein paar Bekannte. Willy saß in der Mitte. Er hatte beide Arme breit über die Platte gelegt und glotzte in die Runde, während seine Kiefer langsam Worte mahlten. Die anderen hörten andächtig zu, nickten Beifall und lachten. Willy hatte wohl einen Witz erzählt. Die meisten lieferten für ihn.

Hermann setzte sich dazu. Kollege Hintz zu seiner Linken klatschte im derb aufs Knie. »Wegener«, rief er, »schmeiß mal gleich 'ne Runde. Dich hat man ja eine Ewigkeit nicht gesehen.« Er winkte den Ober heran. Hermann bestellte zehn Kleine. Sie tranken alle einen langen Zug, der Schaum setzte sich wie Seife um die Münder. Dann knallten die Gläser wieder auf den Tisch. »Jetzt trudeln!« rief einer.

Es war das dritte Glas für Hermann. Sein Kopf schwankte wie eine Bleikugel auf dem Hals. Vorn auf der Bühne fuchtelte schon wieder jemand mit den Armen. Alle schrien »Hoch!« und »Bravo!«, als er vom Katheder herunterstieg. Hermann begriff nichts, er stand vom Stuhl auf, seine Beine waren noch fest. Er mußte mit Willy sprechen. Kollege Hintz, ein dicker Mann mit einem Spitzbauch, trat an ihn heran. »Komm«, sagte er, »zur Theke. Noch einen saufen.« Seine mit Fett umpolsterten Äuglein zwinkerten. Hermann sagte lasch: »Ich bin eigentlich geschäftlich hier.«

»Haste keen Zaster?«

Hermann blickte in die lauernden Augen des anderen. Er gab sich einen Ruck, zupfte die Krawatte zurecht, die immer wieder aus dem Hemd kriechen wollte. Breitbeinig, im tadellos gebürsteten Anzug, stand er da, wippte auf den Fußspitzen. »Was mich betrifft«, sagte er, »ich kann nicht klagen. Die Geschäfte gehen ausgezeichnet.« Er preßte die Lippen zusammen und ließ sie wieder auseinanderknallen.

»Na also«, sagte der Kollege, »man los!«

Er packte den Meister um die Schultern und zog ihn zum Saalausgang. Dort stießen sie mit Kollegen Mahlwitz zusammen. »Wegener!« rief der. »Wir dachten schon, du bist pleite, weil du dich gar nicht mehr blicken läßt.«

Hermann stand in der Mitte, rechts und links die Kollegen sahen ihn forschend an. Mahlwitz nahm seine Brille von der Nase, er ging an seinen Tisch zurück und wischte mit dem Tischtuch die Gläser blank. Dann kam er zurück, und ohne die Brille wieder aufzusetzen, sah er Hermann mit seinen feuchten, wimpernlosen Augen prüfend an.

»Du schusterst also noch?«

Hermann steckte beide Daumen unter den Hosenbund. »Gerade heute habe ich geliefert«, prahlte er. »Wenn ihr wollt, können wir es ja mit einem Bier begießen.«

»Na, Menschenskind«, sagte Mahlwitz, »das ist ein Wort.«

Auf der Treppe zögerte Hermann. Ihm fiel ein, daß er ja mit Willy hatte sprechen wollen. Natürlich, sonst hatte er gar kein Geld. Er sagte zu den beiden Kollegen: »Geht man schon zur Theke – ich komme gleich nach.« Seine Schritte wurden, je näher er dem Saal kam, immer langsamer. Eine Blutwelle stieg ihm plötzlich in den Kopf, er mußte stehenbleiben und tief Atem holen.

Willy saß noch immer am Tisch, neben ihm stand der Zahlkellner. Hermann sah, wie Willy einen Hundertmarkschein aus der Tasche zog. Er lachte ihn an. »Gib man ein paar von den Dingern gleich rüber«, sagte er. »Ich habe heute geliefert.«

Willy sah halb auf. »So?« fragte er gleichgültig. »Na, ist schön. Mit dem Geld wird's ja nicht so eilig sein.«

»Doch, doch«, sagte Hermann schnell, »gerade das ist eilig. Ich habe lange genug gewartet. Die Schränke sind da, ich brauche das Geld.«

Er redete hastig, das Bier in seinem Leib machte ihm Mut. Er zog sich einen Stuhl heran und setzte sich. Dann kramte er ein Stück Papier aus seiner Jackentasche, strich es sorgfältig an den Rändern glatt. »Wir müssen abrechnen, Willy. Was willst du für die Schränke bezahlen?«

Willy glotzte vor sich hin. Einmal sah er den Meister an, sah sein hektisch gerötetes Gesicht. »Du bist ja nicht mehr intakt«, sagte er wie angewidert. Er schob den Zettel weg. »Komm lieber morgen ins Büro.«

Hermann sprang auf. Es ist wahr, er schwankte ein bißchen, er mußte sich an der Tischkante festhalten. Aber er wußte genau, was er sagte. Er klopfte laut auf den Tisch. Die Umstehenden wandten sich erstaunt nach ihm um.

»Was willst du also zahlen?« wiederholte Hermann.

Willy griff wiederum nach dem Zettel, dann ließ er sich von dem Kellner einen Bleistift bringen. »Da ist nicht viel abzurechnen«, sagte er. »Ich zahle pro Schrank fünfundsiebzig Mark. Macht bei sechs Schränken vierhundertfünfzig.« Er malte die Zahlen mit Schnörkeln auf das Papier. »Dreihundert hast du weg für das Material und fünfundsiebzig in bar, also bleiben genau ...« Er rechnete stumm, seine Lippen bewegten sich auf und zu. Er setzte Punkte hinter die letzten Zahlen, zog die Endsumme und fing noch mal von vorne an. Endlich hob er den Kopf. »Da bleiben genau fünfundsiebzig«, sagte er. »Die kannst du meinethalben haben.« Er zückte die Brieftasche.

Der Meister nickte vor sich hin. Sie saßen jetzt allein

um den großen Tisch, der Saal hatte sich inzwischen geleert. Gläser mit Bierneigen waren in der Tischmitte zusammengestellt. Vielleicht war alles nur ein Traum, er war es nicht selbst, der diesen Spuk erlebte. Oder der große Kollege machte sich einen Spaß mit ihm. »Na?« sagte Willy schon ungeduldig.

Hermann sagte mühsam: »Willy, das sind doch Schränke, die du mit hundertachtzig das Stück verkaufst. Du kannst mir doch nicht fünfundsiebzig Mark anbieten!«

»Fünfundsiebzig Mark!« bestätigte der große Kollege. »Ich kann sie sogar noch billiger kriegen. Aber weil du es bist ...« Er blätterte die Geldscheine auf den Tisch: drei Zwanziger und einen Zehner. Da lagen sie und lachten den Meister an. Hermann hatte lange kein Geld gesehen. Er hatte gearbeitet, geschuftet. Er mußte jetzt daran denken, und die Wut stieg in ihm hoch. Er beugte sich über den Stuhl, sein Gesicht war rot, dicke Tränensäcke schaukelten unter den Augen.

»Fünf Wochen haben wir an den Dingern gebaut, ich und der Junge. Und wenn man es jetzt zusammenrechnet, haben wir dreißig Mark die Woche verdient. Davon bestreite mal alles: die zwei Mieten für die Wohnung und Werkstatt, Betriebsunkosten, Kostgeld, Kleidung ... Kleidung! Einen Anzug hat man gerade noch, um sich mal sehen zu lassen. Wie lange noch, dann fällt der auch vom Leibe. Man arbeitet und arbeitet, und was kommt dabei heraus? Auf den Hund kommt man, Willy. Auf den Hund kommt man!«

Er spricht leise zuletzt. Seine Hände kneten an der Weste herum. Von der Decke fällt fahles gelbes Licht. Einige Birnen hat man schon ausgedreht. Ein Kellner blickt in den Saal, schlendert am Tisch vorbei, geht wieder und reißt die Tür hinter sich zu. Der Knall hallt lange in Hermanns Ohren nach. Er sieht auch, daß Willy jetzt aufsteht. Langsam knöpft der seine Jacke zu, rückt die Krawatte gerade, langsam greifen seine Finger wieder nach dem Geld. Da ist der Zwanziger, noch einer, noch einer, und dann der Zehner. Willy kniffi sie alle der Größe nach ineinander. Er nimmt eins der Gläser vom Tisch, schüttelt es und spült den Rest hinunter. »Ja, lieber Hermann«, sagt er gedehnt, »du bist natürlich nicht gezwungen, mir die Schränke zu geben. Vielleicht bekommst du woanders mehr. Kannst es dir überlegen. Aber in acht Tagen verlange ich das vorgestreckte Geld zurück.«

Er geht. Er will zur Tür. Flüchtig hält er dem Meister die Hand hin. Hermann klammert sich daran fest, er lacht gequält, er sagt hastig: »Nein, nein, Willy, so war das doch nicht gemeint. Mach man keinen Kohl. Die Schränke sind deine, das war abgemacht.«

Dann hielt er das Geld in der Hand: fünfundsiebzig Mark. Das blanke Fünfmarkstück blähte die Geldtasche auf. Er ging zum Ausgang. An der Theke warteten die Kollegen. »Mal ran!« sagte Mahlwitz. Er packte Hermann am Jackenkragen und zerrte ihn vors Büfett. Hintz saß verkehrt auf dem Stuhl, die Lehne zwischen den Händen. »Wir versaufen unsrer Oma ihr klein Häuschen«, grölte er.

Hermann langte nach einem Großen. Er steckte die Lippen in den weißen Schaum, am liebsten wäre er ganz darin untergetaucht. Er trank das Glas in einem Zug leer. Dann setzte er sich, sie fingen an zu würfeln. »Drei Lagen bist du uns aber noch schuldig«, bestimmte Hintz. Hermann sagte: »Ja, ja.« Er stülpte den Becher auf den Tisch. Eine Eins und zwei Dreien, die anderen würfelten mehr Augen. Er stand auf, winkte die Serviererin herbei und bestellte eine Runde. Er trank auch dieses Glas gleich leer, mit kleinen, bockigen Schlucken. »Diese Scheißkerle!« fluchte Hermann vor sich hin. Mahlwitz lag lang über dem Tisch. »Ja, Scheißkerle sind sie alle«, bestätigte er.

»Was machst du denn eigentlich?« fragte Hermann. »Arbeitest du für Private?« Aber er wartete die Antwort nicht ab, er mußte auf und hin und her gehen, beim Sitzen drehte es ihm den Magen um.

Mahlwitz sah ihm nach, seine wimpernlosen Augen waren ruhelos. »Mich hält die christliche Gemeinde aus«, sagte er kichernd. »Ja, das muß man verstehen. Wenn die Arbeit nicht flutscht, gleich werde ich fromm – damit ich einen dicken Auftrag bekomm.«

»Junge, Junge«, lachte Hintz. Hermann fragte bewundernd: »Woher hast du denn die Verbindungen? Da kommt man doch gar nicht so ohne weiteres ran.«

Mahlwitz zuckte bloß mit den Schultern. »Na, dann prost!«

Nach einer Weile sagte Hintz: »Kollegen, ich mache heute noch einen Dreh. Tut ihr mit? Man ist nicht alle Tage von der Olschen weg.« Mahlwitz blinzelte. Hermann zahlte mit einem Zehner, er bekam vier einzelne Mark zurück. Zu dritt zogen sie weiter. »Zur Friedrich runter!« kommandierte Hintz. Hermann taumelte, er fiel von einem Fuß auf den anderen. Manchmal wünschte er, lang hinzuschlagen und nicht mehr aufzustehen, aber die Kollegen zerrten ihn immer wieder am Ärmel hoch. Einmal blieb er stehen. »Ich biege hier ab.« Aber die zwei zogen ihn weiter, nahmen ihn jetzt in die Mitte, hielten ihn wie in einem Schraubstock fest. Vor einem Lokal mit hüpfenden Buchstaben machten sie halt. »Hier ist's richtig«, schrie Mahlwitz, »das kenn ich.« Im Schaufenster hingen drei Postkarten mit nackten Mädchen *The Three Babies*. Auch Hintz schien sich hier auszukennen. Er ging als erster hinein.

Hermann tauchte in zitteriges halbes Licht. Er saß dicht an der Tanzfläche, die Musik stieß ihn in die Ohren. Das Parkett war von Dutzenden kleinen und großen Kugeln eingerahmt, die sich drehten und bunte Schatten auf die Wände warfen. Die Menschen drehten sich, die Stühle, der Tisch, das ganze Parkett war ein riesiges Rad. Hermann klammerte sich an den Kübel, der vor ihm stand. Ja, Mahlwitz hatte Wein bestellt. »Das Handwerk wird wieder hochkommen«, prophezeite er. »Unser Führer hat ein Herz für den Mittelstand.« Er nahm einen großen Schluck, schnalzte mit der Zunge, seine Augen wurden ganz wässrig. Hintz äugte nach dem Nebentisch, er machte dem Weib, das da saß, Zeichen, herüberzukommen. Die ließ sich das nicht zweimal sagen. Hintz packte tolpatschig ihre Hand. »Hast du keine Freundin?« fragte er. Sie stand sofort wieder auf und ging durch den Raum. »Wir brauchen zwei«, rief Hintz ihr noch nach.

Sie kam bald mit zwei anderen zurück. »Wir können gleich gehen«, sagte Hintz, »hier ist ja nichts los.« Diesmal bezahlte Mahlwitz. Zu sechsen traten sie auf die Straße hinaus. Draußen graute schon der Morgen. Hermann fror. Die kleinste von den Weibern, eine Dürre, hatte sich an ihn gehängt, er kroch an sie heran, sie hatte spitze Knochen. Sie steuerte gleich auf ein Hotel zu. »Wollt ihr erst was essen, Mädels?« fragte Mahlwitz. »Uns kommt's nicht drauf an. Der Kollege da vorn hat heute geliefert, wir haben Geld wie Heu.« Alle lachten. Hermann sah verdutzt in die Runde, die Weiber stießen sich in die Seiten. Die Dürre sagte leise: »Au ja.« Hermann mußte eine illustrierte Platte bestellen.

Hintz nahm die mit den langen Haaren, Mahlwitz die Fahlblonde. Hermann blieb richtig an der Dürren hängen. Sie haspelte ihr eingelerntes Pensum ab. Hermann fing gerade an zu begreifen, daß sie ein Weibsbild ist, als sie schon wieder in ihre Kleider schlüpfte. Er taumelte die Treppe hinunter. Wie lange hatte er Anna nicht mehr angerührt. Vielleicht vermißte sie das auch. Wie lebten sie überhaupt? Er arbeitete und arbeitete. Für nichts. Und alles andere ging vorbei.

Er trottete die Straße entlang, die lebendig wurde. Ein Milchwagen stuckerte über das Pflaster, aus einem Fenster winkte eine junge Frau. Hermann hielt die Hände auf dem Rücken, die kalte Morgenluft zog sein Gesicht zusammen. Sein Kopf wurde langsam wieder klar. Als er in seine Straße kam, sah er Anna auf dem Balkon. Er überquerte den Damm, stieg langsam die Stufen bis zur Wohnung hinauf. Ein verheultes Gesicht hatte Anna. Sie sagte: »Was ist denn los? Ach, du lieber Gott, ist was passiert? Du bist ja ganz durcheinander.« Sie nahm ihn beim Arm und führte ihn behutsam in das Zimmer. Hermann machte sich frei. Er sah in ihr rundes, besorgtes Gesicht.

»Ich bin nicht besoffen, Anna.«

Er ließ sich schwer auf den Bettrand fallen. Anna zog einen Stuhl heran und setzte sich ihm gegenüber. Er sagte noch einmal: »Guck mich nicht so an, Anna. Ich bin nicht besoffen.«

Anna sah ihm eine Weile stumm ins Gesicht. Dann sagte sie: »Ist ja egal, was los ist. Ich will gar nichts wissen. Irgendwie wird es schon weitergehen.«

5

Die Tür ging auf, zwei Frauen kamen herein. Hermann sah auf von der Bank, er griff nach dem Handfeger und bürstete die Späne vom Kittel. Dann knipste er das Licht an, das er bis jetzt gespart hatte. Auch der Junge legte den Hobel hin. Gerade öffnete sich die Tür wieder, im Rahmen erschien ein Mann. Er nahm den Hut ab und hielt ihn in der rechten Hand, zusammen mit dem Regenschirm. Von den Frauen war die eine jung und häßlich. Sie stellte sich neben den Mann, der wohl ihr Vater war. Die ältere Dame ging zum Leimofen, strich im Vorbeigehen dem Jungen übers Haar, blieb dann vor Hermann stehen.

»Sie sind Tischlermeister Wegener?« fragte sie. »Sie sind mir empfohlen worden.« Sie hüstelte und hielt die Hand vor den Mund.

»Was steht zu Diensten?« fragte Hermann höflich.

Die alte Dame musterte ihn ungeniert. »Sie machen ja einen guten Eindruck«, sagte sie endlich. Sie wandte sich zu ihrer Tochter um: »Lisa, was meinst du? Gib mal dein Urteil ab. Nicht wahr, mit dem Meister hier kann man reden?«

»Wie du denkst, Mama«, sagte das Mädchen.

»Ja. Also hören Sie, Meister. Ich möchte bei Ihnen ein Zimmer bestellen. Ein Schlafzimmer. Piekfein. Können Sie das übernehmen?«

»Selbstverständlich.« Hermann ging zur Bank und holte den Zollstock.

Jetzt trat der Mann näher heran. »Wir dachten ...«, fing er an, aber seine Gattin schob ihn zur Seite. »Gustav, du geh mal weg. Das bespreche ich mit dem Meister allein. Du hast da nichts dreinzureden.« Der Mann trat wieder zurück.

Hermann sagte: »Was dachten Sie denn – wieviel Sie anwenden wollten?«

»Ja, das ist es eben. Piekfein muß es werden. Es ist nämlich für meine Tochter, die sich verheiraten will. Niemand soll uns nachsagen, wir hätten unserer Tochter nicht genug mitgegeben. Nicht wahr, Lisa? Wir wünschen erstklassige Qualität.«

»Ja, Mama. Natürlich.«

»Vielleicht Mahagoni?« fragte Hermann.

»Ach nein, Mahagoni. Das ist so altmodisch und sieht immer so traurig aus. Die jungen Leute sollen doch Spaß haben an ihrem Schlafzimmer. Lisa, sag doch auch mal was!«

»Ja, Mama. Mahagoni nicht.«

»Oder Kaukasier.« Hermann lief an sein Pult und holte sein Probenbrett. »Sieht immer apart aus«, sagte er.

Die alte Dame kniff die Augen zusammen. »Da wird einem ja ganz flimmerig«, mäkelte sie. »Diese vielen Karos! Lisa, was meinst du?« Sie wartete die Antwort nicht ab, sondern drehte sich um und blickte in alle Ecken.

»Nehmen Sie doch Birke«, schlug Hermann vor. »Die ist hell und freundlich.«

»Ach ja«, sagte das Mädchen schnell.

Die ältere Dame verzog den Mund. »Gefällt dir so was, Lisa? Ich finde es ja gewöhnlich, aber wie du denkst. Meister, wir nehmen Birke. Was soll das kosten?«

Hermann klappte den Zollstock auf. »Junge, hol mal einen Bleistift und meinen Block. Ich kann allerdings nur oberflächlich kalkulieren. Der Schrank ... Moment. Wie breit soll der Schrank sein?«

»So groß wie möglich. Zwei Meter. Und rechts und links Türen, in der Mitte der Spiegel.«

»Innen natürlich.«

»Innen? Wieso innen? Dann ist er ja nicht zu sehen. Lisa, was meinst du? Vielleicht sollte man erst den Bräutigam fragen. Der hat doch auch ein Wort mitzureden.«

»Das finde ich gar nicht«, sagte die Tochter spitz. »Es ist meine Aussteuer.«

Hermann sagte: »Spiegel in der Front hat man nicht mehr. Das finden Sie in keinem Möbelgeschäft.«

»Also gut, Spiegel innen. Dann natürlich eine Waschkommode, Frisiertoilette, Betten, Nachttischchen. Na, das Übliche ...«

»Waschkommode ist überflüssig«, sagte Hermann. »Heute hat man nur noch die Frisiertoilette.«

Die Dame sah ihn an, ihre Augen standen beißend

hinter den scharfen Gläsern. »Waschen ist wohl Nebensache?« fragte sie. »Nein, auf solch neumod'sche Dinge lasse ich mich nicht ein. Lisa, was meinst du?«

»Eigentlich ...«

»Nein, die Waschtoilette kommt. Wo ich doch schon das teure Waschgeschirr habe. Meister, machen Sie bloß alles recht proper.«

»Ich schätze«, sagte Hermann zaghaft, »tausend Mark kommen ran. Wie gesagt: über den Daumen gepeilt.«

Die ältere Dame schob ihren Busen hoch. »Hm«, machte sie pikiert. »Ich habe ja gesagt: das Beste vom Besten. Aber tausend Mark sind uns natürlich zuviel. Da müssen wir leider verzichten.«

Sie zog ihre Tochter an der Hand hinter sich her und ging zur Tür. Der Mann trottete ihnen nach.

Hermann rannte hinterher, verstellte den dreien den Weg. Er kratzte sich den Kopf. »Gnädige Frau, wir werden schon einig werden.« Er stockte, strich sich hilflos über die Augenbrauen.

»Na also«, sagte die Dame, »das wußte ich ja. Sehen Sie, Meister, ich bin ja nicht so. Darum gehe ich auch nicht zu einem großen Möbelgeschäft. Warum? sage ich mir. Laß die Kleinen auch was verdienen. Da sind wir rumgerannt und rumgerannt ... Sie wohnen hier viel zu versteckt. Reklame müssen Sie machen, Meisterchen! Wer sucht Sie denn hier auf dem zweiten Hof, überm Kuhstall? Also: Reklame! Reklame!«

Reklame kostet Geld, dachte Hermann. Er einigte sich mit der Dame auf achthundert Mark. Hundert steckte sie ihm als Anzahlung in die Hand. Weitere zweihundert sollte er in vierzehn Tagen bekommen, für Material, den Rest in wöchentlichen Raten zu fünfzig Mark beziehungsweise bei Lieferung. »Geliefert wird in acht bis zehn Wochen, Meister, nicht wahr?« Sie reichte ihm die Hand. »Man muß das Handwerk unterstützen. Und jetzt bauen Sie uns ein piekfeines Zimmer. Komm, Lisa. Gustav, setz deinen Hut wieder auf!«

Hermann begleitete die drei zur Tür. Das Schloß klappte freudig zu. Hermann trat zu dem Jungen.

»Bengel, heute wird nichts mehr getan. Das muß gefeiert werden!« Er band den Kittel ab und kroch in die blaue Jacke. Der Junge sprang zum Kleiderschrank. Innen an der Tür war ein kleiner Spiegel befestigt, in dem er sich eingehend betrachtete. Er kämmte sein Haar mit einem Ruck nach hinten, so, daß es in weichen Wellen lag. Der Widerhaken fiel in die Stirn.

Auf der Straße gingen sie nebeneinander. Der Junge war einen Kopf größer als der Vater. »Wie lange dauert's denn«, fragte er, »bis das Zimmer fertig ist?«

Hermann antwortete nicht sogleich. Er trat an eine Hauswand und klopfte seine Pfeife aus. Er schraubte den Pfeifenkopf ab, nahm das Rohr in den Mund und durchpustete es. Alles tat er äußerst gemächlich. Er hatte heute Zeit.

»Ja«, sagte er endlich, »acht bis zehn Wochen dauert es wohl. Je länger es stehenbleibt, um so besser. Weil es dann Zeit hat, gut auszutrocknen.«

Er nahm jetzt den Tabak aus der Blechbüchse und stopfte die Pfeife voll. Das Streichholz entzündete er hinter der hohlen Hand. Der Junge sagte maulend: »Dann sind wir ja erst im September fertig, und ich kann nicht auf Großfahrt.«

»Dann wirst du eben nicht auf Großfahrt gehen. Ich bin schon seit Jahren nicht herausgekommen, da wirst du wohl auch mal verzichten können. Hauptsache ist doch, daß wir den Auftrag haben.«

Sie waren inzwischen angelangt. Anna winkte von oben, sie hatte die beiden kommen sehen. »Was ist denn mit euch los?« fragte sie, als sie die Tür aufmachte. »Habt ihr schon Feierabend?«

»Anna«, sagte Hermann, »mach dich fertig. Wir gehen heute aus.«

Anna ging flink in die Küche zurück, sie war beim Abwaschen. Sie stapelte die schon trockenen Teller übereinander. Als sie einen Stoß zusammen hatte, stellte sie die Teller in den Schrank.

Hermann ging zu ihr. »Wir haben einen Auftrag, Anna!«

Sie ließ die Arme sinken. Ihre Hände waren noch naß, das Wasser tropfte von ihren Fingern auf die Erde. »Warst du wieder bei Willy?« fragte sie.

»Was viel Besseres, Anna. Du wirst staunen!« Er trat einen Schritt zurück, sagte langsam, jedes Wort mit einem Kopfnicken unterstreichend: »Schlafzimmer. Birke. Zwei Meter breit. Lieferbar in zehn Wochen. Geld für Material und Lohn wird wöchentlich ausgezahlt. Hier ist die Anzahlung!« Er legte den Hunderter auf den Tisch. Anna nahm ihn an sich, besah ihn fast andächtig von allen Seiten.

»Tatsächlich! Hermann, wie lange haben wir kein Geld gesehen!« Sie packte ihn bei den Schultern. Beide lachten. Erst nach einer Weile fiel ihr ein, daß auch der Junge da war.

»Der freut sich nicht«, sagte Hermann. »Er kann nun nicht auf Fahrt.«

»Warum denn nicht?« sagte Anna eifrig. Sie sah den Jungen an, der breitbeinig, die Hände in den Hosentaschen, vor ihr stand. »Laß man, mein Junge«, sagte sie. »Wenn wir Geld haben, kann Vater sich einen Gesellen nehmen. Dann kannst du die paar Wochen weg.« Sie tätschelte ihm die Wangen. Als er draußen war, sagte sie zu Hermann: »Laß ihn doch sein Leben genießen. Was hat man vom vielen Arbeiten?«

»Ja, ja, hast ja recht. Aber nun zieh dich an.«

Anna ging zum Kleiderschrank. Das Grüne hing sauber auf dem Bügel. Es war ihr bestes Kleid, aber am Ärmel begann es schon auszureißen. Na, jetzt wollte sie nicht erst ausbessern. Sie versteckte die zerschlissene Stelle, so gut es ging, dann band sie ihren Unterrock hoch und stieg in die guten Schuhe. Einen Hut mußte sie haben, ihrer war ganz verblichen. Die Blumen an der Seite verloren schon ein paar Blätter. Sie nahm schließlich den Hut von Trude, die würde ihn heute schon nicht brauchen. Es war ein grellroter Hut, der flach auf Annas Hinterkopf saß. Er war ihr zu klein und schnitt in die Kopfhaut.

»Wollen wir ins Kino?« fragte Hermann, als sie unten waren.

Anna lief noch einmal zur Haustür. Der Junge war mit hinuntergekommen, er stand unschlüssig herum. »Was machst du denn heute?« fragte Anna.

»Nestabend.«

»Ach so. Na – zeige Trude nachher, wo das Essen steht. Sie braucht es bloß aufzuwärmen.«

Im Kino an der Ecke gab es: *Leben zu zweit.* Anna wäre lieber in die Stadt gefahren, in einen der Kinopaläste. Aber Hermann sagte: »Da mußt du unnötig mehr bezahlen, die ganze Reklame und die Aufmachung. Und die Filme sind die gleichen.« Er betrachtete die Bilder am Aushang. Die kleine Blonde spielte wieder mit. »Sieh mal«, sagte er ganz aufgeregt, »die hat eine Figur!«

Anna blickte ihn schnell von der Seite an. »Na, komm«, sagte sie.

Vorne lief gerade der populärwissenschaftliche Vorfilm. Das Theater war überfüllt, nur in den ersten drei Reihen waren noch ein paar Stühle frei. Die beiden zwängten sich hindurch. Sie mußten den Kopf steil nach oben halten, die Gesichter auf der Leinwand waren übergroß und verzerrt. Ein würdiger Herr mit weißen Haaren war lange zu sehen, dann wechselte das Bild, und viele

Männer und Frauen liefen in einem Saal zusammen. Die Stimme des weißhaarigen Alten ging über ihre Köpfe hinweg. »Es ist ein Irrtum, anzunehmen«, sagte die Stimme, »daß bei einer Frau, die im sogenannten Wechsel steht, jegliches Liebesbedürfnis erloschen ist. Hier ist es Sache des Partners, verständnisvoll auf ihre Stimmungen einzugehen und das Glück der Ehe zu erhalten – auch über das Klimakterium hinaus.« Der Vortrag war zu Ende, die Versammlung löste sich auf. Viele der Damen schüttelten dem weißhaarigen Herrn die Hand.

Hermann rückte verstohlen gegen Annas Sessel. Er tastete vergeblich nach ihrer Hand. Anna sah ihn kurz an. »Was hast du denn?« fragte sie. »Sitz doch still.« Hermann zog hastig seinen Arm zurück. Er hustete. Etwas saß ihm in der Kehle, er konnte gar nicht zur Ruhe kommen. Zwei Frauen mit großen Hüten sahen sich empört nach ihm um. »Man versteht ja nichts«, sagte die eine. »Können Sie nicht aufhören? Sie sind doch hier im Tonfilm!«

»Entschuldigen Sie«, sagte Hermann hilflos. Er preßte die Hand an den Mund.

Im Hauptfilm trat ein blutjunges Mädchen auf. Es war die Blonde aus dem Schaukasten. Hermann putzte seine Gläser blank. Er hielt die Hände an die Ohren. »Was hat sie gesagt?« fragte er Anna. Die zuckte die Achseln. Das Mädchen hieß Madeleine. Sie saß im Sprechzimmer eines Arztes. Der Arzt war der weißhaarige Versammlungsredner aus dem vorigen Film. Madeleine sagte: »Ich möchte ein Schutzmittel haben.« Ihr riesengroßer Kopf blickte auf Hermann herab. »Haben Sie sich überlegt, was Sie tun?« fragte die Stimme des Arztes. Madeleine sagte hastig: »Ja, ich habe einen Freund, wie alle meine Kolleginnen. Und ich will kein Kind.« Sie saß jetzt aufrecht auf einem Stuhl, zog einen Spiegel aus der Tasche und pinselte die geschwungenen Lippen nach.

Der Arzt beugte sich zu ihr herunter. »Sie sind groß und gesund«, sagte er. »Warum wollen Sie kein Kind? Kommen Sie, ich will Ihnen unsere Räume zeigen, da werden Sie viele werdende Mütter sehen, und sie sind alle froh.« Er ging mit ihr in den Gymnastikraum. Ein paar Frauen schritten im Kreis, sie bewegten sich zu rhythmischen Takten, hoben die Arme und beugten sich langsam nach vorn. »Alle sehen glücklich aus«, predigte der Arzt. »Warum wollen Sie nicht ebenfalls glücklich werden?« Madeleine sagte ernst: »Mein Freund denkt gar nicht ans Heiraten – und ich will auch nicht. Er ist dreißig Jahre älter als ich. Übrigens hat er eine Frau.« – »Aber, aber ...«, sagte der Arzt. Er ging nachdenklich auf und ab, während die abgehackten Rhythmen noch immer den Raum erfüllten. »Wollen Sie störend zwischen zwei Menschen treten?«

Anna zog ihr Taschentuch. Sie mußte jetzt oftmals weinen. Sie dachte ja immerfort über Trude nach. Manchmal schiebt sie alle Gedanken an sie energisch zurück. Laßt sie doch machen! Hat sich jemand um sie gekümmert, damals, als sie jung und unerfahren nach Berlin kam, um hier Arbeit zu finden? Aber dann denkt sie: Wenn etwas schiefgeht, fällt es auf die Eltern zurück. Nein, sie schluchzte jetzt wirklich los. Verstohlen blickte sie auf Hermann. Daß der nichts merkt.

Madeleine reichte dem Arzt die Hand. Der sagte pharisäerhaft: »Suchen Sie sich einen Mann, der Sie heiraten will, und lassen Sie sich von Ihren Kolleginnen nicht beirren. Und denken Sie an die Gefahren, denen Sie ausgesetzt werden, wenn Sie mit Ihrem Freund zusammen sind. Ich will gar nicht von den Geschlechtskrankheiten reden, unter denen die Frau viel mehr zu leiden hat als der Mann. Aber wenn Sie später mal ein Kind haben – soll es nicht ganz dem Mann gehören, den Sie wirklich lieben?«

Jemand im Kino lachte laut. Ein paar Pfiffe ertönten. Andere Stimmen riefen: »Ruhe!« Anna stand auf. Auf der Leinwand erschien jetzt das Schlußbild: Madeleines Freund, der seine Ehefrau wiederfindet. Im Kinosaal klatschten ein paar Beifall.

Draußen sagte Anna: »Ich weiß nicht, was die jungen Mädchen heutzutage für Ansichten haben. Diese Madeleine. Will mit einem verheirateten Mann losziehen.«

Hermann ging vorneweg. Er hielt die Hände auf dem Rücken. Immer ging er gebückt, sah, wie die Erde wegglitt unter seinem Schritt. Nach einer Weile blieb er stehen und wartete, bis Anna ihn einholte. Es war sehr dunkel in dieser Straße. Manche Laternen, an denen sie vorüberkamen, waren ausgelöscht. Vielleicht vom Wind, vielleicht aber auch aus Sparsamkeit, es ging ja in diesem Land immer mehr bergab. Jeder konnte es tagtäglich am eigenen Leibe spüren. Seit Jahren wurden keine Wohnungen mehr gebaut. Die jungen Leute lungerten untätig zu Hause herum. Wer von ihnen konnte heute noch daran denken, eine Familie zu gründen? Anna und er, sie hatten es schwer gehabt seinerzeit. Aber sie hatten doch arbeiten dürfen. Hermann sagte aus seinen Gedanken heraus: »Wer weiß, wie das mit Trude und dem ihren ist. Heiraten wollen sie nicht, vielleicht laufen sie wieder auseinander. Nächstes Jahr wird sie mit einem anderen fahren.«

Anna sagte: »Nein, das tut sie nicht ein zweites Mal.«

»Am besten, man denkt nicht nach«, sagte Hermann. »Man arbeitet seine Naht, und damit fertig.«

Sie standen vor Aschinger. Als sie die Treppen zum Konzertsaal hinaufstiegen, sagte Anna noch: »Schlecht ist die Trude nicht.«

»Nein, das wohl nicht.«

Es war auf einmal so hell. Mächtige weiße Kronleuchter hingen von der Decke herab. Die Kapelle spielte gerade: *Für dich, für dich hab ich was mitgebracht* ... Anna klammerte sich an den Stuhl, sie war etwas müde. »Wir wollen nicht zu sehr aasen mit dem Geld«, sagte sie leise.

Hermann lachte. »Eine Portion Sahne kannst du dir getrost bestellen.«

Sie nahm kleine sparsame Häppchen. Hermann klopfte seine Pfeife aus und steckte sie in die Westentasche. Er spendierte sich eine Zigarre zu dreißig. Er stützte die Ellenbogen auf, legte den Kopf ins Genick und blies den Rauch in Kringeln vor sich her. Anna sagte: »Achthundert Mark ist kein guter Preis. Im Laden kostet solch Zimmer mindestens fünfzehnhundert.«

»Ja, tausend müßte es geben. Aber sie wollte ja schon weg. Es sei ihr zu teuer, sagte sie.«

»Vielleicht bist du gleich zu viel heruntergegangen.«

Hermann schlug die Asche ab. Er legte die Zigarre auf den Aschenbecher. »Ein andermal kannst du ja die Geschäfte machen«, sagte er beleidigt.

Anna sagte einlenkend: »Hauptsache, daß es wieder weitergeht. Wie wär's denn, wenn du gleich vier Schränke mit zuschneidest? Die machen wir dann nach und nach fertig und haben sie zum Verkauf. Wir müssen versuchen, auch mal an Privatleute heranzukommen. Bei Händlern kommt ja nichts bei raus.«

»Ja, ja«, sagte Hermann.

»Was brauchst du denn an Material – so für vier?«

»Mal sehen ...«

Anna schob ihren Stuhl zurück. Sie kratzte den letzten Happen vom Teller und legte den Löffel hin. »Gräßlich, daß du dich nie aussprichst«, räsonierte sie. »Man kann doch solche Dinge mal überlegen. Mal auskalkulieren, wie man zurechtkommt dabei.« Die Musik kreischte einen Foxtrott. Anna rückte näher zu Hermann hin. »Stell dir mal vor«, sagte sie, »du hättest solchen Schrank, den du an Willy geliefert hast, an Private verkauft. Die zahlen mindestens hundertzwanzig. Wenn man bloß zwei im Monat los wird, geht es zur Not. Aber wenn du jede Woche inserierst, wird doch wenigstens einer auf die Annonce anbeißen. Das wären also vier im Monat.«

Sie lachte. »Paß auf, wir werden noch reich.«

Hermann sagte versonnen: »Wenn man von Trude kein Geld mehr brauchte!«

»Brauchen wir auch nicht, Hermann. Rechne doch – es muß uns ja besser gehen.«

»Ja, ja. Wenn ich die nächsten Zweihundert habe, kaufe ich gleich alles Material.«

Der Kellner kam mit der Rechnung: zwei Mark und fünfzig. »Zusammen mit dem Kinogeld rund fünf Mark«, sagte Hermann. »Das kann man schon mal springen lassen, wenn man ein Geschäft gemacht hat.«

»Sonst hat man ja gar nichts«, sagte Anna.

Unten nahm Anna den Hut vom Kopf. Ein roter Streifen zog sich um ihre Stirn. »Der ist dir wohl zu eng?« fragte Hermann. Anna sagte verlegen: »Es ist ein Hut von Trude.«

»So. Du gehst gleich morgen und kaufst dir einen neuen Hut. Das muß auch mal sein.«

»Ach, du liebe Güte«, wehrte sich Anna. »Es ist noch so viel zu bezahlen.«

Sie sprachen nun nicht mehr, bis sie zu Hause waren. Jeder hing seinen eigenen Gedanken nach.

6

Trude ging über den Kurfürstendamm. Fremde, kalte Gesichter kamen an ihr vorüber, ein Faden gleichgültiger Menschen, der nie abriß. Sie wollte in eine Nebenstraße einbiegen, da entdeckte sie plötzlich an der Ecke einen, den sie kannte. Ein Mann in einem teuren braunen Anzug, mit schon grauem Haar. Er trat an einen Kiosk und kaufte sich eine Zeitung, dann bog er in die Straße ein, aus der Trude gekommen war. Sie lief hinter ihm her. Vor dem Eingang zum Warenhaus studierte er die Preistafel für Lebensmittel, bevor ihn die Tür verschluckte. Trude blieb noch einen Augenblick stehen. Sie sehnte sich auf einmal danach, mit jemandem sprechen zu können, und seien es nur Belanglosigkeiten. Sie hatte noch den Klang seiner Stimme im Ohr. Er hatte eine knappe Art gehabt, ihr Fragen zu stellen und dann sofort weiterzureden, ohne ihre Antwort abzuwarten. Sie hatte mal in seinem Büro gearbeitet. Damals hatte sie noch hochfliegende Pläne gehabt. Er hatte versprochen, sie zum Film zu bringen. Na ja.

Sie stand vor dem Schaufenster mit den Handtaschen. Von hier aus konnte sie gut den Eingang sehen. Sie wollte gleich zu ihm gehen, wenn er wieder aus der Tür trat. Guten Tag, wird sie sagen, Sie kennen mich wohl nicht mehr? Er blickt sie an, und jetzt dämmert auch ihm natürlich die Erinnerung. Sechs Jahre haben sie einander nicht mehr gesehen. Damals war sie gerade sechzehn. Wie geht es dir? wird er fragen. Bist du schon beim Film? – Wenn sie nachdachte, gab es eigentlich nichts in all den Jahren, was sie erzählen konnte. Vielleicht sagt sie ihm, daß sie ein Kind bekommt – aber das wird ihn kaum interessieren. Du hast also einen Freund? – Ja. Übrigens bin ich gerade im Begriff, es wegbringen zu lassen. Und wenn Sie es genau wissen wollen: ich suche einen Arzt. – Ob es ihr nichts ausmache, einfach hinzugehen und sich operieren zu lassen? wird er vielleicht fragen. – Nein, sie denke ganz kühl darüber. Ja, früher war sie wohl anders, das mag sein.

Lauter Albernheiten! Trude warf den Handtaschen einen letzten Abschiedsblick zu, dann ging sie doch in die Nebenstraße. Im dritten Haus wohnte der Arzt. Ein helles Dienstmädchen öffnete. Im Warteraum saß eine rotblonde Frau mit grell geschminkten Lippen. Trude kannte sie, es war die Freundin ihres jetzigen Chefs. »Guten Tag, Frau Kaprolat«, sagte sie höflich. Die sah erschrocken auf. »Nanu«, sagte sie, »kommen Sie auch hierher? Denken Sie an, ich habe einen Stockschnupfen. Seit einer Woche hüte ich das Bett, heute habe ich mich aufgerafft ...« Sie erhob sich; die Sprechstundenhilfe erschien in der Tür: »Die nächste, bitte.«

Trude blätterte in den herumliegenden Zeitschriften. Es waren alte Hefte, einige handelten vom Wintersport. Dazwischen ein Titelbild mit einer Badenixe. Ein junger Mann sitzt neben der Schönen und blickt sie anbetend an. Der Himmel ist blau. Zwei weiße Wolken beleben den Horizont. Trude legte die Hefte wieder auf den Tisch zurück. Sie ging zum Fenster. Der Regen hatte das Fensterbrett glattgespült. Als sie sich umdrehte, stand wieder jenes Mädchen da. Mit einer Kopfbewegung lud sie Trude ein, näherzutreten.

»Wie heißen Sie?« fragte der Arzt. Er hatte ein blondes, frisches Gesicht und feuchte Lippen.

Trude tat ihm Bescheid. »Frau oder Fräulein?« wollte er wissen. »Fräulein«, sagte Trude mit Betonung.

Der Arzt schrieb seine Notizen. Die Feder kratzte auf dem Papier. Schließlich sah er auf. »Ihr Anliegen, Fräulein?«

»Sie wissen schon«, sagte Trude. »Das Übliche.«

»Liebes junges Fräulein«, sagte der Arzt gedehnt. »Zu mir kommen so viele Frauen mit so vielen verschiedenen Anliegen. Da müssen Sie schon deutlicher werden.«

Trude sagte leise: »Ich bekomme ein Kind. Ich möchte es wegbringen lassen.«

Der Arzt blätterte in seinem Patientenbuch. »Sie sind nicht gesund?« erkundigte er sich flüchtig.

»Doch. Gesund bin ich.«

Er wiederholte: »Sie fühlen sich nicht gesund? Leiden Sie unter häufigen Hustenanfällen?«

Trude schüttelte den Kopf.

»Liebes Fräulein! Sie haben also Hustenanfälle?« fragte der Arzt fast drohend.

Trude sah zu ihm auf. Er saß so unnahbar da, daß sie keine Frage wagte. Sie sagte schüchtern: »Manchmal muß ich husten.«

»Nun also. Wahrscheinlich haben Sie einen Lungendefekt. Aber ich brauche ein Attest. Ich schreibe Ihnen jetzt eine Adresse auf. Ein Kollege von mir. Spezialist. Wenn Sie gleich zu ihm gehen, bekomme ich noch heute das Attest, und wir können morgen die Sache machen.« Er reichte ihr den Zettel. Trude erkundigte sich zaghaft nach dem Preis. »Hundertfünfzig Mark«, sagte der Arzt, »aber Sie dürfen abstottern. Haben Sie einen Platz, wo Sie liegen können?«

»Ja. Zu Hause ...«, sagte sie zögernd.

Sie wollte gehen, aber er hielt sie zurück. »Wir wollen doch noch mal nachsehen. Wie weit ist es denn?«

»Im zweiten Monat.«

»Also ziehen Sie sich aus. Nur den Schlüpfer natürlich.«

Als Trude hinter den Wandschirm trat, stand da Frau Kaprolat und zupfte an ihren Unterkleidern. »Denken Sie an, er hat mir eine Spritze verpaßt«, sagte sie unverfroren. »Ich habe nie gewußt, daß man Stockschnupfen mit Spritzen in einen gewissen Körperteil behandeln kann. Haben Sie das gewußt?« Sie sah Trude beschwörend an. Ihre Kleider waren jetzt wieder in Ordnung, und sie klapperte auf hohen Absätzen davon. Trude sah ihr verblüfft nach. Diese falsche Schlange! Wahrscheinlich war sie wegen der gleichen Sache hier wie sie selbst. Aber sie scheute sich nicht, frech drauflos zu lügen.

Trude ging sofort nach der Untersuchung zu dem anderen Arzt. Dr. Maximilian Müller, Facharzt für innere Krankheiten. Sicher kostete das auch noch Geld. Und woher nahm sie die hundertfünfzig? Hans hatte ja nichts. Fünf Tage würde sie liegen müssen. Ein Schwindel kam plötzlich über sie, alles war weit weg, die Straße und ihre Gedanken, sie griff hastig nach dem nächsten Baum. Dann war es vorüber. Die Knie zitterten noch ein wenig, sie ging mit ganz kleinen Schritten, wie ein Kind, behutsam setzte sie die Füße vorwärts.

Der Arzt war bereits im Bilde. »Sie sind Fräulein Wegener, nicht wahr?« fragte er. »Sie haben eine kranke Lunge. Na, kommen Sie mal.«

Er legte das Hörrohr an. Trude starrte geradeaus. Über der blauen Kante an der Wand hing ein Spiegel. Sie sah ihr blasses Gesicht und die Augen, die an den Rändern rot entzündet waren. »Atmen Sie!« befahl der Arzt. »Machen Sie: ahhh!« Dann durfte sie sich anziehen. Er trat zum Schreibtisch und kritzelte ein paar Worte auf ein Blatt Papier. Dabei sagte er: »Sie klagen darüber, daß Sie oft des Nachts aufwachen und in Schweiß gebadet sind?« Seine großen, etwas vorquellenden Augen blickten in die Luft.

Trude sagte: »Ich weiß nichts davon.«

»Aber hin und wieder hatten Sie schon einen Blutsturz?«

»Auch nicht. Noch nie gehabt.«

»Beim Atmen haben Sie Schmerzen zwischen den Schultern, nicht wahr?«

Trude überlegte sekundenlang. Dann sagte sie zögernd: »Ja, manchmal tut es im Rücken weh.«

Der Arzt drehte sich auf seinem Stuhl herum, seine Beine stießen gegen ihre Knie. »Hören Sie, Fräulein«, sagte er, »Sie müssen mal etwas überlegen. Sie kommen zu einem Arzt, sind kerngesund, groß und gut gewachsen. Sie wollen ein Kind wegbringen lassen. Ich habe Ihnen ein Attest ausgeschrieben, aber ein andermal verhalten Sie sich ein wenig klüger. Überlegen Sie sich Ihre Aussagen. Auf Wiedersehen.«

Sie stand wieder auf der Straße. Es war gleich sechs, sie mußte sich beeilen, wenn sie den ersten Arzt noch antreffen wollte. »Na?« sagte der. Er lachte in den Augenwinkeln. »Ich habe schon von Ihren Heldentaten gehört. Also morgen um zehn. Und vergessen Sie nicht: nüchtern kommen.« Er drückte ihr die Hand, vielleicht meinte er es gut mit ihr.

Sie ging langsam durch die belebten Straßen. Einige Schaufenster waren schon erleuchtet, die Lampen hingen hinter dem Glas und kämpften vergeblich gegen das Tageslicht an. Trude blieb hier und da stehen, besah sich die Auslagen: hingebreitete Kleider, Schals und Kappen. Es gab verschiedenes, was sie gern getragen hätte. Dann war es auf einmal wieder gleichgültig. Die enge Straße neben dem Kanal war angenehm. Überall an der Bordkante standen Bäume. Ihre Kronen bewegten sich sacht, es duftete ein wenig nach Wald. Das Wasser war grün. Es roch ganz frisch. In der Mitte bildeten sich kleine Strudel. Ein Motorboot zog langsam vorbei, ein altes Modell, das vorne offen war. Der Motor saß hinten unter einem hölzernen Aufbau. Zwei junge Leute mit Monokel beugten sich übermütig über die Reling und winkten Trude zu. Sie winkte zurück, sie wollte so gern fröhlich tun.

An der nächsten Ecke wartete Hans auf sie. Er stand vor einem Fenster und blickte ungeniert durch die Gardinen ins Zimmer. Er trug den schäbigen Anzug, dessen Ärmel viel zu kurz waren, den immer gleichen Schlips, grau mit weißen Punkten, Trude mochte ihn schon nicht mehr sehen.

»Guten Tag«, sagte sie, »bist du schon lange hier?«

Er wandte sich blitzschnell um. Er lachte, und die zwei Sommersprossen auf seiner Nase tanzten auf und ab. »Ich warte schon seit einer Stunde«, sagte er. »Ich dachte, du würdest vielleicht schon früher kommen.«

»Unsinn«, sagte sie schnell. Sie nahm seinen Arm. Er packte gleich ihre Hand und hielt sie fest. »Ich habe dauernd an dich gedacht.«

Sie erwiderte nichts. Sie legte ein wenig den Kopf zurück, so konnte sie über sich den Himmel sehen. Sie ging mit kleinen, unsicheren Schritten. Hans zog ihr Gesicht zu sich heran, aber sie schüttelte ihn ab: »Laß!« Da beugte er sich vor und schaute sie an. »Trude«, sagte er noch einmal. »Ich habe immerzu an dich denken müssen.«

»So?« fragte sie obenhin. Sie blieb plötzlich stehen. »Hast du Geld, Hans? Wir müssen irgendwohin, wo wir in Ruhe miteinander sprechen können.«

Seine Arme fielen schlaff herab. »Ich habe nichts, Trude«, sagte er. »Du weißt doch, daß ich erst morgen Unterstützung kriege.« Er ging weiter, lief neben ihr her, hielt den Kopf gesenkt. »Daß man nicht mal eine eigene Bude hat!«

Jetzt tat er ihr leid. Sie hatte ihn doch gern, manchmal dachte sie ganz zärtlich an ihn. Er war so groß und kräftig, manchmal fürchtete sie, daß er sie zerdrücken könnte. Sie lehnte sich an ihn, ihr Kopf reichte gerade bis unter seinen Arm. Sie sagte leise: »Ich möchte so gern glücklich sein, Hans. Es gehört doch gar nicht soviel dazu.« Hans streichelte stumm ihre Hand. »Ich meine bloß – wenn das mit uns nicht so ausweglos wäre. Weißt du, so verbaut und undurchsichtig. Andere haben ja auch schon klein angefangen. Aber so – du ohne Arbeit und ich mit dem bißchen Gehalt ...«

»Es geht doch allen so, Trude«, erwiderte Hans. »Es ist die Wirtschaftskrise, die meisten haben noch nie in einem Betrieb gestanden. Stell dir doch mal vor: Nur jeder dritte Arbeiter ist vollbeschäftigt. Und wer Arbeit hat, dem geht's auch nicht viel besser. Von Papen hat die Tarifverträge aufgehoben, das heißt, die Unternehmer können nach freiem Ermessen schalten und walten. Die drücken den Lohn immer weiter und stecken den Profit in die eigene Tasche.«

»Und die Arbeiter«, fiel ihm Trude ins Wort, »ballen die Faust in der Tasche und halten still.«

Hans ließ ihre Hand los, schlenkerte mit den Armen, sein schwarzer lederner Mantel knisterte aufdringlich. »Liest du keine Zeitungen?« fragte er. »Die Streiks machen den Kapitalisten schwer zu schaffen. Und es geht den Arbeitern nicht nur um die Löhne. Sie sind gegen die Rüstungsausgaben, gegen die Osthilfe, gegen den Naziterror! Die Kommunisten haben heute im Reichstag einen Mißtrauensantrag eingebracht. Von Papen hat daraufhin den Reichstag auflösen müssen – vierzehn Tage, nachdem er ihn eröffnet hat. Die Politik der Kapitalisten ist in eine Sackgasse geraten, das sieht jeder Blinde mit dem Krückstock. Die Frage ist nur ...«

Er verstummte. Sein Seitenblick hatte Trude gestreift, er bemerkte, wie sie gelangweilt die Hand zum Munde führte. »Die Frage ist ...?« wiederholte sie gähnend. Sie blickte zu ihm auf. »Ach, laß«, sagte er mutlos. Er bemerkte auf einmal, wie blaß sie war. Sicher war sie müde vom Laufen, und sicher mußte sie dauernd an morgen denken. Und er, statt sie zu trösten, zitierte Leitartikel. Trude sah einem vorbeifahrenden Auto nach. »Aber wenn du Arbeit hättest«, wiederholte sie starrköpfig, »wäre alles gut. Oder wenn ich eine Zulage bekäme. Dann hätten wir Geld und brauchten nicht dauernd durch die Straßen zu latschen.«

»Ja, ich muß eine eigene Bude haben!« sagte auch Hans.

»Na, ist schon egal«, sagte sie plötzlich, »wir gehen zu uns. Meine Eltern sind weggegangen.«

Es war das erste Mal, daß Hans in die Wohnung kam. Es war eine winzige Wohnung. Rechts und links von dem kleinen Flur gingen zwei Türen ab. Der Raum zum Hof hinaus war wohl das Schlafzimmer. Das andere Zimmer ging nach vorn hinaus, es war das mit dem Balkon. Auf dem runden Tisch lag eine Plüschdecke. Auch das Sofa war aus Plüsch. Auf dem Umbau ästen zwei Hirsche mit breiten Geweihen. Gegenüber stand das Klavier. Hans hob den Deckel hoch, klimperte ein bißchen, die Töne klangen zittrig und dünn. »Spiel mir was vor«, sagte er zu Trude. Sie zierte sich erst, dann setzte sie sich doch und spielte ein Volkslied *Blau blüht ein Blümelein* ... Hans sah Trudes hellen Kopf, der sich in der kleinen polierten Fläche spiegelte. Sie hatte den Mund halb offen, die Zähne standen breit und etwas unregelmäßig hinter den vollen Lippen. »Das war schön«, sagte er, als sie schließlich aufhörte.

»Ach wo«, wehrte sie verlegen ab.

Hans rekelte sich in dem Sessel, in dem sonst der Vater saß. »Es gefällt mir hier«, sagte er, sich umblickend. »Hier sieht man doch wenigstens die Straße. Unsere Wohnung liegt auf dem Hof. Stube und Küche. Und in der einen Stube die Mutter, die Schwester, deren Kind und manchmal noch ihr Freund. Da sollst du dich wohl fühlen. Na ...«

Trude sagte: »Wir müssen uns beeilen, so lange bleiben die Eltern nicht.« Sie wartete einen Augenblick, sah auf ihre Hände hinunter, sagte dann schnell: »Morgen früh gehe ich hin. Zum Arzt.«

»Wird es gemacht?« fragte Hans.

»Ja. Um zehn. Er sagt, daß ich unbedingt liegen muß. Wie mach ich das bloß?«

»Ja, liegen mußt du«, bestätigte Hans, »damit es keine

Komplikationen gibt. Kannst du nicht sagen, du hast dich erkältet?« Ihm fiel noch etwas ein: »Trude, glaubst du, daß ich dich besuchen darf? Himmel, wenn ich kommen dürfte! Ich würde dauernd an deinem Bett sitzen. Oder vielleicht fiele das auf. Ich würde aber bestimmt ein paarmal am Tage kommen und nach dir sehen.« Er nahm ihr Gesicht zwischen seine Hände, ging mit dem Daumenballen allen Linien nach. Dann tupfte er drei schnelle Küsse auf ihren Mund.

Trude nahm langsam seine Hände weg. Sie sagte: »Ich habe gar keine Lust mehr zu solchen Sachen. Es ist zu furchtbar alles.«

Hans blickte vor sich hin. Immer kaute er an der Unterlippe, wenn er mit einem Gedanken nicht zu Rande kam. »Wir waren so dumm, Trude. Ich begreife noch immer nicht, wie das passieren konnte. Wenn du wieder in Ordnung bist, mußt du gleich zum Arzt und dir was einsetzen lassen. Dann kann nichts mehr schiefgehen. Das ist hundertprozentig.«

Trude sah ihn stumm an. Er dachte schon wieder an später. Wahrscheinlich begriff er gar nicht, was es für sie bedeutete, morgen dorthin zu gehen. Sie sagte: »Es ist nicht bloß wegen der Schmerzen, Hans. So einfach ist das nicht.« Sie weinte. Die Tränen stürzten ihr aus den Augen, sie waren nicht aufzuhalten. Hans versuchte sie zu trösten. »Es geht doch mal nicht anders«, sagte er ungeschickt. »Meinst du, ich möchte keine Kinder haben?«

Draußen wurde die Tür aufgeschlossen. Trude wischte hastig über ihr Gesicht, sie sprang auf und sah den Eltern mit einem freundlichen Lächeln entgegen. Die Mutter kam prustend herein, im Näherkommen riß sie ihre Bluse auf. Erst als sie schon auf der Schwelle stand, gewahrte sie den jungen Mann. Sie knöpfte eilig die Bluse wieder zu. »Du hast Besuch, Trude?«

Auch Hermann kam näher. »Was ist denn los?« fragte er schon von weitem. Trude sagte schnell: »Das ist Hans Lange, von dem ich euch erzählt habe.« Hans machte zwei linkische Verbeugungen. Bei jedem Bückling fiel sein Haar nach vorn, es war so weich, daß er es mit beiden Händen zurückdrängen mußte. Dann setzten sich alle. Hermann hatte wieder seinen gewohnten Platz, und Hans hockte halb auf der Gartenbank. Anna sagte: »Wir können uns ja einen Kaffee kochen, Trude, du denkst auch an nichts.« Sie stand auf und trippelte in die Küche. Hermann stopfte seine Pfeife. Er blickte Hans über die Brille hinweg an.

»Was machen Sie denn so, junger Mann?« fragte er.

»Ich habe Kaufmann gelernt. Technischer Kaufmann. Aber jetzt bin ich arbeitslos.«

»So – arbeitslos.« Hermann sah vor sich hin. »Und gar keine Aussicht, was zu finden? Sie müssen auf Annoncen schreiben. Manchmal suchen sie doch was in den Zeitungen.«

»Ach, das ist ja nichts. Meistens werden nur Vertreter gesucht. Dabei verdient man nicht die Schuhsohlen.«

Hermann seufzte. »Ja, es ist schlecht heutzutage.« Er verfiel in Schweigen.

Nachher rückten sie alle um den Tisch zusammen. Trude saß neben Hans, er preßte ein wenig ihre Knie. Anna schlürfte laut das heiße Getränk. »Ja, Bohnenkaffee ist es nicht«, sagte sie entschuldigend. Hans erwiderte schnell: »Ich kenne schon lange keinen Bohnenkaffee mehr.« Dann war es wieder still. Trude dachte krampfhaft über ein Gesprächsthema nach, aber ihr fiel nichts ein. Am liebsten wäre sie zu Bett gegangen.

»Wie denken Sie sich denn so Ihre Zukunft?« fragte Hermann plötzlich den jungen Mann.

Hans zupfte verlegen an seiner Nase. »Ja, wissen Sie«,

sagte er langsam, »das hängt doch nicht von mir ab. Ich will ja arbeiten, lieber heute als morgen. Aber ehe wir nicht die ganze Gesellschaftsordnung geändert haben ...« Er sah, daß der Meister ihn verständnislos anblickte. »Ich bin Kommunist«, sagte er zögernd. »Trude hat das doch sicher erzählt.«

»Trude? Trude erzählt uns nichts. Sie hat uns man knapp Ihren Namen gesagt. – So, Kommunist sind Sie?« Hermann sah den anderen aus kurzsichtigen Augen an. Isaac war ja auch so einer. Er wollte das Unterste zuoberst kehren, aus den Reichen lauter Arme machen. »Ich verstehe nichts von Politik«, sagte er kurz.

Trude warf Hans einen Blick zu, aber der sagte gerade: »Sie wollen doch, daß es Ihnen bald besser geht, Meister? Sie wollen, daß die Leute wieder Arbeit haben, daß sie Geld verdienen und sich Möbel anschaffen können? Ist es nicht so?«

»Wer will das nicht«, sagte Hermann. »Bloß, ich glaube nicht daran, daß ihr Kommunisten den Himmel auf Erden schafft.«

»Vielleicht nicht den Himmel, Meister Wegener. Aber wir werden die Fabriken den Arbeitern geben. Dann stehen die Maschinen nicht länger still. Sie werden sehen, wenn erst die Arbeiter ...«

»Wir sind keine Arbeiter!« sagte Hermann schroff. Er lehnte sich in seinem Stuhl zurück. Das alles kannte er bereits aus Isaacs Reden. »Wenn die Kommunisten erst am Ruder sind«, sagte er, »nehmen sie unsereinem die Klitsche weg.« Er schmunzelte. Er wußte Bescheid. Isaac hatte aus alledem kein Hehl gemacht. »Zum Glück ist es noch nicht soweit.«

»Meister, wir hatten fünf Millionen bei den letzten Wahlen«, gab Hans zu bedenken. Ihm war nicht ganz wohl dabei. Immerhin hatten die Nazis mehr als das Doppelte an Stimmen erzielt. Die faschistische Gefahr war noch längst nicht gebannt. Wenn diese Kleinbürger doch endlich begreifen würden! Statt mit den Arbeitern zu gehen, wo sie hingehören, laufen sie diesem Rattenfänger Hitler nach und rennen ins sichere Verderben. Wer weiß, wen dieser Alte da gewählt hat. Der ist ja noch stolz auf seine Bruchbude, glaubt wunder, wie er die verteidigen müßte …

»Tasse Kaffee, Herr Lange?« fragte Anna.

Hans schob die Tasse zurück. »Vielen Dank. Ich muß gehen.«

Anna protestierte höflich. »Ein bißchen hätten Sie doch noch bleiben können.« Doch Trude war schon aufgestanden und griff nach dem Schlüsselbund.

Unten blieben sie eine Weile vor der Haustür stehen. Trude weinte schon wieder. Hans sagte weich: »Ich komme morgen um halb elf Uhr hin. Du gehst gleich nach Hause und packst dich ins Bett. Beiß die Zähne zusammen, es wird schon gehen.«

Er sprach in die Luft, Trude hörte gar nicht mehr hin. Sie lauschte auf ihren Körper. Eine Leere war im Magen, der Kopf war schwer und dumpf. In den Brüsten fühlte sie ein feines Ziehen.

Als sie nach oben kam, saßen die Eltern noch am Tisch. Trude sagte mit schwacher Stimme: »Mir ist heute gar nicht gut. Hoffentlich werde ich nicht ernstlich krank.«

Anna stand gleich auf. »Du bist den ganzen Tag schon so käsig«, sagte sie. »Vielleicht kannst du morgen mal zu Hause bleiben.« Sie nahm Trudes Hand, half ihr behutsam beim Ausziehen und klopfte das Bett zurecht. Als Trude schon lag, beugte sich die Mutter noch einmal zu ihr herunter und sah ihr besorgt ins Gesicht.

7

Trude öffnete die Augen. Ihr Bruder planschte an der Waschschüssel. Hinter den Fenstern stand ein bleigrauer Himmel. Da war auch die Wand vom Hinterhaus. Trude streifte langsam die Decke herunter, setzte die Füße auf die Erde. Jetzt bewegte sich auch die Mutter. »Müßt ihr schon so früh weg?« fragte sie halb im Schlaf.

»Der Junge geht in die Fortbildungsschule.«

»Wie fühlst du dich, Trude?«

»Danke. Ein bißchen matt. Aber es wird schon gehen.«

Auch Anna stand jetzt auf. Sie huschte im Hemd in die Küche und stellte den Wassertopf aufs Feuer. Dann lief sie zum Bett zurück und begann sich anzuziehen. Am anderen Bett stand Hermann. Er angelte nach seinen Hosenträgern, spannte sie über die Schultern.

Der Junge blickte noch mal herein, er war fertig angezogen. Anna sagte: »Du kannst doch mit Trude zusammen gehen.«

»Ach, bis die soweit ist ...«

Er blieb aber stehen und wartete. Trude hatte große, erschrockene Augen. Sogar dem Jungen fiel auf, wie weiß ihr Gesicht heute war. Anna ging auf Strümpfen zu dem Mädel hin, faßte es sanft bei den Schultern. Einen Augenblick ließ Trude die Liebkosung über sich ergehen, sie schloß die Augen, sie dachte an nichts. Dann sagte die Mutter: »Du bist krank, Trude. Gegessen hast du auch nichts.«

»Ich kann nichts essen.«

Sie verließ mit dem Bruder das Haus. Es war noch früh, auf der Straße sah man nur vereinzelt Menschen gehen. An der Ecke verabschiedete sich der Junge. »Sei schön fleißig«, sagte Trude leer. Dann war sie allein. Sie lief durch die Straßen. Alle Häuser sahen heute grau aus, wie ungewaschen. In einigen Fenstern lagen rote Betten. Vor Trude her ging ein einsamer Mann. Bei jedem Schritt klopfte er mit seinem Spazierstock gegen das Pflaster, wie es Blinde tun. Dieses regelmäßige Geräusch. Trude wollte es nicht länger hören und fing an zu rennen. Als sie den Mann überholte, sah der ihr frech ins Gesicht und murmelte gemeine Worte.

Vor der nächsten Querstraße stand ein Telefonautomat. Trude wählte die Nummer ihres Büros. »Bestellen Sie dem Chef, daß ich krank geworden bin«, sagte sie zu der Sekretärin. Sie lauschte eine Weile, dann sagte die Stimme am anderen Ende: »Der Chef ist sehr ungehalten. Sie waren doch gestern noch kerngesund.«

»Ja, aber heute bin ich krank. Ich habe Fieber und Halsschmerzen. Richten Sie das bitte aus.« Trude hängte den Hörer auf, alles war jetzt egal.

Im Park setzte sie sich einige Minuten lang auf eine Bank. Vor ihr im Sandhaufen spielten zwei Kinder. Beide waren blond. Sie nahmen den Sand in ihre Hände und kneteten ihn zu kleinen Kügelchen, die aber rasch zerfielen. Plötzlich fing es an zu regnen. Große schwere Tropfen gruben sich in den Sand. Die Kinder formten weiter ihre Kügelchen. Trude machte ein paar Schritte auf die Kinder zu. »Ihr werdet ja hier ganz naß«, sagte sie. »Habt ihr keinen Schirm?« Das eine Mädchen sagte: »Wir sind mit unserer großen Schwester hier.« Gerade kam sie mit flatternden Bändern. Sie war knallrot im Gesicht. Sie maß Trude argwöhnisch, zerrte die Kinder dann hoch und sagte streng: »Ihr sollt doch nicht mit fremden Personen sprechen.« Sie nahm die Kinder an die Hand und rannte mit ihnen über den Platz auf die Häuser zu.

Auch Trude ging weiter. Sie legte sich dem Regen entgegen, es war erfrischend, die kalten Tropfen im Gesicht zu spüren. Immer noch waren die Straßen fast menschenleer. Ein paar Autos krochen über das Pflaster. Vor jeder Kurve drosselten sie das Tempo und schlitterten dann um die Ecke.

Es war halb zehn, als Trude das Wartezimmer betrat. Sie war nicht die einzige hier. Auf dem Sofa saßen zwei Backfische, die kichernd in den Magazinen lasen. Etwas abseits wartete ein junger Mann. Er hielt eine Hand auf sein Ohr und betrachtete unverwandt ein Bild an der Wand, das einen Fischer im untergehenden Boot darstellte. Am Tisch saß eine junge Frau mit Kopftuch. Dicht neben der Tür hockte Schulter an Schulter ein junges Paar. Das Mädchen hatte tiefschwarzes Haar, das in Strähnen in ihr Gesicht fiel. Die winzigen Ohren lagen frei. Ihr Begleiter hatte eine Illustrierte vor sich ausgebreitet. Beide warfen kaum einen Blick hinein.

Zuerst wurde der junge Mann mit dem kranken Ohr hineingerufen. Er ging mit schiefem Kopf ins Untersuchungszimmer. Sekundenlang sahen ihm die anderen nach. Die Tür fiel hinter ihm ins Schloß. Die Frau mit dem Kopftuch blickte plötzlich auf. Sie fragte mit einer heiseren Stimme: »Wie lange reicht eigentlich solch ein Krankenschein?« Sie sprach in die Luft, ohne jemanden anzusehen. Der Mann neben der Tür tat ihr höflich Bescheid. Dann erschien der Arzt in der Tür, er winkte die Frau herein.

Trude sah auf die Uhr. Es war genau zehn, und immer noch hockten die Backfische da und das Liebespaar. Sie versuchte sich auszurechnen, wer wohl als nächster an die Reihe kam. Wenn es die Backfische waren, würde noch alles gut werden, orakelte sie. Ihr Herz begann plötzlich wie rasend zu schlagen. Sie ging zum Tisch und stocherte in den Zeitschriften herum. Wieder die alten Hefte. Das braungebrannte Mädchen mit seinem Anbeter am Strand.

Wirklich waren jetzt die Backfische an der Reihe. Das

schwarze Mädchen neben der Tür rollte die Illustrierte zusammen. Ihr Mann sagte leise: »Als nächste kommst du dran.«

»Ja«, sagte sie. »Endlich! Wartest du hier?«

Sie verschwand hinter der Tür, kam aber noch einmal zurück, weil sie ihr Taschentuch vergessen hatte. Sie lächelte ihrem Liebsten zu. Ihre Lippen waren gelb. Der Mann nahm wieder die Zeitung vor. Er las die Spalte Humor. Sein Mund bewegte sich, wenn er las. Von drinnen hörte man die hellen Stimmen der Mädchen.

Dann wurde es plötzlich still.

Der Arzt trug einen langen weißen Kittel, der vorne offenstand. Er kam ins Wartezimmer, blickte sich um und nickte Trude zu. Dann ging er zur Flurtür und verschloß sie fest. Einen Augenblick stand er mitten im Zimmer, dann sagte er vorsichtig: »Würden Sie mir einen Gefallen tun? Es kann sein, daß jemand läutet, dann machen Sie bitte auf. Der Briefträger soll warten.« Er ging wieder zurück, auch die Tür zur Praxis verriegelte er. Man hörte, wie er drinnen einen Vorhang zuzog. Aber die Tür wurde noch einmal aufgemacht, diesmal von der Assistentin. Sie krempelte die Ärmel ihres Kittels bis zum Ellenbogen hoch. Dabei fragte sie laut: »Ist alles gut verschlossen?« Als keine Antwort kam, ging sie wieder hinein.

Trude blickte starr auf den jungen Mann, dessen Freundin jetzt da drinnen war. Er hielt den Kopf über die Illustrierte gebeugt. Immer noch hatte er vor sich die Spalte Humor. Seine Lippen bewegten sich unhörbar. Eine Uhr tickte laut. Trude bemerkte die Uhr erst jetzt, sie hing genau über dem Sessel, auf dem sie saß. Eine viereckige Uhr mit einem kurzen Pendel und mit einem Zeiger, der sich hektisch im Kreis drehte. So schnell verging die Zeit. Eine Sekunde und noch eine Sekunde. Trude starrte wieder auf den jungen Mann.

Auf einmal ertönte drinnen ein furchtbarer Schrei. Es war mehr ein Blöken, ein langer, einsilbiger Ton, der nicht absterben wollte. Trude machte sich in ihrem Sessel ganz steif. Sie hielt sich die Ohren zu, es half nichts, das Blöken dauerte an. Sie fing krampfhaft an zu schluchzen. Der junge Mann legte seine Zeitung weg. Er kam zu ihr herüber. »Das ist doch in der Narkose«, sagte er tröstend, »man merkt nichts davon.« Das eintönige Blöken dauerte an. Trude weinte noch immer. Die Tränen fielen auf ihr Kleid. Sie sagte vor sich hin: »Ich bin als nächste dran.«

Der junge Mann sagte: »Sie müssen tapfer sein. Es ist nicht so schlimm.«

Endlich hörten die Schreie auf. Der Arzt stand in der Tür. Er kam zu Trude herüber und wischte mit einem Zipfel seines Kittels ihre Tränen weg. »Na, na«, sagte er. Sein blondes Gesicht hatte rote Sommersprossen. Er nickte auch dem jungen Mann beruhigend zu. Trude sagte verzweifelt: »Ich kann jetzt nicht.« Sie weinte schon wieder.

»Na, kommen Sie mal erst herein«, sagte der Arzt.

Sie kauerte neben dem Schreibtisch, aus dem Nebenraum grinsten sie die Instrumente an. »Was ist denn los?« fragte der Arzt. »Jetzt müssen Sie aber ruhig werden.« Er zog seine Uhr. Er sagte schon ungeduldig: »Also, was gibt es denn? Nun mal heraus mit der Sprache!«

Trude murmelte: »Ich habe das Schreien gehört.«

Der Arzt klopfte sich auf die Schenkel, wie nach einem guten Witz. »Kommen Sie mit«, sagte er. »Wir gehen jetzt zu der jungen Frau, und Sie fragen sie, ob sie etwas gespürt hat. Sie hat doch in der Narkose geschrien.«

Die Frau lag allein in einem abgeteilten Raum. Sie war sehr weiß, das schwarze Haar klebte an der nassen Stirn.

Die Nase stach spitz aus dem Gesicht. »Wie geht es Ihnen jetzt?« fragte Trude leise. Sie mußte schon wieder weinen. Die andere bewegte den Mund, aber man hörte nichts. Die Assistentin rief laut aus dem anderen Zimmer herüber: »Herr Doktor, in zwanzig Minuten müssen Sie in der Klinik sein.«

Der Arzt sagte schnell: »Ja, Fräulein, wir müssen jetzt anfangen. Oder haben Sie es sich anders überlegt?«

Trude streifte ihre Kleider ab. Sie fror. Sie stand im dünnen Hemd zwischen den kalten Geräten. Sie zitterte. Die Assistentin sagte: »Ja, ruhiger müssen Sie aber werden, sonst hat es gar keinen Sinn.« Trude schluchzte. Der Arzt klapperte mit den Instrumenten. Die Assistentin warf die Gummischürze über den Kopf. Trude faßte auf einmal ihren Arm. Sie heulte schon wieder los. »Nein«, sagte der Arzt energisch, »so geht es nicht.«

Im Nebenraum läutete das Telefon. Die Assistentin sagte: »Ja, Herr Doktor kommt sofort. Er ist in fünf Minuten drüben.« Sie hängte ein.

Der Arzt zog seinen Kittel aus, er sagte zu Trude: »Vereinbaren Sie mit meiner Gehilfin einen neuen Termin. Aber Sie müssen sich das nächste Mal zusammennehmen.« Er verschwand durch die Tür. Trude zog ihre Kleidungsstücke wieder an. Sie ging hinaus, ohne sich umzusehen.

8

Am Eingang zu dem Heuboden war ein Schild befestigt. Auf einer weißen Karte mit gezackten Rändern stand mit großen Buchstaben: *Mogli – Sprechstunden montags und freitags zwischen 8 und 14.* Kallemann ging durch die Tür. Zuerst sah er nichts, weil die düstere Fahne an der Decke den Raum verdunkelte. Erst nach einer Weile sah er Mogli auf der Pritsche liegen. Er trat vor ihn hin, klappte die Hacken zusammen und sagte forsch: »Melde, daß Zeltbahn an Ekkehard ausgeliefert.«

Mogli sprang auf. Er stellte sich breitbeinig vor den Kleinen hin, der immer noch die stramme Haltung einnahm. »Du hast die Zeltbahn ausgeliefert?« fragte er entsetzt.

Kallemann hielt den Mund offen. Seine Pausbacken schaukelten wie kleine Beutel. »Ich habe den Befehl ausgeführt«, sagte er hilflos. Er kramte ein Papier aus der Tasche.

Mogli hielt das Blatt vor die Augen. Er las: »Hierdurch bitte ich, Ekkehard die ihm gehörende Zeltbahn sofort, ohne ihm Schwierigkeiten zu bereiten, auszuhändigen. Mogli, 1. Offizier.«

Es war seine eigene Handschrift, die unter der Anweisung stand.

Der Junge setzte sich wieder hin, auch Kallemann rückte einen Stuhl heran. Das Papier lag zwischen ihnen auf dem Tisch. Mogli fauchte: »Ekkehard! Dieser Schuft! Er hat den Brief gefälscht. Hier, siehst du – er hat ein falsches Zeichen hinter meinen Namen gemalt. Mein Zeichen ist die Rune, und hier ist ein Schwert.«

Kallemann nickte. Sein Gesicht war sehr ernst. Er blickte scheu auf den großen Jungen. Mogli befahl streng: »Hol Tinte und Feder!« Der Kleine flitzte durch den Raum. Endlich fand er das Gesuchte auf dem Eckregal. »Du kannst den Brief gleich mitnehmen«, sagte Mogli. Er kaute am Halter, beschrieb dann mit großen Buchstaben zuerst den Umschlag: »An die Eltern von Ekkehard. Streng vertraulich!«

Er tauchte die Feder in die Tinte, ließ sie bis oben hin vollsaugen. Dann schrieb er auf das weiße Papier: »Sehr geehrte gnädige Frau! Sehr geehrter Herr!« Wieder grübelte er lange über den Anfang nach. Kallemann saß mit gefalteten Händen. Er wartete still. Mogli sagte: »Der

Brief muß energisch sein, weißt du? Das ist nicht so einfach.« Er fing endlich an:

»Entschuldigen Sie bitte, wenn ich Sie mit einer derartigen Angelegenheit belästige. Aber mit Ihrem Sohn kann ich die Sache nicht klären, da er eventuell darüber lachen würde. Zunächst muß ich Ihnen sagen, daß ich Ihren Ekkehard aus unserer Gruppe ausgeschlossen habe, da er sich in einer Art aufführte, die sich mit unseren Zielen und Ideen nicht vereinbaren läßt. Nun hatten wir von Ekkehard eine Zeltbahn. Gleichzeitig schuldet uns Ekkehard sechs Mark für Beiträge. Ich schrieb Ihrem Sohn, daß er die Zeltbahn bekommen könne, wenn wir die sechs Mark erhalten würden. Und jetzt kommt der Kern der Sache. Ekkehard geht mit verschiedenen Jungens von uns auf eine Schule, diesen zeigte er einen handgeschriebenen Brief, der angeblich von mir sein soll. In diesem Brief stand, daß sie (die Jungens) ihm (Ekkehard) unverzüglich die Zeltbahn aushändigen sollen! Nun hat jeder Ältere von uns ein Zeichen, um es hinter seinen Namen zu setzen. Hinter meinem Namen (Mogli) stand aber nicht die Rune, sondern ein falsches Zeichen. Ein jüngerer von uns ahnte hinter diesem Brief keinen Betrug und händigte ihm im blinden Vertrauen auf die Echtheit des Briefes die Zeltbahn aus. Diese Zeltbahn ist mit unserem Stammeszeichen versehen. St. H. Es ist also offensichtlich eine Zeltbahn von uns. Ihre Pflicht, wenn ich so sagen darf, ist es nun, mir binnen einer Woche die Zeltbahn wieder zuzustellen.«

Mogli machte eine Pause. Er las das Geschriebene noch einmal durch, nickte dazu. »Jetzt muß etwas ganz Energisches kommen«, sagte er. Kallemann nickte. Mogli schrieb:

»Sowie die sechs Mark eintreffen, erhält Ekkehard die Zeltbahn zurück beziehungsweise kann er sie behalten. Andernfalls werde ich sofort Anzeige bei der zuständigen Staatsanwaltschaft erheben. Da Sie vielleicht nicht genau über die gesetzlich-gerichtlichen Bestimmungen im Bilde sind, gebe ich Ihnen zur Kenntnis, daß Ihr Sohn mit sechzehn Jahren schon vor das Jugendgericht gestellt werden kann. Die Anzeige lautet auf schwere Urkundenfälschung und auf Betrug. Seien Sie versichert, daß das nicht bloß eine in die Luft geworfene Drohung ist. Ich werde alles daransetzen, um diesen Betrug an die Öffentlichkeit zu bringen. Über die Folgen, die eine solche Anzeige nach sich zieht, sind Sie sich hoffentlich im klaren (Schule, Beruf). Gleichzeitig mache ich Sie darauf aufmerksam, daß ich für die Betrugsanzeige beim Staatsanwalt nicht einen Pfennig zu bezahlen brauche, da ein Betrug Sache des Staates ist. Ich habe also mit Geldschwierigkeiten nicht zu kämpfen. In vorzüglicher Hochachtung zeichne ich Ihr ergebener Mogli.«

»Hol mal den Runenstempel!« befahl er. Die Rune kam blau und kräftig auf das Papier. Der Junge kniffte den Brief und steckte ihn in den Umschlag. »Du kannst gehen«, sagte er zu Kallemann. Der Kleine blickte ihm ins Gesicht, dann drehte er sich weg und ging mit tapferen Schritten zur Tür.

Mogli legte sich wieder auf die Bank. Aber er hatte keine Ruhe mehr. Er dachte daran, daß der Fahrtenbericht noch zu schreiben war. Auch die Kartothek würde er wieder mal durchsehen müssen. Er zog den viereckigen Kasten hervor. Dreißig Blätter waren eingeklebt. Auf den letzten Seiten waren die Gäste verzeichnet: Jungen, die nur ein paarmal gekommen waren. Kuno zum Beispiel. Der hatte bestimmt Interesse und mußte gekeilt werden. Ebenso Winnetou. Kallemann mußte ja die Zelte nähen. Er hatte vergessen, ihn danach zu fragen. Heipa hatte die Beiträge kassieren sollen.

Nach einer Weile kam Götz. Mogli erzählte ihm gleich die Sache von Ekkehard. Götz hörte sich alles an.

Sein feines blasses Gesicht leuchtete in der Dämmerung. »Dieser Betrüger hat unsere Gruppe vergiftet«, sagte er wütend.

Mogli nickte. »Es war richtig, daß wir ihn rausgeschmissen haben. Ich hatte schon manchmal Gewissensbisse. Aber man kann nicht streng genug vorgehen.«

Sie sprachen noch eine Weile über diesen Fall. Dann sagte Götz auf einmal: »Wie denkst du über Gustl?«

Mogli sah betroffen auf. »Wieso Gustl? Er ist doch mein Freund.«

»Allerdings«, sagte Götz, »er ist dein Freund.« Er preßte die Lippen aufeinander und blätterte in den Karteikarten.

Mogli sagte endlich: »Also nun sag schon, was los ist. Mach nicht solche Andeutungen.«

Götz schien zu zögern. »Es ist nur, weil Gustl der Führer ist«, fing er an. »Aber du kümmerst dich eigentlich viel mehr um die Gruppe. Gustl hat so oft Ferien und fährt auf eigene Faust irgendwohin. Außerdem ist er Student.«

»Na und?« fragte Mogli erregt. »Jetzt zum Beispiel ist er mit den Jungens auf Großfahrt – wie du weißt.«

»Ja, schon. Aber im Winter fährt er wieder wochenlang weg. Und zu Ostern. Ich finde nicht, daß sein Interesse für den Bund so besonders ist.«

Götz sagte nichts weiter. Beide blickten zu Boden. Endlich stieß Götz hervor: »Du würdest dich viel besser zum Führer eignen.«

Mogli ging hin und her. Er steckte die Hände in die Hosentaschen, als brauchte er etwas, um sich daran festzuklammern. Schließlich fragte er hastig: »Du meinst, ich würde mich besser eignen? Meinst du das wirklich?« Er war knallrot im Gesicht.

»Ja«, sagte Götz einfach, »das denke ich. Ich könnte vielleicht den Ersten Offizier machen, wenn du willst.«

»Klar«, sagte Mogli, »du wirst mein Adjutant.« Er stand in der Mitte des Zimmers. Seine nackten Knie blinkten. Götz blickte vor sich hin. Er sagte aus seinen Gedanken heraus: »An deiner Stelle würde ich darüber mal mit dem Gauführer sprechen.«

Mogli antwortete nicht. Er zog die Fahne glatt, die an den Seiten Falten warf. Lange betrachtete er das schwarze Kreuz. Er sagte: »Ich würde allerhand ändern, wenn ich Führer wäre. Man könnte zum Beispiel neue Uniformen tragen. Die Nestabende müßten historisch sein. Verstehst du, einen Abend sind wir in der Zeit Friedrichs des Großen oder zur Zeit der Kreuzzüge. Mensch, das wird Laune machen! Und Kilian-Kip müßte neue Lieder dichten. Es gibt eine ganze Menge, was man machen könnte.« Er stierte immer noch auf das schwarze Kreuz. Die Fahne hatte sich etwas gelockert. Sie hing mit einem dicken Bauch nach unten, so daß Mogli beim Umhergehen mit dem Kopf dagegen stieß. Wenn er sprach, bewegte sich leicht der Stoff.

Götz sagte: »Gustl hat für Neuerungen keinen Sinn. Es ist sogar deine Pflicht uns allen gegenüber, daß du im Gau darüber sprichst.«

Götz mußte gehen, die Mittagspause war um. Mogli begleitete ihn zur Tür. Eigentlich war es auch für ihn Zeit, zum Vater in die Werkstatt zu gehen. Aber er setzte sich wieder. Er mußte erst noch den Fahrtenbericht schreiben. Heute hatten sie Nestabend, als zukünftiger Führer durfte er nicht bummeln. Er tauchte die Feder ein, das weiße Papier lag offen vor ihm. Aber er mußte an Gustl denken. Der war auf großer Fahrt, fast jeden Tag kam ein Brief von ihm. Gustl schrieb: »Wenn ich abends vor dem Zelt sitze und ins Tagebuch schreibe, stelle ich alle Deine Bilder vor mir auf. Dann weiß ich, warum ich schreibe und wozu ich überhaupt am Leben bin. Ich wünschte, ich wäre nicht so weit von

Dir weg. Ich möchte mit Dir durch die schönen Wälder und Felder gleiten, sie genießen und mich des Lebens freuen. Mogli! Außer Dir gibt es niemanden in der Welt, der mir etwas gilt. Dein bis in den Tod getreuer Gustl.«

So war es mit Gustl. Mogli holte sein Bild aus der Tasche. Ein breitschultriger, starker Junge. Er ist der Führer. Er ist auch Moglis Freund. Einmal hat er Mogli die Treue gebrochen. Ein anderer Junge war bei ihm, Gustl hat nicht widerstehen können. Das ist zwei Wochen her. Seitdem kommt jeden Tag ein Gruß von Gustl, ein Brief oder wenigstens eine Karte: Mein lieber Mogli! Und darunter: Dein getreuer Freund. – Aber Götz hat gesagt: Was denkst du eigentlich über Gustl?

Mogli steckte das Bild zurück. Es hatte keinen Sinn, jetzt weiterzugrübeln. Er beugte sich über das Blatt Papier und malte die Überschrift: »Bericht über die Fahrt Sonnabend – Sonntag von Mogli.« Dann schrieb er weiter:

»Sonnabend, 17 Uhr, großes Treffen mit der Karre. Wir fahren über Mühlenbeck, Summt nach Oranienburg, Schweizer Hütte. Zwischen Summt und Oranienburg ganz blöde Chaussee. Endlich in Schweizer Hütte angekommen, haben wir großen Kohldampf und kochen uns Tee. Gerade als wir essen wollen, fängt es an zu schiffen. Ganz langsam, große, schwere Tropfen. Wir mußten auf den Heuboden flüchten. Jetzt ging das Gewitter los. Wir fühlten uns schon sicher – da kam die große Enttäuschung. Auf dem Boden waren nicht nur die Wände undicht, so daß es von drei Seiten hereinregnete, nein, auch die Decke ließ Wasser durch wie eine Waschwanne, der man den Pfropfen geklaut hat. Das Gewitter setzte mit unheimlicher Gewalt ein und erweckte den Eindruck des Weltunterganges. Dann hörte der Regen auf, und wir sahen ein fabelhaftes Naturschauspiel: riesige, dicke, gelbschwarze Wolken hingen tief am Himmel, und dazwischen zuckten die Strahlenbündel der Blitze. Die Erde erzitterte unter der Wucht des grollenden Donners, und wir standen da, taub und geblendet. Endlich ließ das Gewitter nach, und es kam wieder Regen. Wir kletterten auf den Boden, aber statt zu pennen, quatschten wir noch bis in die Nacht hinein. Am anderen Morgen, wie immer, auf den Donnerbalken: knöken. Dann tobten wir uns tüchtig aus. Zu Mittag kochten wir Grieß mit Pflaumen. Nach dem Essen bauten K. und Günter St. ein Zelt und bestanden damit ihre Probe. Nachmittags, als wir die Affen auf die Karren schnallten, fing es aufs neue an zu schiffen. Wir wären auf den Karren fast ersoffen. Unterwegs ging K. verschütt. Er erzählte uns aber am anderen Tag, daß er gut nach Hause gekommen ist.«

So. Mogli zeichnete noch eine kleine Ansicht in die Ecke: sieben Jungen auf einer weiten Straße, einige Striche Regen, schraffierte Wolken. Dann verschloß er den Bericht im Tischkasten. Es war höchste Zeit, er ging hinaus, schloß auch die Tür ab und steckte den Schlüssel ein.

In der Werkstatt war niemand. Alles war sauber und aufgeräumt, als ob niemand hier gearbeitet hätte. Mogli ging wieder weg. Auf dem Hof stand Grieser bei seinen Pferden. Seine Schaftstiefel steckten bis oben hin im Dreck. »Heute ist da nichts getan worden«, sagte er, auf die Tischlerei weisend. Sein Mund lachte breit. Dann wandte er sich wieder um und ging in den Kuhstall.

Mogli lief rasch nach Hause. Er war erleichtert, weil er nicht zu arbeiten brauchte. Heute zum Nestabend mußte er fit sein. Vielleicht konnte er mit den Jungens gleich die Führerfrage erörtern. Aber nein, es war besser, es wurde von oben befohlen. ›Der bisherige Führer wird wegen gleichgültigen Verhaltens abgesetzt. Zu seinem Nachfolger bestimmen wir Mogli.‹ In der Haustür stand Lieschen. So, Lieschen, er wollte an ihr vorbei. Aber sie hielt ihn fest. »Warum kommen Sie nicht manchmal?« fragte sie. »Sie hatten doch versprochen, mir zu helfen ...«

Sie trug wieder die knappe Schürze. Darunter ein mausgraues Kleid. Sie ging in Holzpantoffeln. Mogli sagte kurz: »Ich hatte keine Zeit.« Sie standen sich gegenüber, jeder in eine Ecke gedrückt. Lieschen dachte gar nicht daran zu gehen. Sie besaß nicht gerade das, was man Stolz nennen konnte. Mogli trat ungeduldig von einem Fuß auf den anderen. Ein paar Leute kamen vorbei. Lieschen knickste jedesmal und hielt die Tür auf, bis sie drinnen waren.

Mogli sagte endlich: »Ja, ich muß gehen.«

»Gehen Sie doch – wenn Sie müssen!«

Ihr langer heller Hals schwankte über dem Kleidausschnitt. Sie zog den rechten Fuß aus dem Pantoffel und fegte mit den bloßen Zehen über die Erde hin. Mogli sagte: »Rechnen Sie nicht so viel mit mir, daß ich Ihnen helfe. Mein Freund schreibt mir täglich Briefe, die ich beantworten muß. Da ist der Tag bald rum.« Sie erwiderte nichts. So, das machte wohl auf Lieschen keinen Eindruck. Darum sagte er rasch weiter: »Es ist auch möglich, daß ich heute zum Gruppenführer gewählt werde.«

»Hach – ich habe ja Reis auf dem Feuer!« rief Lieschen ganz erschrocken. Sie lief über den Flur auf den Hof, die Tür zum Gartenhaus fiel hinter ihr ins Schloß. Mogli wartete noch einen Augenblick. Dann ging auch er hinauf.

Die Eltern saßen in der Küche. Sie sahen ihm stumm entgegen. Die Stille war ungewöhnlich. »Gibt es bald Mittag?« fragte der Junge schließlich gepreßt. Er ahnte schon, daß etwas geschehen war. Und wirklich sagte die Mutter mit einem besonderen Ton: »Du wirst gleich dein Mittag bekommen.«

»Wie war es denn in der Schule?« fragte der Vater fast freundlich.

»Schön. Ich habe alles gewußt.«

»So, du hast alles gewußt. Und der Lehrer war zufrieden?«

»Natürlich! Was fragt ihr denn soviel?«

Anna sagte: »Du kriegst gleich ein paar Fragen hinter die Ohren, mein Sohn!« Sie schien sehr aufgeregt, ihr Gesicht sah rot und verschwollen aus. Sie lief zum Schrank und kam mit einem Brief zurück. »Hier – vielleicht kannst du uns sagen, was das bedeutet.«

Mogli blickte lange auf den Umschlag. Er wußte schon alles. Auf dem Papier stand, dreimal rot unterstrichen: »Dritte Aufforderung! Sie werden hierdurch nochmals ersucht, über den Verbleib des Lehrlings Wegener Aufschluß zu geben. Achte Fortbildungsschule der Stadt Berlin. Dietzmann, Direktor.«

»Also«, fragte Anna ungeduldig, »was hast du dazu zu sagen?«

Der Junge legte den Brief zurück. Er sah den Vater an. Hermann saß mit gespreizten Beinen da, seine Arme lagen über den Knien. Er hielt den Kopf gesenkt. Der Junge sagte nichts.

Anna stand am Herd. Sie kratzte geräuschvoll die Reste aus den Töpfen und füllte alles zusammen auf einen Teller. Dann lehnte sie sich gegen die Tür. Ihre Hände waren über den Leib gefaltet. »Man läßt dir doch jeden Willen«, sagte sie hilflos. »Aber es ist immer noch nicht genug.«

»Es ist zu langweilig in der Penne«, sagte der Junge endlich. »Da sind ja alles Hilfsschüler. Einer ist doofer als der andere.«

»Dann hättest du dich ja hervortun können«, versetzte Hermann bissig.

Anna lenkte sofort wieder ein. »Nein, laß doch«, sagte

sie, »das ist nicht wichtig. Aber daß er jeden Montag und Freitag, den Gott werden ließ, weggehen konnte: So, ich muß in die Schule. Kommt um zwei in die Werkstatt, obwohl er weiß, wie schwer sein Vater zu arbeiten hat.«

»Ich konnte es euch doch nicht sagen.«

»Nein«, sagte Anna, »das konntest du nicht. Wir sind ja auch so strenge Eltern! Vermutlich hätten wir dich mit der Peitsche in die Schule getrieben! Darum mußtest du rumflanieren und läßt deinen Vater sich alleine quälen.«

Der Junge antwortete nicht mehr. Es gab nichts, was er hätte sagen können. Er blickte auf den Vater, der krumm und grau vor ihm saß. Hermann sagte: »Die ersten Briefe hast du wohl abgefangen?«

»Der Briefträger ist mir gerade in die Arme gelaufen.«

Hermann stand endlich auf. Er schüttelte die Beine, sie waren steif geworden. »Das ist alles ein Mist«, murmelte er. »Anna, wir sind zu gut zu den Kindern.« Er steckte die Pfeife in Brand, nahm die Mütze vom Haken und ging. Seine Hände lagen auf dem Rücken. Er blickte nicht nach rechts und nicht nach links.

Der Junge stand lange am Fenster. Er sah auf den Hof hinaus. Die Mutter tat ihm das Essen auf.

9

Hermann lag lange wach. Neben ihm atmete Anna schnell und gleichmäßig. Es war Sonntag. Sicher war es schon spät, von der nahen Kirche läuteten die Glocken. Hermann reckte sich wohlig. Die Kinder waren weg, der Junge auf Fahrt, und Trude war wohl mit dem Paddelboot. In der Kirche begann jetzt der Gottesdienst. Der Chor sang halleluja. Eine breite, gezogene Melodie. Dann kamen die weichen Orgeltöne. Hermann legte den Kopf etwas höher, er hörte so besser. Er lauschte auf den plärrenden Chorgesang. Es klang alles so deutlich durch den frühen Morgen. Er dachte daran, wie er als Junge die Kühe hatte hüten müssen. Er lag auf der Wiese, die Hände unter dem Kopf verschränkt, und über ihm zogen die Wolken vorbei. Wenn er sich ein wenig aufrichtete, konnte er, nicht weit entfernt, die Dörfler auf ihrem Weg zur Kirche sehen. Die Männer im Gehrock und die Frauen mit seidenen Kopftüchern. Wenn alle vorüber waren, hörte er, so wie jetzt, von weitem den schleppenden Gesang. Sogar die Stimme des Pfarrers hatte bis zu ihm herübergetönt, während er sich wieder ausstreckte und Träume spann.

Anna bewegte sich im Schlaf. Hermann warf sich herum, so daß ihr Gesicht dicht vor ihm war. Er streichelte ihre Hand. Anna fuhr hoch. »Ist was los?« fragte sie. – »Nein, nein«, sagte er beruhigend, »schlaf nur weiter.« Aber jetzt war sie wach, sie blinzelte zur Decke, sie hatte fast keine Augenbrauen. Hermann mußte wieder an früher denken, an die erste Zeit mit Anna. Er war ihr nachgelaufen, wieder und wieder. Einmal hatte sie sich einen Spaß gemacht und ihm einen Abschiedsbrief geschrieben. Da hatte er mit kalkweißem Gesicht vor Annas Nähstube gestanden, und eine Kollegin hatte Anna gewarnt: »Du, der tut sich was an!« Anna hatte es ihm später erzählt. Er war fest entschlossen gewesen, sich das Leben zu nehmen.

Er kroch halb unter ihre Decke. Er sagte: »Anna, du sprichst ja nie darüber: Bist du eigentlich schon im Wechsel?« Es war eine Art Einleitung, nichts Besseres fiel ihm ein. Anna drehte sich halb zu ihm um, sie wischte mit der Hand über ihr Gesicht. »Ich bin längst raus«, sagte sie, »ich glaube wenigstens. Ich habe es über ein Jahr nicht gehabt.«

Wieder lagen sie stumm nebeneinander. Hermann suchte nach den richtigen Worten. »Weißt du noch,

Anna«, sagte er endlich, »neulich der Film? Sie sprachen da doch von den Wechseljahren. Von den Gefühlen der Frau ... Wie ist denn das bei dir?« Seine Hand bewegte sich tastend an ihrer Hüfte entlang, kroch bis zu den Schenkeln hinunter. Anna rückte ein Stück von ihm weg.

»Komm, Anna«, sagte er bittend, »man hat doch sonst nichts im Leben.«

Sie seufzte ein wenig. Dann ließ sie es still geschehen. Aber plötzlich schob sie ihn weg. »Paß auf, das Laken«, warnte sie. »Ich hab kein andres mehr im Schrank.«

In Hermann stieg eine Wut hoch. Hatten sie denn gar keine Freude? Immer war gleich der Alltag da. Der Alltag mit Sorgen und Beschwernissen. Er schloß die Augen halb. Aber er beobachtete unter den Lidern hervor, wie Anna jetzt schwerfällig aufstand. Sie ging zum Schrank und kramte nach frischer Wäsche. Sie schlüpfte vorsichtig von unten in das neue Hemd hinein, und erst als es fest am Körper saß, ließ sie das Nachthemd fallen. So schamhaft war Anna noch, er durfte sie immer nur im Dunkeln sehen. Und er war doch ihr Mann. Seit wie vielen Jahren jetzt eigentlich? Er wollte es nachrechnen, doch immer wieder irrten seine Gedanken ab. Die Dürre von neulich. Wie die sich ungeniert vor ihm gedreht und gewendet hatte. Dabei war die fast häßlich gewesen. Anna mit ihren zartrosa Rundungen war viel appetitlicher. Er wollte keine andere als Anna. Aber wann hatten sie denn schon mal Zeit füreinander?

»Steh jetzt auf«, sagte Anna. »Du wolltest doch heute den Ofen in Ordnung bringen.«

Später beim Frühstück las sie wieder die Annoncen durch. »Der Meißner inseriert schon wieder«, sagte sie. »Speisezimmer, Nußbaum, komplett für zweihundertachtzig. Spottbillig! Na, die Dinger möchte ich sehen.«

»Wie der den Dreck zusammenhaut!«

»Aber er muß doch Erfolg haben. Sonst würde er nicht jede Woche annoncieren können.«

Hermann schluckte an dem trockenen Graubrot. »Ist doch alles Schwindel!« sagte er. »Wenn die Leute erst mal da sind, zeigt er ihnen die teuren Sachen – die sich natürlich mit dem billigen Dreck nicht vergleichen lassen.«

»Egal, wie er's macht«, sagte Anna. »Du bist viel zu reell. Dabei kommt man zu nichts.«

»Solche Winkelzüge mache ich eben nicht. Das habe ich gar nicht nötig – so massiv, wie meine Schränke sind. Wer die sieht, kauft sie auch, so sind die gearbeitet.«

Er stand auf. »Ich gehe auf einen Sprung in die Werkstatt.«

»Dann essen wir abends«, rief ihm Anna nach, »wenn die Kinder da sind.«

»Ja, meinetwegen.«

Er ging seinen alten Weg. Tag für Tag schreitet er ihn ab, auch sonntags. Vor dem Möbelgeschäft *Willy A. Krüger* blieb er stehen. Das Glas blendete, er mußte dicht an die Scheibe treten, um die Auslagen sehen zu können. Was für ein Lager Willy hatte! Der Laden war gedrängt voll, und unten im erleuchteten Keller standen noch Küchen und Flurgarderoben. Hermann ging langsam weiter. Er war tief in Gedanken und murmelte vor sich hin. Unsereiner kommt auf keinen grünen Zweig. Bloß die anderen. Dabei arbeitet man am meisten von allen. Vielleicht hat die Anna recht: man sollte irgendwas erfinden, worauf die Leute reinfallen.

Auf dem Hof kam ihm Grieser entgegen, Grieser im Sonntagsstaat. Sein rundes Bauerngesicht blickte ganz ungewohnt aus dem weißen Kragen. Die struppigen Haare hatte er heute in die Stirn gekämmt. Er winkte Hermann schon von weitem. Dann trat er zu ihm und flüsterte ihm ins Ohr: »Der Verwalter war da. Er hat jetzt die Klage eingereicht. Du sollst exmittiert werden.«

Hermann dachte: Das ist ein Sonntag. Er zog die Pfeife aus der Tasche und stopfte sie mit Tabak voll.

»Mensch, Grieser, mehr als arbeiten kann man nicht.«

Grieser drehte den Kopf weg und schneuzte sich. »Du hast doch jetzt einen Auftrag«, sagte er.

»Na ja – für die Anzahlung mußte ich Material einkaufen, das war das wichtigste. Außerdem soll ich ja jede Woche Lohn bekommen. Aber du weißt, wie sich das hinläppert. Die Unkosten sind zu groß.«

Jeder starrte vor sich hin auf das roh zusammengefügte Pflaster. »Na – mal sehen«, sagte Hermann schließlich. Er reichte Grieser die Hand. »Angenehmen Sonntag auch.«

Als er schon an der Treppe war, rief Grieser ihm nach: »Was ich sagen wollte … Wenn du Zeit hast, kannst du dir mal meinen Leiterwagen vornehmen. Da ist allerhand nicht in Ordnung.«

Hermann ging zu dem Wagen zurück und betrachtete ihn von allen Seiten. Er fand nicht soviel an ihm auszusetzen. Die Deichsel hing etwas schief, und hinten fehlten ein paar Latten. »Du kannst gut noch damit fahren«, sagte er.

Grieser schüttelte den Kopf. »Nein«, sagte er, »alles muß tipptopp in Ordnung sein, darin bin ich komisch. Schreib mir mal alles auf die Rechnung.«

»Na, wie du willst.« Grieser wollte ihm wohl etwas zukommen lassen.

In der Werkstatt wurde ihm wieder froher zumute. Da lag das Material: Holz in Mengen, dazu Furnier und Leim. Vier Schränke hatte er zugeschnitten, sie waren sein Eigentum. Das bestellte Zimmer war im Bau, die Unterteile standen fertig, alles war im Lot. Er ging umher, stellte ein paar Latten beiseite und fuhr mit der flachen Hand über das Holz. Schön trocken war es. Freilich auch teuer genug. Eine Weile stand er vor den Seitenteilen der Waschtoilette. Die runden Ecken machten noch etwas Mühe. Er hob die Bretter an, betrachtete sie von unten und von oben. Solche Rundungen gab es auch schon fertig zu kaufen, hatte der Hintz neulich erzählt. Sie kamen nicht teurer, als wenn er sie herstellte, und er sparte Arbeitszeit. Aber er machte sich doch lieber selbst daran. Man steckte nicht drin im Holz; vielleicht hatten die anderen gepfuscht, und hinterher traten Mängel auf. Er legte die Seitenteile wieder hin, ging zur Tür und schloß sorgfältig hinter sich ab. Dann stieg er die Treppe hinunter. Unterwegs fiel ihm ein, daß er in die Budike hineinsehen könnte. Manchmal saßen da ein paar Kollegen beim Frühschoppen. Doch heute war alles leer; nur ein paar Halbwüchsige spielten im Hintergrund Billard. Hermann bestellte ein kleines Helles. Er saß allein an dem großen Tisch und sah zu den Jungen hinüber.

Der eine, ein Blonder, gewann jedesmal, sein Partner war ungeschickt. Nach einer Weile kam der Wirt hinter seiner Theke hervor. Er schlenderte zu Hermann hinüber. »Heute nicht mit den Herren Kollegen zusammen?« fragte er. Er hatte eine knubbelige weiße Nase, an der ein Tropfen hing.

Hermann sagte: »Die haben wohl alle kein Geld.«

»Ja, die Zeiten sind schlecht«, meinte auch der Wirt. Er schob seinen runden Bauch wieder vor sich her. Hermann schlürfte den Rest und ging.

Zu Hause öffnete ihm Anna. Ihr Gesicht war rot vor Erregung. »Die Dame ist drinnen«, flüsterte sie ihm zu, »die das Zimmer bestellt hat. Sei man recht höflich zu ihr.«

Die ältere Dame stand bei Hermanns Eintritt vom Sofa auf. Sie lief ihm entgegen. »Ach, Meister Wegener! Wir kamen gerade hier vorbei und wollten Sie überfallen.« Hermann sah jetzt erst die Tochter, die auf dem Klaviersessel hockte.

Auch Anna kam herein. »Die Dame will wissen, wie weit das Zimmer ist«, sagte sie.

»Ich war eben in der Werkstatt. Sie hätten hinkommen sollen.«

»Ach nein«, rief die alte Dame erstaunt, »arbeiten Sie etwa auch am Sonntag? Muß Ihr Sohn ebenfalls sonntags arbeiten?«

»Nein, der ist auf Fahrt. Der genießt sein Leben.«

Die Dame rückte ihren Hut zurecht. »Der Junge hat mir zu gut gefallen«, sagte sie. »Ich habe den ganzen Weg über von ihm erzählt.«

Anna mischte sich ein. »Ja, hat er Ihnen gefallen?« fragte sie eifrig. »Wir haben auch allerhand Pläne mit ihm. Er soll nicht bloß Tischler bleiben. Wenn er ausgelernt hat, schicken wir ihn auf die Gewerbeschule, dann kann er Gewerbelehrer werden oder sogar Architekt. Die Fähigkeiten hat er. Er soll etwas Besseres werden.«

»Das ist recht von Ihnen. – Und was macht mein Zimmer, Meisterchen?«

»Ich habe Material eingekauft, alles verleimt und so weiter, jetzt fangen wir an zu furnieren.«

»Es wird also pünktlich geliefert?«

»Wenn nichts dazwischenkommt. Bei solchen Objekten weiß man das nie so genau. Da ist dies und das.«

Die Dame hob ihr Lorgnon vor die Augen. Ihr Gesicht wurde fremd.

Anna sagte eilig: »Nein, nein, es wird fertig. Mein Mann unkt manchmal ein bißchen.«

»So! Na, ist gut.«

Die Tochter zog mit der Schirmspitze das Muster des Teppichs nach. Hermann blickte auf seine Fußspitzen. Anna zupfte immer wieder die Tischdecke glatt. Endlich stand die Dame auf. »Komm, Lisa!«

Anna machte Hermann ein Zeichen aus den Augenwinkeln. Hermann sagte schüchtern: »Wie ist es denn mit Lohn, meine Dame?«

»Wie?« fragte die Kundin.

»Ich meine – es war ausgemacht, daß ich jede Woche von Ihnen den Lohn bekomme.«

»Ach so ... Ja. Lisa, besprich das mit dem Meister. Wissen Sie, wir sind nämlich davon abgekommen. Lisa, sag doch etwas!«

Die Tochter sagte: »Wir wollen erst zahlen, wenn wir das Zimmer gesehen haben.«

»Na, Sie können es doch sehen«, rief Anna. »Tatsächlich! Gehen Sie in die Werkstatt und sehen Sie sich alles an. Das Material liegt da, und die Unterteile sind schon zusammengebaut.«

»Nein«, sagte jetzt wieder die ältere Dame. »Wir haben bereits dreihundert Mark bezahlt. Sie werden verstehen, daß unser Vertrauen Grenzen hat.«

»Aber es war doch so ausgemacht«, sagte Hermann. »Ihre Tochter ist Zeugin. Sie wollten jede Woche fünfzig Mark geben. Ich habe kein Geld, um das Zimmer auf eigene Kosten fertigzustellen.«

Hermann stand mitten im Zimmer, er kratzte sich den Kopf. Seine Pfeife hing kalt zwischen den Zähnen. Auf Annas Gesicht bildeten sich zwei kreisrunde Flecke. Die Dame raffte ihr Kleid zusammen. Sie ging an den beiden vorbei, sagte über die Schulter: »Mein Mann hat uns verboten, mehr Geld zu investieren. Wenden Sie sich an ihn.«

Auch die Tochter ging zur Tür. Hermann sah auf die Ampel, die schief von der Decke hing. Er nahm den Bleistift hinter seinem Ohr hervor und drehte ihn zwischen den Fingern.

Die Dame rief noch vom Flur: »Also den Liefertermin einhalten, Meister!« Dann klappte die Tür.

»Du sagst ja gar nichts«, rief Anna empört. »Stehst da wie ein Stock. Diese Leute wollen behandelt sein.«

»Ja, ja, behandelt! Soll ich Ihnen in den Hintern kriechen? Behandle du sie doch, wenn du es besser verstehst.«

Anna setzte sich aufs Sofa. Sie lehnte sich hintenüber und verschränkte die Arme über der Brust. Ihre kurzen Beine schwebten frei in der Luft. Hermann ging hin und her, vom Balkon bis zur Tür. Die Dielen knarrten unter seinen Schritten. Anna sagte: »Setz dich bloß hin, du machst einen ganz nervös.«

»Fang du auch noch an«, brummte Hermann. Er setzte sich aber doch und legte beide Arme auf den Tisch.

»Lange mache ich das nicht mehr, Anna«, sagte er plötzlich. »Dieses ewige Gekrebse. Wenn du denkst, jetzt kannst du aufatmen – gleich kriegst du eins auf den Deckel. Daß du bloß nicht übermütig wirst.«

»Das beste ist, man hängt sich auf.«

Jetzt sprach auch Anna so. Ihr Gesicht war klein und gelb. Sie hielt die Augen halb geschlossen. Hermann stand auf und trat auf den Balkon hinaus. Die Straße lag ausgestorben da. Die Schritte eines Passanten hallten hell herauf.

Er wandte sich wieder zum Zimmer um. »Der Verwalter will mich aus der Bude werfen.«

Anna sagte: »Wenn wir bloß noch etwas anderes hätten. Die Tischlerei ernährt uns doch nicht. Ich möchte mitverdienen.«

»Du kannst nicht mehr Mützen nähen auf deine alten Tage.«

»Ach, Mützen nähen! Mir geht das mit den Leihbibliotheken nicht aus dem Kopf. Diese Büchereien wachsen wie Pilze aus der Erde. Da muß doch was dran sein.«

»Dazu gehört auch Kapital«, sagte Hermann, »um so etwas anzufangen.«

»Ja. Zu allem braucht man Geld.«

Anna stand auf. Sie wurde schon wieder lebhafter. Sie ging in die Küche und setzte das Essen auf. Hermann lief hinterher. Er hockte sich auf den Kohlenkasten.

»Ich muß mir das mal durch den Kopf gehen lassen«, sagte Anna.

Sie wusch die Kartoffeln im Topf und goß frisches Wasser auf. Hermann sah ihr zu. Sorgfältig fischte sie jedes Sandkorn aus dem Topf heraus. Hermann stand auf, er trat ans Fenster. Der Hof war leer.

»Wie soll man denn das Zimmer fertigkriegen ohne Geld?«

Anna erwiderte eifrig: »Paß auf: Zwanzig Mark liegen noch da. Und wenn uns Trude was gibt vom nächsten Gehalt ... Wir müssen uns eben durchbeißen.«

»Vier Wochen mit den paar Mark? Material wird auch noch gebraucht. Dann Spiegel, Matratzen, Marmor ... Nein, es geht nicht.«

»Dauert es noch vier Wochen – bis zum Liefern?«

»Vier Wochen.«

Sie sahen einander an. Hermann nahm die Brille ab und wischte mit dem Taschentuch die Gläser blank. Auf seiner Nase war dort, wo der Bügel gesessen hatte, ein hellroter Streifen. Seine Augen tränten. Anna stellte das Gemüse zum Wärmen aufs Feuer. Sie rührte mit einem Löffel in der Soße. Im Hof sang jemand mit einer brüchigen Stimme, die bei den hohen Tönen umkippte.

Anna hatte endlich einen Entschluß gefaßt. Sie sagte: »Weißt du, was wir machen? Du ziehst zunächst mal zwei Schränke vor. Die fertig aufzubauen kann nicht so viel kosten. Das Holz ist ja da. Und es müßte ja mit dem Teufel zugehen, wenn wir sie nicht loswerden sollten. Später findet sich auch für das Zimmer Rat. Es wird nach und nach mitgemacht. Wenn wir für die zwei

Schränke einen guten Preis erzielen, ist das 'ne Kleinigkeit. Na, was meinst du?«

Hermann sagte quengelig: »Immer das Mädel um Geld angehen! Sie muß sich doch ihre Aussteuer schaffen.«

»Na, wir geben ihr das Geld doch wieder. Vorläufig sind die Schränke mal das wichtigste. Oder hast du einen besseren Vorschlag?«

»Nein, nein, ist schon gut. Aber den Liefertermin kann ich dann nicht einhalten.«

Anna zuckte mit den Schultern. »Was soll man machen. Man will ja jedem gerecht werden. Ich sage schon: das beste, man hängt sich auf.«

Hermann lief hin und her, von der Tür zum Herd und zurück. Seine Pantoffeln schlurften über den Boden. Er sagte: »Rede nicht dauernd davon. Du machst einen ganz mutlos.«

»Na ja, ist doch wahr«, sagte Anna. »Immer deine Wenns und Abers. Du machst dich jetzt an die Schränke – und wenn wir sie verkaufen, sind wir aus allem Dilemma.«

Draußen ging die Korridortür. War wohl Trude. Sie nahm den Rucksack ab und kam herein. Hermann faßte zaghaft ihr Kinn, er mußte sich dazu auf die Fußspitzen stellen. »Siehst ordentlich braun aus«, sagte er.

»Ja, es war heiß.«

»War's schön?« fragte Anna vom Herd aus.

»Ja – natürlich. Das Boot hat ein Leck. Der Bootsmann will es diese Woche in Ordnung bringen.«

Hermann sagte: »Das kostet auch wieder.«

»Wieso? Ist doch mein Geld«, sagte Trude spitz. Sie stellte sich ans Fenster. Der Mann mit der Plärrstimme war jetzt im Nebenhof. Ohne Pause sang er sein Repertoire herunter. »Wie war's bei euch?« fragte Trude obenhin.

Anna machte einen Schritt auf sie zu. »Wir sprechen

gerade davon, Trude. Die Kundin hat den Wochenlohn nicht gezahlt. Sie will erst das Zimmer sehen, bevor sie mehr Geld herausrückt. Nun sage ich zu Vater, er soll zwei Schränke fertig machen, damit wir etwas zum Verkauf haben. Hältst du das nicht auch für das Richtige?«

»Ja, sicher. Warum nicht?«

Anna zögerte weiterzusprechen. »Es ist bloß«, sagte sie nach einer Weile, »du müßtest uns dann wieder mit etwas Geld aushelfen. Sowie wir was verkauft haben, bekommst du es zurück. Es kann sich nur um ein bis zwei Wochen handeln.«

Hermann hatte die Beine übereinandergeschlagen. Er wippte mit dem einen Bein auf und ab. »Dann kann ich mir nicht die Wäsche kaufen«, sagte Trude. »Ich hatte mir Wäsche bestellt.«

»Es ist ja nur auf zwei Wochen, Trude.«

Sie verzog den Mund. »Macht, was ihr wollt.«

Anna fing nach einer Pause noch einmal an. »Wir müssen doch verkaufen. Meinst du nicht, Trude, daß wir die Schränke loswerden? Wir geben sie billig ab.«

»Vielleicht habt ihr Glück«, sagte Trude gleichgültig, »mir ist alles egal.« Sie ging rasch zur Tür. Sie war auf einmal ganz blaß um die Nase, sah Anna. Sie stellte den Topf auf den Tisch. Sie blickte auf Hermann. Der hatte noch nichts bemerkt.

10

Der Junge mußte den Text in die Filiale bringen. Am Sonntag stand das Inserat in der Zeitung, neben unzähligen anderen mit fast dem gleichen Text. »Schreibschrank, Eiche mit Nußbaum, direkt ab Tischlerei, spottbillig.« Und der Name und die Adresse. Anna sagte: »Vielleicht hätten wir doch den Preis hinschreiben sollen. Billig genug ist es ja.«

»Nein, nun warten wir ab.«

Anna stand in der Küche, als Hermann am Montag nach Hause kam. Er hängte seine Mütze an den Garderobenständer, zündete draußen die Pfeife an, langsam wie immer; Anna hörte jede seiner Bewegungen. Endlich kam er näher; Anna sah ihm gespannt ins Gesicht. Hermann ging an ihr vorbei und setzte sich. »Mittag fertig?« fragte er wie sonst.

»Lieber Himmel, nun erzähle doch erst«, rief sie fast atemlos. »War jemand da?«

»Nichts. Niemand.«

Nun füllte sie das Essen auf. Hermann löffelte die Suppe in sich hinein. Die Uhr auf dem Küchenbord tickte. Anna sagte: »Die vier Mark für die Annonce sind weggeworfen.«

»Wie kannst du das sagen! Meißner inseriert jede Woche. Er sagt auch: Manchmal kommt keine Menschenseele. Manchmal kommt jemand noch am Freitag. Das ist ganz verschieden.«

»Man darf nicht nachlassen. Aber was das kostet.«

Auch am Dienstag kam niemand. Mittwoch nicht. Die ganze Woche ging hin, ohne daß sich etwas ereignete. Am Freitag fragte Anna: »Wollen wir wieder das Inserat einsetzen?«

»Natürlich. Sonst hat man ja gar keine Hoffnung.«

»Ich dachte bloß, weil es kurz vor dem Ersten ist. Da haben die Leute kein Geld mehr.«

»Das hat nichts zu sagen. Wer sich ein Möbelstück anschaffen will, hat sowieso darauf gespart.«

Hermann schrieb mit seiner krakeligen Schrift den Text aufs Papier. Anna sagte: »Diesmal nennen wir aber den Preis. Fünfundachtzig. Im Laden kostet der mindestens hundertdreißig.«

Der Junge faltete den Zettel zusammen, er wollte wieder zur Filiale. Hermann ging mit, bis zur Ecke hatten sie denselben Weg. Dann fiel ihm ein, daß er gar nicht in die Werkstatt brauchte. Nichts wartete dort auf ihn. Alles kam jetzt darauf an, daß die Schränke verkauft wurden. Er ging neben dem Jungen her, er mußte tüchtig ausschreiten. In der Hauptstraße lag ein Möbelgeschäft neben dem anderen. Hermann zupfte den Jungen am Ärmel, er blieb vor einem Schaufenster stehen. »Sieh mal, die spillerigen Dinger da. Hundertfünfzig Mark. Da würde ich mich nicht ransetzen.«

Der Junge sagte: »Die sind doch fein – so zierlich. Das ist modern heute. Deine sind viel zu klobig.«

»Was, meine sind klobig? Da sieht man, wieviel Ahnung du vom Tischlern hast. Massiv ist das, was ich baue. Das hält drei Menschenalter lang.«

Der Junge zuckte die Achseln. Er ging weiter, ruderte mit beiden Armen, nahm lange Fahrtenschritte. Als sie vor der Filiale anlangten, sagte Hermann: »Gib mir mal den Zettel.«

Er nahm die Pfeife aus dem Mund und betrat den Laden, stellte sich in der Schlange der Wartenden als letzter an. Eine Frau mit gelbem, gefärbtem Haar fertigte flink einen nach dem anderen ab. »Dreifünfundsiebzig«, sagte sie, als Hermann ihr den Text hinschob. Er steckte den Kopf durch das Schiebefenster. »Fräulein, können Sie es nicht so machen ...« Die Angestellte schob den Schalter halb zu, Hermann mußte den Kopf einziehen. Er sagte noch einmal zögernd: »Könnten Sie es nicht etwas auffallend setzen? Vielleicht mit einem Strich drum herum ...?«

»Ich verstehe nicht«, sagte die Angestellte. »Es soll doch unter die kleinen Anzeigen?«

»Ja, dorthin.«

»Das wird in der Setzerei gesetzt, in der Reihenfolge des Eingangs.« Sie griff schon nach dem nächsten Zettel.

Wieder stand die Anzeige am Sonntag dürftig zwischen vielen anderen. Anna suchte mit Bleistift die langen Spalten ab. Alles Angebote: Kauft Fahrräder, kauft Boote, kauft Kleider, kauft Möbel, kauft Lampen. Darunter drei Zeilen von Tischlermeister Wegener. Spottbillige Schreibschränke. Hermann sagte: »Nächste Woche haben wir kein Geld mehr zum Inserieren.«

»Wenn wir beide Schränke loswürden, könntest du dich gleich über das Zimmer hermachen.«

»Ja, das Zimmer. Ist das alles ein Mist.«

»Ich bin diesmal sehr mutig«, sagte Anna. »Mir ist so, als ob wir was verkaufen.«

Dieser Montag. Nachmittags hielt es Anna nicht länger aus. Sie nahm ein Tuch um die Schulter und ging in die Werkstatt. Hermann stand an der Bank, die Späne flogen um ihn herum. Er schmunzelte. »Na, Mutter«, sagte er, »du kannst wohl gar nicht mehr warten.« Er legte den Hobel hin, holte den Tabak aus der Tasche und stopfte die Pfeife voll. Anna fragte erfreut: »Du hast was verkauft?« Hermann paffte ein paar Züge. Umständlich ordnete er die Streichhölzer in der Schachtel. »Nein«, sagte er bedächtig, »verkauft noch nicht. So schnell geht das nicht. Aber es war jemand hier.« Er schmunzelte wieder und rauchte eine dichte Wand vor sein Gesicht. »Na und? Erzähl doch endlich!« drängte Anna.

»Eine Frau war hier. Sie fand alles sehr schön. Sie will mit ihrem Mann wiederkommen.«

»Und du glaubst, daß sie Wort hält?«

»Die kommt. So billig findet sie's nicht zum zweiten Mal.« Anna hockte sich auf eine der Hobelbänke. Sie sah sich um. Richtig reich sah es aus in der Werkstatt. Da lag das Holz für das Zimmer, lange schwere Bretter, gehobelte Seiten. Dahinter die spröden Blätter des Furniers. Der Leim hochgestapelt, wie graue Ziegelsteine. »Jetzt drei Gesellen her und tüchtig gearbeitet«, sagte Anna. »Dann würde was bleiben.«

»Wir werden's wohl nicht mehr soweit bringen.«

»Warum nicht? Hauptsache, wir verkaufen jetzt. Dann machst du das Zimmer fertig, da bleibt schon was. Dann haben wir noch die zwei anderen Schränke, die bereits zugeschnitten sind. Wir müssen jetzt bei den Schränken bleiben, Hermann. Immer in Serien raus und an Private verkauft. Da muß man doch hochkommen.«

»Wie du das sagst, hört es sich einfach an.«

Anna sprang herunter von ihrem Sitz. Ihr Kleid war voller Staub und Sägespäne. Sie schüttelte es sauber. »Erst warten wir mal auf die Frau«, sagte sie ernüchtert. »Hat sie nichts über den Preis geäußert?«

»Was soll sie da sagen. Billig ist es ja.«

So war es. Die Tage gingen auf und unter. Einmal kam ein Ehepaar. Eine blutjunge Frau. Der Mann mit einem Einglas. Sie wollten erst die Schwiegermutter um ihre Meinung fragen. Anna sagte: »Ich gebe nichts drauf. Man ist erst sicher, wenn man die Anzahlung in Händen hat.« Aber sie hoffte doch. Abends sah sie Hermann prüfend ins Gesicht. Er setzte sich an den Tisch, immer mit der gleichen undurchdringlichen Miene. Er zog die Zeitung aus der Jackettasche, legte sie neben sich. Die Füße stemmte er auf die Tischleiste.

»Mittag fertig?«

Anna fragte: »Hast du nichts zu erzählen?«

»Ach wo. Ich erlebe nichts in meiner Bude. Wenn du nichts weißt ...«

Aber sie wußte auch nichts. Sie aßen meistens allein. Die Kinder waren irgendwohin unterwegs. Der Junge lebte nur für die Gruppe. Von Trude wußte man nichts. Vielleicht war sie mit diesem Hans Lange zusammen. Sie kam aus dem Büro, zog ihr bestes Kleid über und ging. Manchmal stellte sich Anna neben sie, wenn sich

Trude vor dem Spiegel ihr Gesicht anmalte. So blaß war sie jetzt immer, unter den Augen hatte sie schwarze Ränder. Anna fragte behutsam: »Könnt ihr denn so viel ausgehen? Ich denke, der Herr Lange ist arbeitslos?«

Trude sagte leichthin: »Gehe ich denn mit Arbeitslosen? Ich habe bessere.« Sie stülpte den Hut auf und ging.

»Komm nicht wieder so spät!« rief Anna ihr nach. »Nein, nein. Hab nicht immer solche Angst um mich.«

In der folgenden Woche kam die Kundin wieder. Auch die Tochter war mitgekommen. Hermann saß gerade auf dem Klosett, er hörte die Werkstattür knarren. Er dachte: Vielleicht kommt jemand fragen. Hastig knöpfte er die Hosen an. Die Dame sagte spitz: »Wie ich sehe, ist das Zimmer noch immer nicht fertig?«

Hermann konnte nur mit Mühe an sich halten. Er preßte den Zollstock in seiner Hand, bog ihn auseinander und klappte ihn wieder zu. Er sagte mühsam beherrscht: »Ich habe kein Geld, um es fertig zu machen. Das wissen Sie ja.«

»Und meine dreihundert Mark?«

»Da liegen sie. Hier – hier!« Er hob nacheinander die Teile an. »Da steckt 'ne Menge Arbeit drin. Hier. Ist alles fertig zum Zusammenbauen.«

»Lisa! Das ist ja wohl die größte Frechheit. Diese paar Leisten sollen dreihundert Mark wert sein? Da muß ich aber lachen – wenn es nicht so traurig wäre. Das hat man davon, wenn man zu solchem Pinscher geht. Unterschlagen haben Sie das Geld! Ich werde mich an die Innung wenden. Ja, das machen wir, Lisa. Komm!«

Hermann knallte die Tür hinter den Damen zu. Alles stand ihm bis zum Halse. Anna hatte recht. Aufhängen. Nichts mehr sehen und hören. Laßt doch die anderen machen. Er schimpfte vor sich hin. Diese Saubande. Hat das Geld liegen und rückt es nicht heraus. Alles wäre gut, wenn er die fünfzig Mark Wochenlohn hätte. Es würde wenigstens weitergehen. An die Innung wenden! Die Innung wird denen was husten. Die Innung wahrt die Interessen der kleinen Meister. Er wird sich selber an die Innung wenden. Ja, der Gedanke tauchte plötzlich auf. Vielleicht bewilligen sie ihm eine Unterstützung. Es handelt sich ja nur um einen Übergang. Die Ware steht da, er könnte sie der Innung überschreiben.

Er räumte sein Handwerkszeug weg und ging nach Hause. Allerlei Gedanken schossen ihm durch den Kopf. Er trat in die Küche. Anna sah ihn stumm an. Sie hatte es sich abgewöhnt zu fragen. Hermann sagte: »Wo ist der Junge? Er muß in die Filiale. Es ist der letzte Tag.«

Anna erwiderte kurz: »Wir haben kein Geld mehr zum Annoncieren.«

»Kein Geld? Dann muß Trude etwas geben. Wir müssen in die Zeitung.«

Anna schleuderte die Margarine in die Pfanne. Sie trat einen Schritt zurück, das Fett spritzte nach allen Seiten.

»Trude wird auch nichts mehr haben. Wann kannst du's ihr denn wiedergeben?«

»Sie kann es nächste Woche zurückhaben. Dienstag. Oder vielleicht schon Montag. Es hängt bloß davon ab, wie ich mir meine Zeit einteile.«

Anna verkniff den Mund. Sie hielt ihn wohl für übergeschnappt. Er sagte zur Erklärung: »Ich werde bei der Innung um ein Darlehen einkommen.«

»Ach so.« Sie holte die fertigen Kartoffeln und schnitt sie in kleine Scheiben. »Meinst du, daß das klappt?«

Hermann fuhr auf. »Wozu bezahlt man denn jahrelang seine Beiträge? Die können einem auch mal unter die Arme greifen. Das wäre ja gelacht.«

Anna schrieb den Text für die Annonce. Spottbillig. Direkt ab Tischlerei. »Ich will doch lieber den Preis weglassen«, sagte sie. »Die Leute sollen neugierig sein und erst mal kommen.«

»Das ist ja alles egal. Du siehst ja: zwei waren schon da und sind doch nicht wiedergekommen.«

Anna überlegte einen Augenblick. Dann sagte sie: »Ich glaube, die Schränke wirken nicht – da in deiner Bude. Es ist nicht hell genug, allerlei liegt herum. Die Leute sind eine andere Aufmachung gewohnt. Einen Laden müßte man haben!«

»Ja, das wäre was.«

Anna spann den Gedanken weiter. »Man müßte einen großen Laden mieten. In der Hälfte ist die Leihbücherei, und in der anderen verkaufen wir Möbel. Das wäre mal was!«

»Aber die Ladenmiete! Und Auswahl an Möbeln müßte man auch haben.« Eins war nicht besser als das andere. Es gab keine Aussicht auf eine Besserung. Anna sagte: »Wir müssen froh sein, wenn wir uns unser Lebtag lang durchwürgen können.« Sie stand still am Tisch. Unter ihren Augen liefen zwei Striche voneinander weg. Auch von den Mundwinkeln gingen Linien ab. Hermann hätte ihr gern etwas zum Trost gesagt, aber ihm fiel nichts ein. Draußen wurde jetzt die Tür aufgeschlossen. Der Junge kam. Er nahm seinen Stullenteller vom Tisch und ging damit in die Stube. Anna sah ihm kopfschüttelnd nach. »Das hat man sich auch anders vorgestellt«, sagte sie, »wenn die Kinder groß sind.«

Hermann sagte: »Ja, man hat nichts von ihnen. Der Junge lebt in seiner Welt. Der sagt kaum zu uns guten Tag. Wir sind Luft für ihn.«

Anna begehrte sofort auf: »Und Trude? Die läßt sich bei uns überhaupt nicht mehr sehen. Man weiß nicht mal, mit wem sie zusammen ist. Ich weiß nicht ... Andere junge Mädchen sitzen zu Hause, machen Handarbeiten, und wenn sie einen Verehrer haben, bringen sie ihn mit nach Hause, so daß die Eltern ein bißchen Abwechslung haben.«

»Das ist wohl nur in Büchern so.«

»Nein, das gibt es auch wirklich. Das junge Mädchen von da drüben. Mal geht sie einholen, ein andermal schüttelt sie das Staubtuch aus. Abends spielt sie Klavier und sitzt mit ihrem Verlobten bei den Eltern. Wir haben Trude ganz falsch erzogen.«

»Was du immer mit Trude hast«, nörgelte Hermann. »Sie hat eben andere Interessen.«

»Was hat sie denn für Interessen? Ein Flittchen ist sie. Jeden Abend rennt sie weg. Pinselt sich an, so – auf Wiedersehen! Man weiß gar nicht mehr, daß man Kinder hat.«

Anna weinte. Alles kam zusammen. Die Miete war nicht da, im Kasten lagen die letzten fünf Mark. Morgen und übermorgen konnte sie noch Mittag kochen, dann war es auch damit aus. Sie sagte: »Man lebt ja schlechter als ein Arbeitsloser. Die kriegen wenigstens Unterstützung.«

Hermann erwiderte barsch: »Dafür ist man selbständig, ist sein freier Herr. Und es wird auch wieder mal anders kommen.«

Er stand auf, reckte sich, schob den Leib nach vorn. Plötzlich knallte er mit der Faust auf den Tisch. »Ich prophezeie dir, daß wir Montag Geld haben von der Innung. Laß jetzt deine Zweifel, du nimmst einem allen Mut.«

Er zog wirklich am Montag los. Er trug seinen blauen Anzug. Einen frischen Kragen. Die helle karierte Krawatte saß auf dem gestärkten Hemd. Die Innung war in einem großen weißen Gebäude untergebracht. Drinnen schlug ihm heiße und feuchte Luft entgegen, wie in einem Hallenbad. Seine Schritte dröhnten auf dem Steinfußboden. Hermann erschrak selbst vor dem Lärm, den er verursachte, und ging weiter auf Zehenspitzen. Nun hörte er bloß noch seine Stiefel knarren. Ein paar

Angestellte gingen an ihm vorbei, Männer mit runden, glattgeschorenen Köpfen, sie trugen Akten unterm Arm. Hermann fragte sich zu seiner Abteilung durch. Er mußte einige Quergänge entlang und in den dritten Stock.

Es war ein langes, schmales Zimmer. Hermann stellte sich zu den Wartenden, die rechts auf den Stühlen saßen. Ein junger Mann mit käsigem Gesicht drückte ihm einen Zettel in die Hand: die Nummer achtundzwanzig. Hermann bedankte sich höflich. Der junge Mann ging wieder und stellte sich an die Tür.

Hinter einer Milchglasscheibe saßen die Kontoristen. Manchmal kam einer durch die Schwingtür, griff nach Handtuch und Seife und lief hinaus. Hermann hielt seine Mütze zwischen den Händen. Er drehte sie nach allen Seiten, wischte den Staub weg und setzte sie wieder auf. Rückte sie hin und her auf dem Hinterkopf. Der rechte Nachbar sah ihm mißbilligend zu. Auch der linke sah ihn an. Hermann verstand endlich und nahm die Mütze vom Kopf. Er legte sie auf sein Knie.

Jetzt steckte einer der Angestellten den Kopf zur Tür herein und rief die Nummer achtundzwanzig. Hermann ging rasch zum Schalter. Der Mann dahinter schob ihm einen Zettel hin: »Füllen Sie bitte aus.« Hermann stützte seine Arme auf. »Das ist nicht nötig«, sagte er schnell. »Sagen Sie nur dem Herrn Obermeister, daß ich ihn sprechen will. Er kennt mich vom Verein.« Der Kontorist hob die Augenbrauen. »Bedaure. Ich habe Anweisung, niemanden hereinzulassen. Erst müssen Sie das Formular ausfüllen.« Er ließ seinen Bleistift über die Fläche seines Pultes rollen. Mit der freien Hand glättete er seinen Scheitel. Der Rücken seines Anzuges war blank gewetzt. Hermann schrieb das Datum hin. Dann füllte er aus: *Herr* Wegener *wünscht zu sprechen Herrn* Obermeister *in Angelegenheit* Darlehen. Er mußte wieder warten.

Nach einer Weile führte ihn der käsige junge Mann durch zwei Türen ins Zimmer des Obermeisters. Es war derselbe, der auf den Versammlungen sprach. Hermann versank in dem tiefen Sessel. Seine Arme hingen über der Lehne wie an zwei Krücken. Der Obermeister sagte: »Bitte sich kurz zu fassen, Kollege. Draußen warten eine Menge Leute.« Seine Stimme klang heute heller als sonst, fast piepsig. Vielleicht machte es das kleine Zimmer.

Hermann beugte sich vor. Er sagte alles, was er sich vorher zurechtgelegt hatte. Der Obermeister steckte sich eine Zigarre an. Er bemühte sich, kleine dunkle Ringe in die Luft zu blasen. Hermann wußte nicht, ob er ihm überhaupt zuhörte. Er wiederholte: »Die Schränke stehen da, wie gesagt. Man wird sie nicht so schnell los. Vielleicht könnte mir die Innung das Geld vorstrecken.«

Er schwieg endlich und blickte auf seine Knie. So viel hatte er lange nicht gesprochen. Der Obermeister zog auf einmal seine Stirn in Falten. »Wie war der Name?« fragte er kurz. Er kramte in den Akten.

»Wegener. Hermann Wegener. Sie kennen mich doch.«

»Ausgeschlossen«, sagte der Obermeister. Er hatte in der Kartei jetzt das Gesuchte gefunden. »Ihnen können wir nichts geben«, sagte er. »Gerade ist über Sie eine Beschwerde bei uns eingelaufen. Solche Elemente unterstützen wir nicht.« Er wandte sich wieder zu seinem Aktenschrank. »Übrigens gibt die Innung prinzipiell keine Darlehen.«

Hermann stand auf. Er machte ein paar Schritt auf den Schreibtisch zu. Seine Hände ergriffen einen der Schnellhefter und bogen ihn hin und her. Seine Stimme war heiser. Er mußte sich räuspern, bevor er wieder sprechen konnte. »Was die Beschwerde betrifft«, sagte er, »das will ich gern erklären. Die Kundin hat seinerzeit versprochen, mir wöchentlich Lohn zu zahlen. Plötzlich rückt sie kein Geld mehr heraus. Und allein bin ich nicht imstande, das Zimmer fertigzustellen.« Er hustete beiseite. »Ich bin dazu nicht imstande, das ist es.«

Der Obermeister sagte kalt: »Dann müssen Sie solchen Auftrag nicht übernehmen.« Er blätterte wieder in der Kartei.

Hermann stand breitbeinig vor ihm. Die Pfeife war ausgegangen und hing kalt in seinem Mund. Er starrte auf den Schädel des Obermeisters. Eine saubere, blanke Glatze. Sah wie ein Globus aus.

Hermann wiederholte: »So, ich hätte den Auftrag nicht übernehmen sollen?« Sein Gesicht war jetzt rot, dick hingen die Tränensäcke unter den Augen. »Sie wissen wohl nicht, wie einem kleinen Handwerksmeister zumute ist? Der schindet sich ab, immer für die Großen, damit die ihre Geschäfte machen. Und wenn endlich mal ein Bissen für ihn abfällt, soll er ihn nicht mal schnappen. Sie wissen wohl nicht mehr, wie das ist, nicht wahr? Haben doch auch mal solche Quetsche gehabt. Aber das vergißt man schnell.«

Bei den letzten Worten war der Obermeister aufgesprungen. Beide standen sich jetzt gegenüber. Sie waren annähernd gleich groß, konnten sich genau in die Augen sehen. Die von Hermann waren blau und wässerig, sie tränten in den Winkeln. Der Obermeister rief scharf: »Ihre Anzüglichkeiten muß ich mir energisch verbitten. Im übrigen ist es nicht Sache der Innung, uns in Ihre Geschäfte zu mischen. Allerdings sind wir bestrebt, Betrügereien und so weiter wie die Ihrige bei den uns angeschlossenen Tischlereien zu unterbinden. Wir kommen auf Ihren Fall noch zurück.«

Die Unterredung war beendet, Hermann stand wieder im Flur. Langsam rückte er die Mütze auf seinem Kopf zurecht. Als er die Treppe hinunterstieg, hielt er sich am Geländer fest.

11

Vor der Tür stand Gustl. Mogli rief in die Küche: »Ich gehe ein bißchen spazieren.« Er packte den Freund unterm Arm, sie gingen hinunter. Unten fragte Mogli: »Zum Schäfersee?«

»Ja, klar.«

Zuerst sprachen sie lange nicht. Sie kamen auf die Promenade, die rechts und links mit Bäumen besäumt war. Geradezu schienen die beiden Baumreihen zusammenzuwachsen. Die beiden Jungen nahmen große Schritte. Gustl beugte sich im Gehen nach vorn, er wiegte sich in den Schultern. Mogli hielt sich neben ihm etwas steif.

Der See war ringsum von Häusern umgeben. Genaugenommen war es nur ein Tümpel, der Grund war versumpft, auf dem Wasserspiegel schwamm eine zähe grüne Masse. Am anderen Ende des Sees gab es ein paar Bäume und eine Wiese. Da stand auch ein Lokal. Ein Geiger fiedelte die letzten Schlager; ein Klavierspieler begleitete ihn. Eine Gruppe junger Leute lehnte am Zaun und summte die Schlager mit.

Die Jungen gingen langsam auf und ab. Mogli sagte endlich: »Bist fein braungebrannt.« Gustl sagte nichts darauf. Stumm setzten sie ihre Wanderung fort. In den Häusern blinkten jetzt hier und da die Lichter auf. Allmählich verschwanden die Umrisse der Häuser in der Dunkelheit, und die hellen Fenster blieben allein zurück.

»Ich dachte gar nicht, daß du jetzt schon kommst«, begann Mogli wieder. »Die Schule fängt doch erst am Dienstag an.«

»Einige der Jungen wollten früher nach Hause. Meine Ferien dauern ja noch länger – ich werde wohl noch mal wegfahren.«

»So? Du willst wieder weg?« Nach einer Weile fügte Mogli hinzu: »Eigentlich bin ich jetzt öfter Führer als du.«

Gustl blieb stehen. Er lachte aus vollem Halse, sein Mund stand weit offen. »Warum lachst du denn?« fragte Mogli wütend. »Ist ganz richtig, was ich sage. Die andern meinen es auch.«

»So?« fragte Gustl auf einmal. Er hörte auf zu lachen. Er kniff die Augen zusammen, daß die Brauen dicht über der Nase standen. »Ihr scheint ja sehr verlottert zu sein. Zeit, wieder mal Zug reinzubringen.«

Sie setzten sich auf eine Bank. Gustl lehnte sich weit zurück. Mogli nestelte an seinem Hemd, knöpfte es auf und zu. Er strich den Widerhaken aus der Stirn. Er kniff seine Lippen ein, die voll und geschwungen waren wie bei einem Mädchen. Gustl sagte nach einer Weile: »Mogli, wir wollen uns nicht zanken. Ich habe mich so auf dich gefreut.«

Mogli starrte vor sich hin. Er antwortete verbissen: »Ich habe das nicht bloß so hingesagt. Das ist eine verflucht ernste Sache. Du kümmerst dich viel zuwenig um die Gruppe. Mal fährst du mit deinen Studenten weg, mal mit deinen Alten. Dann bin ich gut genug, um für dich einzuspringen.«

Gustl steckte die Hände in die Hosentaschen. Er erhob sich. Breit und gedrungen pflanzte er sich vor dem Kleineren auf. Er sagte: »Mogli, dein Ton ist unkameradschaftlich und nicht angebracht. Als Erster Offizier ist es deine Pflicht, den Führer bei Abwesenheit zu vertreten. Zu diesem Amt wurdest du ernannt. Weiter geht dich die Sache nichts an.«

Sie schlenderten wieder die engen Wege der Anlagen entlang. Überall auf den Bänken saßen Liebespaare. Gustl fragte: »Hast du mein Tagebuch gelesen?« Mogli nickte nur, im Grunde bewegten ihn jetzt ganz andere

Dinge. Gustl fragte noch einmal: »Hast du es wirklich angesehen?«

»Ja, ja. Einiges hat mir sehr gut gefallen.«

»Hast du auch das gelesen – was über dich darin steht?«

»Auch das. Jawohl.«

Gustl blieb stehen. Er ergriff Moglis Hand. Er war ein richtig dummer Junge, er schloß die Augen. Er sagte eindringlich: »Denkst du noch an den Schwur, den du mir gegeben hast?« Mogli machte sich los. Er ging langsam weiter. »Ich habe kein Mädchen angesehen«, sagte er.

Er spürte, daß er errötete. Dann ging das Blut zurück. Jetzt konnte er Gustl sogar in die Augen sehen. Er strich die Haare aus der Stirn und lachte ihn an. »Du hast so viel über mich geschrieben«, sagte er. »Manches ist übertrieben. Ich bin gar nicht so, wie du mich siehst. Du bist mein bester Freund, und ich bin deiner. Aber du machst alles so kompliziert.«

Gustl sagte leise: »Mogli, du bist das Liebste für mich. Ohne dich möchte ich sterben.«

»Ach, man stirbt nicht so schnell.«

Sie machten sich allmählich auf den Heimweg. Vor der Haustür stand Lieschen. »Das ist bloß das Portiermädel«, sagte Mogli zu Gustl. »Sie schließt manchmal die Türen auf.« Er wollte rasch vorbei, aber Gustl hielt ihn zurück. »Ich komme nicht mehr mit, ich muß noch arbeiten.«

»Ach so.«

Sie blieben vor der Laterne stehen. Mogli sah Gustls helles Gesicht, die etwas vorquellenden Augen. Er wollte gerade anfangen, von der morgigen Fahrt zu erzählen – da kam ihm ein anderer Gedanke. »Du, Gustl«, sagte er, »das mit der Fortbildungspenne ist rausgekommen.«

»Au Backe, und?«

»Nichts und. Ich soll ein halbes Jahr länger gehen. Ist mir piepe. Einmal war ich wieder da, jetzt können sie mir den Buckel langrutschen.«

»Ich würde lieber hingehen an deiner Stelle», sagte Gustl bedächtig.

»Und der Bund? Ich habe doch meine Sprechstunden festgelegt. Die sind wichtiger.«

Die Straße wurde immer menschenleerer; nur selten kam jemand vorüber. »Ich muß jetzt gehen«, sagte Gustl.

Mogli sagte obenhin: »Dann also auf morgen.«

»Wieso morgen?«

»Habe ich dir das nicht gesagt? Dann hab ich's wohl vergessen. Wir gehen morgen auf Kreisfahrt. Alle Gruppen aus Berlin N. Abends geht es los, draußen machen wir ein Feuer und marschieren nachts zurück.«

Gustl lachte. »Mensch, wird aber Zeit, daß du das sagst. Ich muß doch die Gruppe führen.«

»Ja – entschuldige. Ich habe jetzt so vieles im Kopf.«

Er überlegte, ob er noch mehr sagen sollte. Gustl war sein Freund, das hatte er vorhin selbst gesagt. Aber dann dachte er wieder an die Worte von Götz: Gustl ist Student, die Gruppe ist ihm gleichgültig ... Er sagte wie beiläufig: »Wenn du vielleicht noch zu müde bist, Gustl, von der langen Reise ... Ruhe dich lieber aus, dann führt Götz die Gruppe.«

»Götz? Wieso denn der? Wie kommst du gerade auf Götz?« fragte Gustl perplex.

»Ach, natürlich Unsinn. Ich meine, ich könnte selber die Gruppe führen.«

»Nein, nein, ich komme schon. Also tschüs!«

Er ging eilig weg. Mogli lauschte noch eine Weile auf seine Schritte, die leiser und leiser wurden. Lieschen löste sich langsam von der Haustür und kam zu ihm herüber. Ihre Holzpantinen klapperten auf dem Bürgersteig. Sie trug wieder die kleine Schürze. »War das Ihr

Freund?« fragte sie spitz, als sie neben ihm war. Mogli nickte. Sie sagte: »So besonders fand ich den gar nicht. Ich würde mich nicht in ihn verlieben.«

Mogli erwiderte leise: »Er ist wohl nichts für Mädchen. Aber er ist ein richtiger Mann, streng, kameradschaftlich – eben der richtige Führer. Ja, in der Beziehung kann man das wohl sagen.«

Lieschen knotete auf ihrem Rücken die Schürzenbänder zusammen. Sie sagte: »Ich dachte immer – Sie sind der Führer?« Sie sah ihn herausfordernd an.

»Bin ich auch«, sagte Mogli. »Wir sind es alle beide. So genau ist das nicht festgelegt.«

»Na, wissen Sie ... Das müßte aber genau bestimmt werden. Das ist doch wichtig.«

»Ja, wichtig ist es schon. Ich glaube auch, daß sich alles für mich entscheidet.«

»Sie sind auch der Richtige dafür.«

Er sah sie sprachlos an. Im Grunde machte er sich nichts aus Mädchen. Aber daß dieses Lieschen einfach dastand und das von ihm sagte – dafür hätte er sie umarmen mögen. »Wenn ich erst Führer bin«, versprach er ihr, »nehme ich Sie zu einem Nestabend mit. Oder Sie kommen mal mit auf Fahrt. Das wird Ihnen bestimmt gefallen.«

Er schüttelte ihr die Hand und ging hinauf. Die Eltern waren schon schlafen gegangen. Mogli setzte sich in die Küche. Er zog eine Karte aus der Hosentasche und legte sie auf den Tisch. Es stand darauf: »wichtige mitteilung. eure gruppe nimmt am freitag an einer kreisfahrt teil. abmarsch 20 uhr. lagerfeuer. am feuer ansprache durch eure gruppe. wir bitten dich, als vertreter des führers die ansprache abzufassen. nachher rückmarsch nach berlin. der gauführer, hofmann.«

Mogli holte seinen Schreibblock und überdachte seine Rede. Aber er konnte sich nicht konzentrieren. Schließlich räumte er alles wieder beiseite, das leere Papier und die Karte, und zog sich aus. Lieber wollte er früher aufstehen.

Gerade jetzt war in der Werkstatt viel zu tun. Der Vater hetzte ihn hin und her. Ihm war eingefallen, daß er den Verschlag zu seinem Kontor etwas vergrößern könnte. Mogli mußte die dazu passenden Leisten heraussuchen, mußte hobeln und zuschneiden. Danach sollte er nach dem Leim sehen und die Zwingen einspannen. Längst war es Zeit für die Mittagspause. Mogli sagte: »Du wolltest doch Nägel holen. Ich hätte gerade Zeit.«

»Richtig, die Nägel. Gut, daß du daran denkst.«

Mogli rannte hinaus. Das Eisenwarengeschäft lag gleich hinter der nächsten Ecke. Mogli kaufte ein Paket, ging aber nicht sofort zur Werkstatt zurück, sondern machte den Umweg zum Gruppennest. Götz saß noch oben, er hatte auf ihn gewartet. »Hältst du nun die Rede?« fragte er gleich.

»Ich muß wohl – als Vertreter des Führers.«

»Und Gustl ist noch nicht da?«

Mogli holte das Schreibmaterial herbei. Während er hin- und herlief, zum Regal und wieder zurück, murmelte er undeutlich: »Was weiß ich … Keine Ahnung … Auf jeden Fall muß ich die Rede ausarbeiten.«

Sie setzten sich nebeneinander. Mogli schrieb mit großen steilen Buchstaben: »Meine Kameraden!«

Götz sagte: »Vor allem muß was rein von der Feierlichkeit der großen Stunde, die zum ersten Mal den ganzen Kreis vereint. Bring das mal in die richtigen Worte.«

Mogli nahm den Kopf zwischen die Arme. Er überlegte lange. Endlich sah er wieder auf und strich das Haar zurück. Er sagte langsam und feierlich, Götz dabei starr ansehend: »Meine Kameraden!« Wieder stockte er, dann kritzelte er etwas aufs Papier. Danach las er laut ab:

»Freunde der Stämme Frundsberg, Havelburg und Mönchestreu! Eine feierliche Stunde eint uns. Das Feuer schlägt über uns empor. Wölflinge, Knappen und Offiziere!«

Er hielt inne. Götz sagte: »In Ordnung. Weiter.«

»Weißt du, wieviel Gruppen zum Kreis gehören?« fragte Mogli plötzlich.

»Fünfe – glaub ich.«

Das waren hundertfünfzig Jungens. Mogli biß sich auf die Lippen, ihm wurde schwindlig.

»Lampenfieber?« fragte Götz.

»Ach wo, was denkst du denn ...«

Einige Minuten lang dachten beide angestrengt nach. Auf einmal rief Götz: »Meine Pause ist ja um. Mensch, wird der Alte wieder meckern!« Er rannte hinaus, in der Tür drehte er sich noch einmal um. »Also es bleibt dabei, daß ich heute die Gruppe führe?«

»Ja, ja, nun geh schon. Es ist schon spät.«

Als Mogli allein war, legte er sich wieder lang auf die Bank. Er dachte an seine Rede. Hin und wieder richtete er sich auf und machte sich einige Notizen. Er schrieb: »Zum ersten Mal ist der ganze Kreis versammelt. Wir wollen daran denken, daß wir nur gemeinsam, geeint unter einer Fahne, unsere Ziele erreichen werden. Von jetzt an werden wir jeden Monat zusammenkommen. Immer bei Vollmond treten wir um das Feuer zum Treueschwur. Führer! Laßt jetzt eure Gruppen antreten. Hebt alle die Hand zum Eid! Denkt an unsere Ziele: Kameradschaft, Treue und Mannesmut!«

Mogli stand auf, stellte sich in die Mitte des Raumes und schrie aus voller Kraft. Die Fahne an der Decke bewegte sich leicht. Mogli stand breitbeinig da, den Kopf in den Nacken gelegt. Vor ihm, so weit er sehen konnte, blickten die Jungens zu ihm auf. Fünf Gruppen, hundertfünfzig Jungmannen. Einer davon Gustl. Sie hoben die Hände. Fahnen und Wimpel schwankten über ihren Köpfen. Eine nach der anderen traten die Gruppen vor, schwenkten an ihm vorbei und winkten mit dem Freundesgruß. Auch die Gruppe von Gustl. Gustl ging als erster, dann kamen Kallemann, Kuno, Götz, Ekki. Alle sahen stolz zu ihm hin. Mitten aus der Menge kam jetzt der Gauführer auf ihn zu, schüttelte ihm die Hand und dankte für die Rede. Nichts zu danken, winkte er ab, das war meine Pflicht …

Mogli ging endlich zum Tisch zurück. Jetzt schrieb er einen kleinen Zettel. »Liebe Eltern! Ich hatte einen Unfall, nichts Schlimmes, macht Euch keine Sorgen. Ich werde aber erst spät nach Hause kommen. Dann erzähle ich Euch alles. Besten Gruß Euer Euch liebender Sohn Mogli.« Er kniffte den Zettel zusammen, nahm das Manuskript mit der Rede und ging. Vorsichtig schlich er in die Straße hinein, die Mutter war nicht auf dem Balkon. Lieschen stand vor der Tür, ein Glück! Er ging schnell auf sie zu.

»Du mußt mir einen Gefallen tun, Lieschen«, sagte er. »Willst du mir helfen?« Wie selbstverständlich sagte er heute du zu ihr.

Sie nickte; sie wollte alles tun.

»Paß auf«, sagte er. »Du bringst diesen Zettel zu meinen Eltern hinauf. Es ist eine Notlüge – verstehst du. Und dann sagst du zu meiner Mutter, sie möchte dir meine Festtracht leihen. Sag, du brauchst sie für deinen Bruder oder für einen Vetter – sag, was du willst. Achte aber darauf, daß sie dir alles gibt: das weiße Hemd, ein schwarzes Halstuch, die Lilie und die Perlenschnur.«

Lieschen sagte: »Ja – gut.« Sie sprang schon die Treppe hinauf. Nach einer kleinen Weile kam sie mit dem Paket zurück. »Wenn du willst, kannst du dich bei mir umziehen«, sagte sie. »Ich bin allein zu Hause.«

Sie gingen über den Hof. Die Wohnung war dunkel

und eng. Eine Küche mit dick verrußter Decke und eine Stube. An allen vier Wänden standen Betten. In der Mitte ein Tisch mit Rohrstühlen davor. Neben der Tür hing ein Spiegel, weiß gerahmt, das einzige Luxusstück.

Lieschen setzte sich auf einen Stuhl. Sie schien nicht die Absicht zu haben, ihn allein zu lassen. »Mir ist es ja gleichgültig«, sagte er heiser, »aber ich muß mich jetzt umziehen.«

»Na, mach doch«, sagte sie gelassen, »hierher kommt ja weiter keiner.«

Er wandte sich um und zog rasch die Hose herunter. Die Schuhe blieben mit dem Absatz hängen. Als Mogli daran riß, ging fast der Stoff entzwei. Das Hemd war zum Glück sehr lang. Er blieb unbeweglich vor dem Spiegel stehen und griff mit der Hand nach hinten, wo seine Festtracht lag. Lieschen sagte munter: »Deine Sachen sind hier.« Nun mußte er sich doch zu ihr umdrehen. Lieschen reichte ihm langsam seine Kleidungsstücke, eins nach dem anderen. »Die Perlenschnur ist ziemlich drekkig«, sagte sie. »Ich werde sie dir mal waschen.«

Mogli sagte tadelnd: »Das ist kein Dreck. Sie ist von Natur aus gelb. Außerdem muß sie so aussehen, als hätten wir sie im Kampf errungen.«

Lieschen erwiderte nichts. Sie hockte da und sah ihm zu. Mogli konnte sie im Spiegel beobachten. Er trat absichtlich nahe an den Spiegel heran, so daß sein Kopf groß den Rahmen füllte. Er zog die Tracht über. Das Halstuch mit dem Zipfel genau in der Mitte. Darüber die Perlenschnur, zweimal verschlungen. Auf den Knoten steckte er die Lilie. Er trat vor Lieschen hin und erklärte ihr: »Die Lilie bedeutet soviel wie ein Orden, verstehst du? Es ist ein Zeichen. Nur ältere Jungens, die schon viel für die Gruppe getan haben, können das Zeichen verliehen bekommen. Verstehst du alles? Aber vielleicht interessiert dich das gar nicht ...«

»Doch«, sagte Lieschen. Und nach einer Pause: »Schön, daß du ein Zeichen hast.«

»Ich habe auch noch die Rune«, sagte er stolz.

Zum Abschied sagte er zu Lieschen: »Kannst mal um Mitternacht an mich denken. Da halte ich die große Rede.«

Er kam als letzter zum Sammelpunkt. Sie marschierten gleich los. Alle trugen das weiße Hemd, das Halstuch mit der Spitze auf dem Rücken. Mogli ging neben Gustl. Hinter ihnen war Götz. Sie konnten nicht miteinander sprechen. Stumm liefen sie etwa eine Stunde lang. Allmählich traten die Häuser zurück, es gab Felder und ein paar Wiesen, die wie gerupft aussahen. Der Mond ging auf.

Auf einem großen freien Platz waren schon mehrere Gruppen versammelt. Fünf, sechs, sieben, zählte Mogli. Die Wölflinge richteten das Feuer. Jetzt kam Götz heran. »Gustl ist ja doch gekommen, nun muß er die Rede halten.«

Mogli erwiderte: »Ich richte mich danach, was der Gauführer sagt. Er hat zu bestimmen.«

Gerade kam der Gauführer auf Mogli zu: »Hast du die Rede vorbereitet?« Er hatte wohl Gustl noch nicht gesehen.

Mogli sagte: »Ich kann die Rede halten.«

Die Gruppen sangen: *Mit Speer und Degen bewaffne ich mich* und *Die reihrauhen Reiter zogen ins Land.* Mogli trat neben das Feuer. Der Schein blendete ihn, rote Funken tanzten vor seinen Augen. Er fing an: »Meine Kameraden!« Alle hörten auf zu sprechen, sahen ihn erwartungsvoll an. Mogli fühlte die vielen Blicke. Er warf die Haare zurück, sah geradeaus in das Feuer und sagte seine Rede her. Er war so glücklich. Es gab nichts Erhebenderes, als hier zu stehen. Seine Stimme wurde immer kräftiger, laut rief er seine Losungen in die Menge hinein. Das Feuer flackerte. Mogli machte noch einen Schritt auf das Feuer zu, trat dann aber wieder zurück. Er rief: »Führer! Laßt jetzt eure Gruppen antreten! Hebt alle die Hand zum Eid!« Wie Fahnen gingen die Hände hoch, im Halbkreis schlossen sich die Gruppen um das Feuer, in der ersten Reihe standen Schulter an Schulter die Führer.

Als Mogli langsam den Kopf drehte, sah er seine Gruppe etwas abseits stehen. Ganz vorn war Gustl. Er hatte den einen Fuß vorgestellt und stemmte die Arme in die Seiten. Neben ihm war Götz. Gustl lachte mit breitem Mund, man konnte alle seine Zähne sehen. Mogli setzte langsam seine Rede fort. Er sprach jetzt von den Zielen: Kameradschaft, Treue und Mannesmut. Er mußte sich ein paarmal räuspern, der Qualm hatte sich in seine Lungen gesetzt.

Die Gruppen stimmten wieder ein Lied an. Dann traten alle an zum Abmarsch. Mogli blieb noch auf seinem Platz. Er sah den Gauführer kommen. Der fragte scharf: »Warum hast du nichts davon gesagt, daß euer Führer zurück ist?«

»Ich wußte nicht, daß ich es sagen sollte«, erwiderte Mogli nur.

Langsam zogen die Gruppen ab. Der Mond stand jetzt voll über dem Platz. Von weitem winkten die wandernden Fahnen herüber. Der Gauführer sagte: »Ich will keine große Sache daraus machen. Sprecht euch miteinander aus.«

Er ging. Eine Zeitlang sah man seine Gestalt auf dem weiten Feld. Mogli stand noch immer auf demselben Fleck. Keine hundert Schritt von ihm entfernt trat die Gruppe an. Gustl kommandierte: »Antreten! Richt euch! Augen geradeaus!« Sie marschierten, kamen immer näher auf Mogli zu. Der stand ohne Atem. Er wollte wegrennen, stehenbleiben, sich hinwerfen. Als die Gruppe auf zehn Schritt an ihn heran war, machte sie halt. Gustl befahl langsam und scharf: »Jungens! Reißt ihm die Lilie herunter!«

Alle stürzten sich auf ihn. Auch Götz. Auch Kallemann. Sie zerrten an seinem Hemd, am Halstuch, an der Perlenschnur. Mogli boxte nach allen Seiten, aber sie überwältigten ihn. Nachher stand er stocksteif da und sah an sich herunter. Ekki hatte die Lilie. Wie eine Kostbarkeit hielt er sie in den Händen und übergab sie Gustl. Ein Brocken Elfenbein. Gustl kommandierte schon wieder: »Antreten!« Die Gruppe setzte sich in Bewegung. Vornweg marschierte Gustl, neben ihm war Götz.

12

Ein Schrank wurde verkauft. Die Frau eines Lehrers legte achtzig Mark auf den Tisch, fünf Mark hatte sie abgehandelt. Hermann steckte die Scheine ein, viermal zwanzig. »Ist doch ein Anfang«, sagte er.

Anna goß Wermut in seinen Freudenwein. »Wenn man bedenkt, daß drei Annoncen drauf ruhen, hast du nicht mehr als fünfundsechzig«, sagte sie. »Die gibt der Händler auch.«

»So kannst du nicht rechnen. Bei Privatleuten kann man immer auf Empfehlung hoffen. Und es können sich ja auf eine Anzeige auch mal mehrere melden.«

»Das haben wir bloß noch nicht erlebt«, sagte Anna mit einem Seufzer.

Hermann hatte alle Hoffnung. Jetzt konnte er die anderen Schränke zusammenbauen, es gab wieder Arbeit, der Junge kam von der Straße weg. Er nahm die Kartoffelschüssel und trug sie auf den Balkon. Anna ging hinter ihm her. »'n Tag, Trude. 'n Abend, Junge.«

Anna sagte: »Kinder, ein Schrank ist verkauft!«

Beide blickten auf. Trude mit ihrem blassen Gesicht. Neben ihr der Junge. Hermann sagte schmunzelnd: »Ihr wundert euch wohl, daß Vater wieder mal Geld verdient?«

Trude sagte lebhaft: »Dann kann ich ja mein Geld wiederbekommen.«

»Kannst du haben«, sagte Hermann, »selbstverständlich. Ich bin froh, daß ich es dir geben kann.«

Anna mischte sich ein. »Nein, Hermann«, sagte sie, »Trude muß noch warten. Was willst du denn alles davon bezahlen? Miete, Kostgeld – was sind denn achtzig Mark ... Trude bekommt ihr Geld von dem nächsten Schrank.«

Sie aßen. Jeder war in seine Gedanken eingesponnen. Sie saßen um einen Tisch. Eine kleine Familie, Vater, Mutter, Tochter und Sohn. Wußte der eine etwas vom anderen?

Da ist Hermann, der Mann, ein Handwerker. Er arbeitet von früh bis spät, er schuftet, er schindet sich. Steht an der Bank und hobelt, geht zur Maschine, läßt das Holz in die fressende Säge gleiten. Lange wippende Bretter hängen über seiner Schulter, Leimkrusten kleben am Kittel, Splitter zerreißen seine Haut. So arbeitet er. Es wird spät, wenn er nach Hause geht, er ißt und legt sich zu Bett. Früh ist er wieder auf den Beinen. Heute schmunzelt er: achtzig Mark sind in seiner Tasche, so viel hatte er lange nicht. Er denkt an die Werkstatt, da stapelt sich das Holz an den Wänden. Er kann weiterarbeiten. Drei Schränke stehen fertig zum Zusammenbauen.

Anna, seine Frau, eine Kleine, Rundliche, hat in der Jugend die Maschine getreten, jahraus, jahrein, damit Hermann die Fachschule besuchen konnte. Jetzt sitzt sie am Tisch, vor sich ein Blatt Papier und den Bleistift. Ein Schrank wurde verkauft, und sie rechnet: Soviel brauchen sie für die Miete, soviel für Kostgeld, soviel bleibt für Material. Sie sieht auf ihre Kinder. Trude, die sich die Lippen schminkt. Müßte längst verheiratet sein, das Mädel. Der Junge wird sicher mal Architekt, reiche Leute lassen sich von ihm die Wohnungen einrichten. So ist die Anna. Sie hat ein einziges Kleid, der Hut ist fünf Sommer alt. Aber sie sitzt da und verrechnet die nächsten Schränke. Soviel kommt herein, und soviel werden sie ausgeben müssen. Nächstes Jahr wird es schon besser gehen.

Und da ist Trude, das Mädchen, nicht älter als zwanzig. Ihr Gesicht ist blaß, sie hat dunkle Ränder um die Augen. Sie geht ins Büro, Ultimo bringt sie hundert Mark nach Hause. Nach Büroschluß zieht sie sich um und geht aus. Vor dem Büro wartet Hans, aber was soll sie mit dem. Hans ist arbeitslos, Abend für Abend zieht er los mit seiner Klebekolonne. Trude trägt sein Kind. Aber sie denkt, daß sie vielleicht noch einen anderen findet. Sie trinkt und lacht, sie tanzt Tango und Foxtrott und sogar Charleston, aber wenn sie zurückkehrt auf ihren Platz im Lokal, ist sie leichenblaß. Sie schminkt grell ihre Lippen. Es ist spät, wenn sie nach Hause geht.

Mogli hockt mit angezogenen Knien auf der Bank. Er trägt das Fahrtenhemd, die kurze Hose läßt die Beine frei. Tagsüber lungert er herum, in der Werkstatt gibt es wenig für ihn zu tun. Wenn es Abend wird, hält er es nicht aus zu Hause, er läuft die Straßen auf und ab, rennt bis nach Weißensee und steht vor dem Nest. Nacheinander kommen die Jungen an, Kallemann, Ekki, Heipa und Epp. Neben Gustl geht Götz. Ja, Götz ist jetzt I. Offizier, Gustl ist der Führer. Der Junge rennt wieder nach Hause, da steht Lieschen. Was ist Lieschen für ihn. Einer von den Jungen hat ihm die Lilie abgenommen. Er steht auf der Straße, Menschen gehen an ihm vorüber, er trägt das Fahrtenhemd. Er kann tun, wozu er Lust hat. Niemand ist da, der ihm befehlen darf.

Anna sagt nach einer Weile: »Das Zimmer kannst du doch nicht fertig machen.«

»Das Zimmer! Die Frau soll bezahlen, dann bekommt sie ihr Zimmer.«

Trude stand auf. Sie tippte den Eltern auf die Schultern. »Auf Wiedersehen, ihr ...« Und weg war sie. Anna sah den Jungen an. »Was machst du denn heute? Habt ihr keinen Nestabend?«

Mogli würgte an den Kartoffeln. Er schluckte. »Doch, ich gehe gleich.« Er zerschnitt seinen Fetzen Fleisch und tauchte ihn in die Soße. »Klar haben wir Nestabend.«

Hermann sagte zu Anna: »Wollen wir auch ein bißchen durch die Straßen gehen?«

Sie spazierten die Allee entlang. Hermann hatte seine Frau untergefaßt, lange war er nicht mehr so mit ihr gegangen. »Wenn man zurückdenkt«, sagte Anna, »wieviel wir früher gelaufen sind ... Weißt du noch? Abend für Abend.«

»Ja«, sagte Hermann, »es war doch schön, Friedrichshain kreuz und quer, und Pankow bis Schüßler. Damals standen hier überall noch keine Häuser.«

»Nein, hier war alles frei. Da drüben muß der Rummelplatz gelegen haben.«

»Wo wir uns kennengelernt haben«, fügte Hermann hinzu.

Anna protestierte. »Das sagst du jedesmal. Der Rummelplatz hatte gar nichts mit uns zu tun. Das Laubengelände lag viel weiter draußen, da war es.«

»Na ja, also dort.« Er wurde ganz lebhaft, liebkoste ihren Arm und blickte ihr schnell und verlegen in die Augen. »Es war im August, Anna, wie jetzt ...«

»Am sechsten ...«

»Ja, und in der Laubenkolonie war Erntefest. Alle trugen bunte Mützen.« Er machte eine Pause, dann sagte er: »So ein Einfall, dahin zu gehen. Aber sie nahmen nur einen Groschen Eintritt, und mehr hatten wir nicht. Damals war ein Groschen allerhand Geld.«

»Na, so viel nun auch nicht.«

»Aber mehr als jetzt«, beharrte er. Er hob den Fuß etwas an und schüttelte den Schuh; ein Regen von Sand rieselte heraus. »Und plötzlich kamst du an: klein, pausbackig, eine richtige Landpomeranze.«

»Und du warst unsterblich verliebt«, neckte ihn Anna. »Am anderen Tag bekam ich einen Brief aus dem Liebesbriefsteller ...« Sie zitierte: »Sie mögen es der Dunkelheit und meiner Unachtsamkeit zugute halten, daß ich Sie, verehrtes Fräulein, meinen Augen entschlüpfen ließ ...« Sie lachte aus vollem Halse.

»Lach nicht so«, sagte er, »es war mir Ernst mit dir.«

»Ja, du warst mächtig verschossen.«

»So ist man in der Jugend.«

»Wir haben ja Silberhochzeit dieses Jahr«, erinnerte sich Anna auf einmal. Sie seufzte. »Und vor sich gebracht hat man nichts.«

Hermann hörte nicht darauf. Seine Gedanken waren noch in der Vergangenheit. Plötzlich lachte er auf. »Weißt du noch«, sagte er, »die Sache mit dem Abendbrot? Ihr Mädels wolltet in eure Laube gehen, essen und danach zurück in den Tanzsaal kommen. Mein Freund Erich sagte hochmütig: ›Wir essen im Restaurant.‹ Aber in Wirklichkeit haben wir die ganze Zeit vor eurer Laube gestanden und zugesehen, wie es euch geschmeckt hat. Und uns hat der Magen geknurrt. Wir hatten für die ganze Woche keinen Pfennig mehr.«

»Ihr wart hübsch verlottert. Immer alles in die Kneipe.«

»Nachher ging ja das Sparen los.«

»War auch richtig so, sonst hättest du im Leben nichts auf den Leib bekommen. Immer dieses Talmi von *Alle*

Tage anders. Einmal habe ich den ganzen Sonntag geheult – weißt du noch? –, weil du drei Mark weniger anbrachtest, als ich gerechnet hatte.«

»Ja, Rechnen war immer deine starke Seite.«

Sie standen auf einem dreieckigen Platz. Links, am Ende einer breiten Straße, befand sich ein einstöckiges Haus. Es hatte einen Laden mit zwei bunt eingefaßten Schaufenstern. Vom Balkon im ersten Stock wehte ein Schild: *Laden zu vermieten.* Anna zupfte Hermann am Ärmel: »Sollte der hübsche Laden da zu vermieten sein?«

»Ich glaube schon.«

Sie gingen langsam zu dem Haus hinüber. Im Laden war eine Bäckerei. Anna klinkte die Tür auf. Eine Frau mit einem mächtigen Doppelkinn saß hinterm Ladentisch. »Entschuldigen Sie«, sagte Anna höflich, »ist dieser Laden zu vermieten?«

»Zu vermieten ist er, jawohl. Aber gehn Se mal zur Wirtin, ick habe mit der Sache nischt zu tun. Aber ick will nischt jesagt haben ...« Sie kniff die Augen zu und senkte den Kopf. Das Doppelkinn umgab jetzt wie eine Krause ihren kurzen Hals.

Hermann war vor dem Schaufenster stehengeblieben. Anna sagte lebhaft: »Es ist wirklich dieser Laden, den sie vermieten wollen.« Hermann drehte sich um, er wollte weitergehen. Aber Anna warf noch einen Blick in das Fenster daneben. »Sieh mal, ein großes Berliner Zimmer. Da paßten alle unsere Möbel hinein.«

»Also komm schon. Wir mieten den Laden ja nicht.«

»Aber ansehen können wir ihn uns doch wenigstens. Was kann der schon kosten? Siebzig, achtzig Mark vielleicht. Und mir will das mit dem Doppelladen nicht aus dem Kopf.«

Hermann zog wieder die Pfeife hervor, stopfte sie bis zum Rand voll Tabak. Anna schwärmte: »Stell dir mal vor, wie hier die Schränke wirken würden! Und du kannst ja auch mal was anderes machen: Schlafzimmer, Vitrinen – nette, elegante Dinge. Und im anderen Schaufenster stellen wir Bücher aus. Von der Leihbibliothek. Man muß was wagen, sonst kommt man nicht vom Fleck.« – »Mach, was du willst. Mir ist alles egal.«

Die Wirtin bewohnte den ersten Stock. Große, ineinanderlaufende Zimmer. Hermann nahm mit Anna in der Diele Platz. »Hundertdreißig Mark«, sagte die Wirtin. »Kein Preis, meine Herrschaften, für *diesen* Laden ...!« Sie nickte immerzu vor sich hin, so daß der Haaraufbau auf ihrem Kopf ins Schwanken geriet. »Hier ist doch beste Laufgegend, meine Herrschaften, das müssen Sie auch bedenken.« Anna sagte: »Das schon. Aber hundertdreißig Mark Miete ...« Sie zögerte.

Hermann machte Miene, aufzustehen. Die Wirtin legte ihm die Hand auf den Arm. »Aber, aber«, sagte sie, »meine Herrschaften: ein Laden mit zwei Schaufenstern! In dieser Gegend! Drei Straßenbahnlinien fahren hier. Ein Prachtladen ist das. Der Preis ist ein Witz.«

»Mag sein«, sagte Anna. »Aber für uns ist er zu hoch.«

»So viel wollen wir nicht ausgeben«, fügte auch Hermann hinzu. Alle drei standen wieder auf. Die Wirtin überragte die beiden um Kopfeslänge. Sie sagte von oben herab: »Wie Sie wollen. Aber Ihre Vorgänger, das will ich nur erwähnen, sind in dem Laden reich geworden. Reich – was sage ich –, steinreich sind sie jetzt. Wir sind ja etwas verfeindet – wie manche Leute so sind. Na, sprechen wir nicht davon. Sie ziehen jetzt auf ihr Grundstück. Das Grundstück haben sie sich geschaffen – von meinem Laden!«

Anna zog heimlich ihren Fuß aus dem Schuh. Ihre Fußsohlen brannten, sie war wohl zu weit gelaufen. Die Wirtin sagte: »Sie hätte ich sehr gern als Mieter. All und jeden will man ja nicht. Aber Sie machen einen ehrlichen und sauberen Eindruck. Was das betrifft – da hat es nämlich bei Ihrem Vorgänger ein bißchen gehapert. In einem Bäckerladen muß doch alles blitzsauber sein, aber dort … Na, wie gesagt, reich geworden sind die doch, obwohl manch einer es vorgezogen hat, zur Konkurrenz zu gehen …«

Hermann sagte: »Jeder versteht es eben nicht.«

»Ja, nicht wahr?« Die Wirtin klopfte Hermann auf die Schulter. »Wir würden gut miteinander auskommen, mein Herr, so was sieht man auf den ersten Blick.«

Anna war wieder unentschlossen. Sie sagte: »Ansehen können wir uns ja den Laden.«

»Na also. Das ist doch ein Wort. Ich sage Ihnen … Nein, Sie werden schon sehen.«

Die Bäckersfrau mit dem Doppelkinn saß in der Küche. Sie öffnete mürrisch die Türen. Ja, schön geräumig war der Laden, auch das Berliner Zimmer nebenan: tipptopp. Anna stellte schon die Möbel auf: dahin das Klavier, dort das Sofa mit dem runden Tisch davor, gut ging alles hin. Dahinter lag das Schlafzimmer, ein kleiner, winkliger Raum.

»Kommen Sie mal«, sagte die Wirtin geheimnisvoll. Sie zog Anna hinter sich her. »Sehen Sie, hier ist noch eine Kammer. Ursprünglich hat sie zu dem großen Zimmer gehört, wir haben eine Wand ziehen lassen.« Sie stemmte die Arme in die Hüften und stand wartend da.

Anna sah Hermann an. »Da hätte Trude einen eigenen Raum. Den wünscht sie sich schon lange.«

Es gab unter dem Laden auch noch einen großen Keller. Hermann fragte schüchtern: »Könnte ich vielleicht meine Werkstatt im Keller einrichten? Ich habe eine Tischlerei.«

»Nein – eine Tischlerei? Im Keller? Das würde ich nicht empfehlen. Das heißt, für den Anfang ginge es wohl. Es geht überhaupt alles hier, seien Sie ganz ungeniert. Aber für später hätte ich hinten im Hof einen Verschlag, den ich noch ausbauen lassen will. Das wäre das Richtige für Sie. Dann haben Sie alles beieinander, Laden und Werkstatt. Also ich an Ihrer Stelle ...«

Anna sagte: »Wir mieten den Laden.«

Sie gingen wieder in den ersten Stock hinauf. Die Wirtin holte die Vertragsformulare. Hermann sagte: »Vielleicht können Sie den Preis noch etwas heruntersetzen. Hundertdreißig ist zuviel, das müssen Sie selber sagen.«

Die Wirtin warf das Papier auf den Tisch. Sie reckte sich auf, der Haaraufbau erzitterte leicht. »Nun werfen Sie wieder alles um. Billiger kann ich nicht sein, der schöne Laden darf nicht verschleudert werden. Dann soll er lieber leer stehen.«

Anna sagte einlenkend: »Also lassen wir es dabei. Vielleicht werden die Zeiten mal wieder besser. Heutzutage muß man hoffen, sonst kann man sich gleich aufhängen.«

»Da haben Sie recht. Ja, ja, es ist traurig. Also hundertunddreißig. Wie mir das Handeln zuwider ist. Kurz und klar müssen die Geschäfte sein. Zum ersten Oktober – ja?«

»Nein, schon zum September, wenn es geht. Damit man noch die Konjunktur mitnimmt. Möbel werden zum Umzug gebraucht.« Sie unterschrieben den Vertrag. Hermann mit seiner Krakelschrift, er legte lauter weiche Schleifen um jeden Buchstaben herum. Anna setzte steif und aufrecht ihren Namen darunter.

Draußen gingen sie stumm nebeneinander her. Hermann schlurfte, nach vorn gebeugt, den Rücken krumm. Er sagte nach einer ganzen Weile: »Vielleicht war das die größte Dummheit, die wir machen konnten.«

»Nein, nein«, widersprach Anna schnell, »jetzt warte erst mal ab. Man muß auch mal was riskieren können.«

13

Schwere Schritte kamen die Treppe herauf. Hermann hörte auf zu sägen. Auch der Junge hob lauschend den Kopf. Zwei Männer polterten gegen die Tür, hinter ihnen tauchte die ältere Dame mit ihrer Tochter auf. Hermann stand mitten im Raum, die Pfeife im Mund, seine Arme hingen schlaff herab. Der Junge ging den Männern einen Schritt entgegen, er wischte sich die Hände an der Schürze ab.

Einer der Männer sagte: »Los, machen Sie keine Fisimatenten. Her mit dem Mist!«

Hermann schwieg. Er stand und wartete.

»Sie sollen das Gelumpe hergeben!« wiederholte der Mann. »Hören Sie nicht?«

Die ältere Dame stand kampflustig da, ihr Rock spannte über den gespreizten Beinen. Sie lachte schadenfroh, auch die Tochter kicherte. Hermann sagte hilflos: »Vielleicht erklären Sie mir, was Sie von mir wollen.«

»Die Bretter wollen wir«, sagte die Kundin. »Die kostbaren Bretter, die dreihundert Mark wert sein sollen. Vielleicht sind sie gar nicht mehr hier, wie? Sie haben sie verkaufen können, die wertvollen Stücke«, höhnte sie.

Hermann erwiderte sachlich: »Ein andermal sagen Sie im vernünftigen Ton, was Sie wollen.« Er sah so winzig aus zwischen den beiden großen Kerlen. Seine Augen verbargen sich hinter dicken Tränensäcken. Er ging schwerfällig zu den Furnierböcken und prüfte die einzelnen Bretter. »Das dauert aber eine Weile«, sagte er. »Ich muß die Leisten erst heraussuchen. Sie sind alle gezeichnet.« Er packte ein paar Bretter beiseite, kontrollierte die darauf stehenden Nummern und machte sich Notizen.

Die alte Dame sagte: »Ich lasse das Zimmer von einem

anderen Tischler arbeiten. Von einem reellen Meister.« Die Tochter kicherte leise. Die beiden Kerle hoben die zurechtgelegten Bretter auf und nahmen sie über die Schulter.

»Zu meinem Geld komme ich noch, mein Lieber«, sagte die Kundin giftig. »Und wenn ich Ihnen die ganze Bude ausräumen muß. Wenn man mit Spitzbuben zu tun hat, muß man sich entsprechend einstellen.«

Der Junge sah seinen Vater an – der sagte nichts. Er hatte die Hände in den Taschen und blickte ruhig vor sich hin. Fehlte noch, daß er zu pfeifen anfinge, so gleichmütig schien er. Aber der Junge kannte ihn besser. »Komm, Vater, wir wollen weitermachen«, sagte er.

»Ja, wollen weiterarbeiten. Hast recht, mein Junge.« Hermann spannte ein Brett in die Bank und hobelte die Kanten glatt. Er rieb mit dem Finger über das Holz, da war noch ein Buckel, wieder setzte er den Hobel an. Die Arme streckten sich und wurden wieder kurz, strekken – anziehen, strecken – anziehen, so ging es, gleichmäßig und monoton. War eine Kante glatt genug, spannte Hermann aus, wendete das Brett und spannte es wieder ein. Wiederum setzte er den Hobel an. Vier Kanten hatte jedes Brett. Viele Bretter hat ein Schrank.

Da stand ein Schrank in der Werkstatt. Seit fünf Wochen war er fertig, niemand wollte ihn haben. Ein zweiter Schrank wurde aufgebaut. Die Rückwand stand bereits und die Seiten. Türen und Kästen fehlten noch. Der Junge kniete auf dem Boden, neben ihm lag allerlei Handwerkszeug. Er kroch um den Schrank herum und prüfte noch einmal alle Seitenwände. Hier und da saß noch ein Leimpickel, den er abkratzen mußte. An manchen Stellen hingen dicke Zapfen aus Leim.

Hermann trat hinzu. »Na, alles in Ordnung?« Er befühlte mit seinen harten, krummen Fingern das Holz. »Daß kein Fehler drin bleibt«, mahnte er. »Der Ast dahinten – daran kann man nichts ändern.« Er trat einen Schritt zurück und schob die Brille vor die Augen. Er schmunzelte. »Junge, wer sich das Stück hier ansieht! Der Schrank muß ja verkauft werden. Alles rund gearbeitet, mit Nußbaum abgesetzt. Qualitätsware!«

Der Junge sagte nichts dazu, er arbeitete stumm weiter. Hermann ging an seine Bank zurück. Er steckte sich eine Pfeife an und sagte: »Na, egal – wenn hier kein Käufer mehr kommt. Ich setze jetzt alle Hoffnung auf den Laden. Wir müssen bloß durchhalten.«

Wieder griff er nach dem Hobel. Jemand war an der Tür. Hermann legte den Hobel wieder hin. Er klinkte die Tür auf. »Das ist 'ne Überraschung! Menschenskind – Isaac!«

Isaac kam näher. Er hatte leicht gebogene Beine und setzte die Füße nach innen. Er lachte den Meister an, zeigte die weißen Zähne. »Da staunen Sie, Meister, wie? Ich war gerade in der Gegend. Na, denke ich mir, will mal sehen, wie's hier geht.«

Der Junge holte einen Schemel herbei. Hermann sagte: »Man schustert so hin. Reichtümer sind nicht zu holen, das wissen Sie ja.«

Isaac drehte den Kopf, er sah sich alles an. »Ist ja schön, daß Sie noch die Werkstatt haben«, sagte er. »Ich habe manchmal an Sie denken müssen. Jetzt wird er wohl unter die Räder kommen, dachte ich.«

Hermann sagte nichts darauf. Er ging zur Bank und spannte das Brett aus – eine nutzlose Arbeit. Das Brett konnte genausogut zwischen den Zwingen bleiben, niemanden störte es da. Hermann sagte endlich: »Warum soll ich unter die Räder kommen? Warum gerade ich? Man arbeitet doch genug. Soll man arbeiten und arbeiten und es zu nichts bringen? Nein, ich habe da meine Hoffnung. Für uns fällt auch noch mal was ab.«

»Vielleicht im Himmel, Meister«, sagte Isaac ironisch.

»Im Himmel? Ja, das weiß man nicht. Darüber denke ich nicht nach.«

Isaac sagte: »Sie machen sich immer noch was vor. Haben Sie noch nicht begriffen, Meister, was gespielt wird? So wie in Rußland müssen wir's machen, die Reichen zum Teufel jagen!« Er stand auf, nahm einen Hobel auf und besah ihn von allen Seiten. »Wenn Sie wenigstens Gesellen hätten«, fügte er nach einer Weile hinzu. »So ein Mann hat fünfundzwanzig Mark die Woche, mehr verdient der nicht. Unter Umständen kann der einen Schrank in einer Woche fertigbauen – und Sie verdienen was dran. Den Mehrwert sozusagen.« Er lachte.

»Ja, mit Gesellen wäre es was anderes«, stimmte ihm Hermann zu. »Mit dem Jungen allein ist es Krebserei.«

Jeder war vor einer der Bänke stehengeblieben. Isaacs Wangenmuskeln spielten. Hermann dachte daran, wie der gearbeitet hatte. Für zwei. »Was machen Sie denn jetzt?« fragte er.

»Ach, Meisterchen, ich mache manchmal Aushilfe. Viel kommt nicht dabei heraus.«

»Sind Sie noch nicht verheiratet?«

»Nein. Mich will ja keine.« Er lachte schon wieder. Sein Gesicht rötete sich. »Bei mir ist das so«, fing er an zu erklären, »ich habe gar keine Zeit. Ich sitze jeden Abend und lese. Man hat so vieles nicht gelernt.«

Hermann sagte: »Wenn man wüßte, daß es bald besser wird.«

»Solange niemand was verdient, wird es wohl so bleiben. Wer kann sich heute noch Möbel anschaffen. Erst muß es höhere Löhne geben.«

Der Junge band seine Schürze ab. Er stand in kurzen Hosen neben dem Vater. Hermann sah nach der Uhr. »Ist es schon soweit? Ja – Feierabend. Na, dann geh man nach Hause.«

Isaac sagte: »Ich komme gleich mit.«

Hermann griff nach seiner Mütze. Er rückte sie hin und her auf dem Kopf, bevor er sie endgültig nach hinten schob. Er fegte die Bank sauber und blickte sich noch einmal um. Dann gingen sie zusammen hinunter. Auf dem Hof sahen sie den Verwalter stehen. Hermann packte den Arm von Isaac, er machte sich dünn neben ihm, am liebsten hätte er sich in Luft aufgelöst.

Aber der Verwalter hatte ihn bereits erspäht. »Trifft man Sie doch mal an, Herr Wegener«, sagte er. »Das ist ja großartig.« Hermann blieb stehen. Isaac lehnte an der Tür. Er blickte herüber. Der Verwalter sagte: »Wir haben jetzt auf Räumung geklagt, Herr Wegener. Sie müssen das verstehen. Unsere Geduld ist auch mal zu Ende. Und Ihnen fehlt ja anscheinend jeder gute Wille.«

Hermann sagte: »Ich hatte das Geld nicht. Du lieber Himmel, ich hatte es nicht.«

»Das können Sie uns nicht erzählen. Ihre Tochter hat doch eine gute Stellung. Wir wissen Bescheid, mein Lieber, wir haben uns genau erkundigt.« Der Verwalter knöpfte seine Weste auf. Er fuhr mit dem Daumen unter die Hosenträger.

Hermann sagte: »Warten Sie noch etwas, guter Mann.«

»Nein, davon kann keine Rede sein. Zahlen Sie bar auf den Tisch. Das ist das einzige.«

»Ich habe ja nichts«, sagte Hermann. »Ich habe keinen Pfennig.«

Der Verwalter wandte sich um und ging. Grieser kam von drüben heran. Auch Isaac trat näher. Hermann sah erst den einen, dann den anderen an. Er lachte ein bißchen, aber es wurde mehr eine Grimasse. »Ja, ja, Isaac«, sagte er, »das haben Sie wohl nicht gedacht. Wir kleinen Meister haben unsere Sorgen, das kann ich Ihnen sagen.«

Isaac erwiderte: »Ich würde einfach türmen. Der läßt Ihnen sonst Ihren ganzen Plunder pfänden.«

Hermann sah groß zu ihm auf. Er nahm die Mütze ab und drehte sie zwischen den Händen.

Grieser sagte: »Ist wahr, Mensch, das machen doch viele jetzt. Du kannst die Sachen bei mir unterstellen, bis du was anderes hast.«

»Nein«, sagte Hermann entschlossen, »das mach ich nicht. Ich will ehrlich mit den Leuten auseinanderkommen. So 'n Rummel mach ich nicht mit.«

Er reichte Grieser die Hand und ging mit Isaac langsam auf die Straße hinaus. Ein Stück Wegs hatten sie gemeinsam. Isaac sagte: »Seien Sie bloß nicht dumm, Meister, der nimmt Ihnen alles weg, die Schränke und das Handwerkszeug. Was kommt denn bei 'ner Versteigerung heraus? Fünfzig Mark für die Maschine – kein Pfennig mehr.«

Hermann sagte: »Ich muß das jetzt alles allein durchfechten. Aber so was mach ich nicht. Nein, ein Mensch is für 'n andern. Ich mach so was nicht.«

Isaac wollte schon gehen, wandte sich aber nach zwei, drei Schritten noch einmal um. »Sagen Sie mal, Meister: ein gewisser Hans Lange, großer, kräftiger Bursche, soll der nicht Ihr Schwiegersohn werden? Ich hab was munkeln hören ...«

»Der Herr Lange? Ach wo. Ich weiß davon nichts.«

»Na, Eltern erfahren ja meistens als letzte was. Ich kenn' den Burschen aus meiner Zelle. Guter Genosse.« Er schwieg eine Minute lang, sagte dann zum Schluß: »Also – wenn Sie sich's doch noch überlegen, Meister, wir helfen Ihnen. Ist klar.«

Hermann schlurfte nach Hause. Er stieg die vier Treppen hoch und schloß die Tür auf. Er hängte die Mütze an den Haken. Heute steckte er die Pfeife nicht an. Er setzte sich in der Küche auf seinen Platz. Anna sah ihn ein paarmal von der Seite an. »Was ist denn? Hast du Ärger gehabt?«

»Nein. Nichts.«

»Na, irgendwas ist doch. Das sehe ich ja.«

»Nein, ich sage dir: es ist alles beim alten.«

Sie verstummten. Anna klapperte mit den Tellern. Auf dem Herd brutzelte das Essen. Hermann sagte endlich: »Isaac war da. Der malt ja alles in den schwärzesten Farben.«

»Der malt immer schwarz«, sagte Anna. »Und du läßt dich davon gleich beeinflussen.« Sie setzte sich Hermann gegenüber. Ihre Augen waren wie zwei Lichter. »Uns geht es doch jetzt nicht schlecht«, sagte sie. »Du hast bald zwei Schränke fertig, und wenn sie im Laden stehen, werden wir sie auch los. Da ist mir nicht bange drum. Und dann müssen wir zusehen, daß wir Möbel auf Kommission bekommen. Und wenn man ein paar Mark daran verdient.«

Hermann sah Anna an. Wie sie dasaß und Pläne schmiedete. Immer war sie darum bemüht, wieder einen Ausweg zu finden. Er mußte ihr alles sagen.

»Die Frau hat heute ihre Bretter abholen lassen. Sie will den Auftrag einem anderen geben.«

»Na und?« sagte Anna. »Da bist du noch ärgerlich darüber? Laß sie doch! Mit der hätten wir doch bloß dauernd Krach gehabt.«

»Wenn du es so auffaßt ...«

Anna sagte: »Warte mal, ich muß dir was zeigen.« Sie rannte in die Stube und kam mit einigen Prospekten zurück. »Hier, sieh mal: Ich habe schon alle Bücher, die wir brauchen können, angestrichen. Es war nämlich vorhin ein Vertreter hier. Von einem großen Verlag, ich habe vergessen, welcher es war. Na, ist ja egal. Jedenfalls wird der uns eine ganze Bibliothek zusammenstellen. Ohne einen Pfennig Anzahlung. Langfristiges Stottern. Na, was sagst du nun?«

»Wenn das man kein Schwindel ist.«

»Schwindel! Warum soll es ein Schwindel sein? Ein penibler Herr, gut angezogen, fuhr sogar im Auto vor. Er sagt, seine Firma ist sehr kulant. Wenn wir mal die Rate nicht zahlen können, drehen sie uns nicht gleich die Luft ab, sagt er. Ich will die Bücherliste heute noch wegschicken. Achthundert Stück habe ich angekreuzt.«

»Was man alles versucht ... Wenn das nur klappt. Ich weiß nicht, ich habe jetzt immer solche Angst.« Er stützte den Kopf in die Hand.

Anna trat an den Herd. Sie stach mit der Gabel in die Kartoffeln; sie waren weich. Sie nahm den Topf vom Feuer. Hermann sagte: »Die hohe Miete! Die soll erst verdient werden.«

»Natürlich soll sie verdient werden. Aber vergiß nicht, daß wir ja auch doppelte Einnahmen haben. Jetzt zahlen wir vierzig für die Wohnung und fünfunddreißig für die Werkstatt. Das mußte auch immer dasein.«

»Es war aber nicht da«, sagte Hermann verbissen.

Anna drehte sich mit einem Ruck zu ihm um. »Du kannst einem ja heute allen Mut nehmen«, sagte sie. »Ist das ein Familienleben. Da freut man sich, daß der Mann nach Hause kommt ... Wärst mal lieber in deiner Werkstatt geblieben«, fuhr es ihr heraus.

»Ja, ist wahr.« Hermann schob den Teller mit dem Essen zurück. Aller Appetit war wie weggeblasen. »Ich gehe zur Versammlung«, sagte er. »Dann bist du mich wenigstens los.«

Der Saal war voller Rauch. Dicht gedrängt saßen die Kollegen. Diesmal stand auf dem Podium ein neuer Redner, ein Mann mit kurzem, krausem Haar. Er sprach von den gesetzlichen Bestimmungen, die man bei der Ausbildung von Lehrlingen zu beachten hatte. Das war nicht interessant. Hermann blickte sich um, er entdeckte eine ganze Menge Bekannte. Dort saß auch Hintz. Hermann hob sein Glas und nickte ihm zu. Hintz schien ihn aber nicht bemerkt zu haben. Starr sah der geradeaus.

In der Pause schlenderte Hermann zu Mahlwitz hinüber. Er klopfte ihm auf die Schulter und sagte: »Wie geht's denn, Kollege? Alles gut bekommen?«

»Ja, danke«, sagte Mahlwitz kurz und ließ ihn stehen. Hermann sah ihm verblüfft nach. Vielleicht hat der auch den Kopf voll, dachte er. Will am liebsten niemanden sehen. Es ist überall das gleiche.

Neben dem Eingang stand Willy. Der lachte ihm breit entgegen. »Hast du wieder ein paar Schränke, Wegener?«

Hermann sagte erfreut: »Ja, ich habe gerade zwei fertig. Wenn du sie haben willst ...«

»Her damit!« sagte Willy. Er lachte noch immer. »Für sechzig Mark sind sie meine.«

»Ach so«, sagte Hermann enttäuscht, »sechzig Mark.«

Willy sagte plötzlich in einem anderen Ton: »Willst sie nicht hergeben? Oh, der Herr ist vornehm geworden, wie? Man macht neuerdings auf andere Art Geschäfte. Na, viel Glück auch damit.«

Ringsum fingen alle an zu lachen. Ein tiefes, boshaftes Lachen schlug an Hermanns Ohren. Er sah erstaunt alle nacheinander an. Sie lachten und lachten. Willy wandte sich um und ging auf seinen Platz zurück.

Auch Hermann setzte sich wieder. Er stützte die Ellenbogen auf den Tisch und legte den Kopf in die Hände. Er hockte nur halb auf dem Stuhl, sah zu niemandem hin. Der Redner auf dem Podium sagte jetzt: »In diesen schweren Zeiten müssen wir besonders zusammenhalten. Wir müssen strengstens darüber wachen, daß unsere Handwerkerehre gewahrt bleibt. Von diesem Standpunkt aus betrachtet, sehen wir uns leider gezwungen, das Verhalten einiger Kollegen aufs schärfste zu mißbilligen. Es geht nicht an, daß ein paar Leute um ihres eigenen Vorteils willen den ganzen Stand in Mißkredit bringen. Zum Beispiel Sie, Kollege Wegener. Wir können ruhig das Kind beim Namen nennen. Sie haben anständige Kunden, die vertrauensvoll zu Ihnen mit einem Auftrag kamen, um ihr Geld betrogen. Sie stellen sich obendrein auf den Standpunkt, man müsse Ihnen ja kommen. So geht das nicht, Kollegen. Die Innung muß gegen solch Verhalten schärfsten Protest einlegen. Der betreffende Kollege wird noch zur Rechenschaft gezogen werden.«

Hermann sprang auf. Er boxte sich durch die Reihen nach vorn, plötzlich war er neben dem Redner. Die Haare klebten ihm an der Stirn. »Das ist nicht wahr!« schrie er heiser. »Ich habe niemanden betrogen!«

Alle im Saal standen auf. Manche schrien ihn nieder. »Werft ihn doch hinaus, den Krakeeler!« rief einer. Der Redner faßte ihn am Kragen. Hermann schlug mit den Armen, er wehrte sich, er wurde von allen Seiten herumgestoßen. Er versuchte vergeblich, sich verständlich zu machen. »Ich will ja nur den Sachverhalt erklären«, rief er immer wieder.

Der Redner lehnte mit dem Rücken gegen die Dekoration. Ein milder blauer Wald. Im Saal waren alle die anderen, Hintz und Mahlwitz und Willy. Hermann ließ die Arme hängen. Ein paar nahmen ihn in die Mitte und führten ihn aus dem Saal. Er sagte: »Ich muß noch meine Mütze haben. Nein, meine Mütze hängt am Haken.«

Dann stand er auf dem Flur. Nebenan im Spiegelsaal war Tanz. Hermann löste sich eine Karte an der Kasse. Er setzte sich dicht neben die Kapelle, die Musik knarrte und heulte. Halbflügge Jungens tanzten mit alten Weibern. Bei Damenwahl kam eine auch zu Hermann. Er tanzte zweimal mit ihr die Runde. Dann ließ er sie stehen, bezahlte sein Bier und ging.

Die Straße war schon dunkel. Eilige Passanten drängelten an ihm vorbei. Hermann ging langsam, ein paarmal machte er vor den Schaufenstern halt. Aus einem Friseurgeschäft blickte ihn eine Dame an. Wächserne Locken umgaben ihren Kopf. Sie lachte krampfig. Ihre rechte Brust hing halb aus dem Hemd. Neben ihr waren in Fächerform blaue Zahnpastatuben ausgebreitet. In einem Buchladen war in vielen Exemplaren *Skandal um Mitternacht* ausgestellt. Ein Mann mit vorgehaltenem Revolver.

An der Ecke stieg Hermann in die Bahn. Er fuhr nach Hause. Doch vor der Haustür mußte er wieder an Anna denken. Wie sie gesagt hatte: »Wärst mal lieber in der Werkstatt geblieben.« Er machte kehrt und ging nun wirklich in die Werkstatt. Er schloß die Tür auf und knipste das Licht an.

Hell und sauber lag der Raum. Hermann nahm die Mütze ab und legte sie auf die Hobelbank. Dann das Jakkett. Er löste auch die Hosenträger. Eine Weile stand er am Fenster. Im ganzen Haus herrschte Ruhe, nirgends brannte noch Licht. Er wandte sich wieder weg. Er konnte die Späne zusammenscharren und sich darauf niederlegen. Er suchte den Handfeger. Dann ging er zum Eingang und knipste wieder am Schalter, bis nur noch eine einzige Birne brannte. Sie malte einen gelben Kreis auf den Boden.

Jemand kam über die Treppe. Hermann ging zur Tür, öffnete sie einen Spalt und lauschte. Die Schritte wurden lauter. Dann sah er Grieser um die Biegung kommen.

Hermann sagte: »Ich pussele noch ein bißchen herum. Komm nur herein. Ja, komm nur.«

Grieser sagte: »Ich dachte schon, es wären Einbrecher hier. Ich sehe plötzlich das Licht angehen. Nun ist es ja gut.«

»Ja, es ist weiter nichts.«

Sie traten in den Lichtkreis. Grieser war im Hemd, er kam gerade aus dem Bett. Sein Haar fiel ihm wie eine Harke über die Stirn. Hermann nahm sein Jackett von der Bank. Er bürstete mit der flachen Hand über den Stoff und kroch umständlich in die Ärmel.

Grieser sagte gähnend: »Dann kann ich ja wieder gehen.« Er hob seine Hosen an und hakte sie vorn ineinander. Er reichte Hermann die Hand. »Gute Nacht, Meister. Geh man nach Hause. Sonst regen sich hier noch die Leute auf über ›ruhestörenden Lärm‹.«

Hermann sagte: »Ich habe mir das überlegt, Grieser. Ich will doch türmen. Wer weiß, ob ich nicht alles loswerde, wenn es zum Termin kommt. Weißt ja: die Kleinen sind immer im Unrecht.«

Grieser schlug ihm auf die Schulter. »Na, siehst du. Das ist das einzig Vernünftige.«

»Wir müssen mal überlegen, wie man es am besten macht.«

Grieser sagte: »Ja, je eher, desto besser. Du kannst alles bei mir unterstellen. Am besten, wir machen es gleich morgen. Früh um viere. Hol deinen Jungen ran, und ich besorge noch ein paar Arbeitslose, die packen gern mit an.«

Hermann sagte ganz erschrocken: »Du meinst, wir sollen es schon morgen machen?«

»Warum nicht. Ich will noch rasch ein bißchen Platz schaffen. Gute Nacht jetzt, Meister.«

Er ging. Die Hosen hingen ihm über die Hacken. Die Tür fiel hinter ihm ins Schloß. Hermann sah sich in der Werkstatt um. Alles schien so fest und sicher dazustehen: vier Bänke, eine Maschine, die fertigen Schränke. Er ging wieder zum Schalter und knipste alle Lampen an. Nun war es hell und warm. Er begann, ein paar Kleinigkeiten wegzuräumen. Das Handwerkszeug und die Uhr. Das Bild hatte er für sein Gesellenstück bekommen, ein Mann mit aufgekrempelten Hemdsärmeln. Er hält einen Hobel in der Hand, seine Arme sind bis zum Ellenbogen tätowiert. Hermann trug alle diese Dinge zu einem Berg zusammen, dann gab es nichts mehr zu tun. Er schaltete das Licht aus und ging.

Draußen kam grau und dämmrig der Morgen herauf. Kein Mensch war auf der Straße. Hermann schlich an den Häusern entlang. Er fror. Er hielt die Hände auf dem Rücken. Als er vor dem Haus anlangte, sah er Anna oben auf dem Balkon. Das hätte er sich denken können. Sie hatte das Nachthemd an und eine Strickjacke lose über die Schultern geworfen.

»Wenn du schon mal weggehst. Immer dauert das bis in die Nacht hinein«, begrüßte sie ihn.

Hermann stand auf dem Flur. Langsamer als sonst zog er die Jacke aus. Er sagte: »Kannst dir doch denken, daß eine Versammlung lange dauert. Da wird es eben spät.«

»Das kannst du mir nicht erzählen. Keine Versammlung dauert bis in die Nacht um drei. Du mußt mich nicht für dumm verkaufen wollen.«

Anna raffte die Jacke über der Brust zusammen. Ihr war kalt geworden, sie mußte ein paarmal niesen. Sie zog den rechten Fuß aus dem Pantoffel und wärmte ihn an der anderen Wade. Hermann ging ins Schlafzimmer und machte das Fenster auf. Ein feuchter Luftzug kam ihm entgegen.

Anna sagte: »Du willst also nichts erzählen. Du bist doch völlig nüchtern. Wo warst du denn?«

Hermann setzte sich auf den Bettrand. Anna streifte die Pantoffeln ab und kroch unter die Decke. Sie zog die Knie an. Jetzt lag sie wie eine Kugel da, so kurz und rund war sie. Hermann sagte: »Ich weiß nicht, was ich dir erzählen soll. Wenn man so zusammensitzt, vergeht die Zeit. Man sieht sich ja nicht alle Tage.«

Anna sagte fuchsig: »Und ich renne alle halbe Stunde auf den Balkon. Es kann ja auch was passiert sein. Man liest soviel in den Zeitungen. Ich denke immer, du wirst mal überfahren, du kannst doch so schlecht sehen ...«

Hermann blickte vor sich hin. Vor dem Kleiderschrank waren die Dielen aufgeplatzt. Er wird sie mal ausbessern müssen, der Wirt läßt doch nichts machen. Dann fiel ihm ein, daß sie ja ausziehen wollen. Er drehte sich um und sah wieder Anna an. Ihr Gesicht war rot. Sie kniff die Lippen zusammen. Sie sagte: »Nun komm gefälligst ins Bett. Was sitzt du so lange herum!«

»Es lohnt sich nicht für mich, noch einzuschlafen.«

»Was?« sagte Anna. »Du versäumst doch nichts.«

Er stand auf und stützte sich mit beiden Armen auf die Bettkante. Er sagte: »Anna, ich habe dir das vorhin nicht erzählt. Der Verwalter war da. Er hat die Klage eingereicht. Auf Räumung. Und ich habe jetzt mit Grieser ausgemacht, daß ich vorher türme. Verstehst du? Sonst werden wir noch alle Sachen los.«

Anna richtete sich auf. Ihr Haar lag dünn auf der Kopfhaut. Sie wischte sich über die Augen, öffnete schon den Mund. Hermann sagte schnell: »Ja, ja, nun rede mir nicht dazwischen. Ich habe alles reiflich überlegt. Wir rücken jetzt um viere. Du mußt den Jungen wecken.«

Anna sagte endlich: »Wie stellst du dir das vor! Mit den schweren Sachen die Treppe runter. Und niemand darf was merken.«

»Das laß meine Sorge sein. Ich will jetzt nichts weiter hören. Weck den Jungen, sage ich dir.«

»Muß denn der Junge dabeisein? Der liegt gerade im besten Schlaf. Was kann der dir schon helfen.«

Hermann war bereits an der Tür. Er kam noch einmal zurück und schlug mit der Faust auf die Bettpfosten. »Ich will den Jungen dabeihaben!« schrie er. Der Bügel seiner Brille hatte sich gelöst, sie hing schräg über seiner Nase.

Anna stand auf und angelte die Pantoffeln unter dem Bett hervor. Der Schlaf klebte an ihren Gliedern. Sie ging ins Vorzimmer und rüttelte den Jungen wach. Sie sagte: »Junge, du mußt aufstehen, es ist halb vier. Denk mal, Vater will aus der Werkstatt raus. Du sollst rücken helfen.« Der Junge wurde langsam wach, er rieb sich die Augen. Anna sagte bittend: »Steh man auf, mit Vater ist irgendwas, man kann mit ihm nicht reden.«

Hermann war in die Küche gegangen. Er nahm eine Tasse aus dem Schrank und goß sich kalten Kaffee ein. Er trank drei, vier Schluck, schüttelte sich und zog die Jacke enger. Dann setzte er sich an den Tisch. Aber er mußte wieder aufstehen. Im Sitzen kam gleich der Schlaf über ihn. Er war nicht mehr der Jüngste, das war es. Am liebsten hätte er sich hingelegt, um nie mehr aufzustehen.

Anna kam herein, hinter ihr erschien mit mürrischem Gesicht der Junge. »Wo willst du denn hin mit den Sachen?« erkundigte sich Anna.

»Die werden bei Grieser untergestellt. Vorläufig muß es gehen. In wenigen Wochen können wir ja in den Laden.«

Anna griff nach ihrem Rock und warf ihn flüchtig über. Sie drückte das Brot an die Brust und schnitt ein paar Stullen ab. Sie sagte: »Dahin hat man es gebracht. So gut wie obdachlos. Wir werden noch im Asyl enden, das seh ich kommen. Dann können unsere Kinder betteln gehen.«

Hermann sagte mürrisch: »Rede nicht solchen Unsinn. Du hast doch den Laden. Da werden wir schon Geschäfte machen.«

»Der Laden! Wer weiß, was das wieder für'n Reinfall wird. Wir sind keine Geschäftsleute. Wir können uns bloß schinden. Wenn ich sehe, wie du dich abrackerst. Tag für Tag. Wollte Gott, wir würden verschwenden und das Geld nicht zusammenhalten. Aber man gönnt sich kaum das Essen und kommt doch zu nichts.«

Hermann sagte: »Die Werkstatt war sowieso nur ein Übergang. So war es von Anfang an gedacht.«

»Aber nicht so, daß wir zuletzt türmen müssen! Man hatte gedacht, daß man sich nach und nach ein Möbelgeschäft einrichten könnte, um sich später mal auf Handel zu legen. So ist es doch nur Krampf. Wir werden nie im Leben so viel Geld haben, um Möbel einzukaufen.«

»Ich verstehe nicht, wie du auf einmal redest. Erst malst du alles in den rosigsten Farben – und jetzt wieder so. Dann kann man sich ja gleich aufhängen.«

»Das beste wär's. Wenn man nicht zu feige wäre. Und manchmal hält einen das bißchen Hoffnung aufrecht. Wenn man aber nachdenkt: Es ist von Jahr zu Jahr schlechter geworden. Seit Trudes Abgang von der Schule ist es wie abgeschnitten.«

»Es geht ja allen egal. Wo du hinhörst.«

»Man sollte den ganzen Kram hinwerfen und Wohlfahrt holen.«

Hermann stand in der Tür, seine Hände steckten in den Hosentaschen. Er winkte dem Jungen: »Komm jetzt, wir gehen. Ich kann das Gemecker nicht länger hören. Als ob es uns schlecht geht. Hast dein Kostgeld für die Woche, und dann wird man weitersehen. Hättest einen Beamten heiraten sollen. Der legt dir jeden Ersten das Geld hin. Als ob das Türmen was Besonderes wäre. Das geht heutzutage vielen so. Mir jedenfalls macht es nichts aus, das will ich dir nur sagen.«

Er stolperte aus der Tür. Anna hörte seine Schritte auf der Treppe. Der Junge lief hinterher. Anna ging zum Balkon und sah den beiden nach, wie sie die Straße überquerten. Vorneweg jetzt der Junge, die Haare wippten auf seinem Kopf. Hermann ging gebückt, die Hände auf dem Rücken, die Hosen schlenkerten um seine Beine.

Grieser wartete schon auf dem Hof auf ihn. Er winkte Hermann in den Kuhstall. Drinnen waren zwei aus dem Haus, zwei andere sollten noch kommen. Der eine sagte: »Na, denn man los, nicht lange gefackelt.« Alle stiegen zur Werkstatt hinauf.

Hermann schloß auf. Grieser sagte: »Es ist das beste, wenn du die Sachen zureichst. Die jungen Burschen können mehr schleppen. Dein Junge nimmt die Kleinigkeiten. Ich sorge dafür, daß alles gut untergestellt wird. Das meiste werde ich in meinen Keller bringen, da ist es nicht im Wege.«

Hermann zog die Jacke aus. Er hängte sie in den Bretterschrank, wie sonst. Er lief hin und her durch die Werkstatt, rückte die Bänke aneinander, die Böcke, das Holz. Der Junge nahm die Zwingen. Er stülpte sie wie Manschetten über die bloßen Arme, eine hinter der anderen. Beide Arme vorgestreckt, so ging er leise hinaus. Die Burschen griffen sich die Hobelbänke. Hermann blieb oben und wartete. Nach kurzer Zeit kamen die beiden zurück und holten die nächste Ladung. Wieder eine Bank. Der Junge nahm die Furnierböcke. Hermann stellte sich ans Fenster. Im Hinterhaus war alles ruhig, niemand schien bisher etwas bemerkt zu haben.

Jetzt waren nur noch die großen Brocken da: die Maschine, der Leimofen. Grieser brachte die beiden Neuen an. Isaac. Woher kam der denn auf einmal? Der andere, ein Bursche mit mächtigem Brustkorb, hatte auf der Nase zwei Sommersprossen. Alle packten gleich zu, jeder an einer Ecke, sie schlangen die Tragriemen um ihre Schultern. Vor jedem Treppenabsatz machten sie halt, um Atem zu holen. Isaac spuckte in die Hände. Die Maschine schleifte und quietschte auf den Stufen. Nun war es egal, Hauptsache, daß man unten ankam. Eine Frau lief über den Hof, sie kam schon um Milch. Sie blieb stehen und beobachtete den Transport. »Sie ziehen aus, Meister Wegener?« fragte sie.

Hermann sagte: »Die Maschine muß in die Fabrik. Eine Reparatur.« Er trat an die Frau heran und klopfte ihr grinsend auf die Schulter. »Aus solchem Paradies zieht man nicht weg, junge Frau.«

»Nee, da haben Sie recht.« Sie drückte ihren Milchtopf an die Brust und ging weiter.

Die Maschine stand im Keller. Ein Glück. Die schwerste Arbeit war getan. Der Leimofen war nicht mehr so schlimm. Alle packten mit an, auch Hermann und der Junge. Dann waren alle Sachen nebeneinander: das Holz, vier Bänke, die Maschine und der Ofen. Sie nahmen nur eine winzige Ecke ein, drückten sich da aneinander und waren zu nichts wert. Hermann reichte seinen Helfern die Hand. »Schönen Dank auch«, sagte er, »und was bin ich schuldig?«

»Hast ja allein nichts«, sagte einer und drehte sich schon weg.

»Nein, ihr sollt wenigstens 'ne Molle trinken«, sagte Hermann. Er gab jedem eine Mark. Isaac nahm das Geld und steckte es Hermann in den Kittel zurück. »Das war Solidarität, Meister«, sagte er, »dafür nehmen wir nichts.«

Der mit den Sommersprossen sagte: »Sie kennen mich wohl nicht mehr, Herr Wegener?«

Hermann blinzelte kurzsichtig zu ihm auf. Der junge Mann kam ihm bekannt vor. »Das ist doch der Verflossene von Trude«, rief der Junge dazwischen. Ja, richtig, der Herr Lange! Hermann räusperte sich. »Kommen Sie doch mal wieder rauf zu uns«, sagte er.

Hans Lange erwiderte: »Ja, ich weiß nicht, ob die Trude ...«

Hermann strich mit den Fingern an seinem Kittel hinunter. Trude. Heute nacht war sie gar nicht zu Hause gewesen. Wer weiß, wo die herumschwirrte mit ihrem angemalten Gesicht. Hermann senkte den Kopf. Er mußte sich über die Augen wischen. Die tränten mal wieder. »Trude wird es nicht recht sein«, sagte er endlich, »daß Sie hier mitmachen.«

»Trude erfährt nichts davon«, sagte Hans Lange hastig. »Von mir jedenfalls nicht, Herr Wegener. Darauf können Sie sich verlassen.«

»Na ja, es ist ja mehr Ihretwegen.«

Hermann drehte sich weg. »Mal sehen, ob wir auch nichts vergessen haben«, sagte er. Grieser kam mit, beide standen in der Werkstatt und blickten sich um. Ein langer, öder Raum. Zwei Balken stützten die Decke ab. Hermann sagte: »Die Birnen hängen noch.« Er ging von einer Lampe zur anderen und schraubte die Glühbirnen heraus. Sechs Stück im ganzen. Dann sagte Grieser: »Wir wollen man gehen. Vielleicht überrascht uns noch jemand im letzten Moment, und du hast unnötigen Ärger.«

Hermann verschloß die Tür. Er hakte den Schlüssel los vom Bund. Dabei sagte er: »Ja, nun ist wirklich alles leer. Das haben wir fein gemacht.« Er stieg die Treppe hinab, Grieser kam hinter ihm her. Hermann sagte über die Schulter: »Du gibst wohl den Schlüssel beim Verwalter ab. Ich will damit nichts mehr zu tun haben.«

»Selbstverständlich, Meister.«

Eine Weile standen sie noch im Hof. Hermann blickte zu den Fenstern hinauf. »Die sind eine Ewigkeit nicht geputzt worden«, sagte er. »Da hingen immer Spinnweben dran.«

»Ja, viel war nicht los mit der Bude.«

Sie reichten einander die Hand. Hermann drehte sich um und ging auf den Torweg zu.

14

Die Buchgroßhandlung lag im Zentrum, in einem modernen Haus. Hermann und Anna saßen in der Anmeldung. Ein Boy mit einer schiefen Mütze auf dem Kopf blickte herein und sagte hell: »Herr Rabe läßt bitten.« Er legte die Hände an die Hosennaht.

Anna ging voran. Hermann behielt die Mütze in der Hand. Ein Herr mit dicken, blassen Lippen winkte ihnen von weitem, Platz zu nehmen. Anna rückte umständlich einen Stuhl zurecht und setzte sich. Hermann daneben. Herr Rabe blieb hinter dem Schreibtisch sitzen. Das ganze Zimmer war mit Regalen vollgestellt. Darin Bücher mit goldenen Aufschriften. Den Fußboden bedeckte ein roter Teppich.

Herr Rabe sagte: »Sie haben unserem Vertreter einen Auftrag übergeben. Stimmt das?«

»Jawohl«, sagte Anna. »Ich habe alles Gewünschte auf der Liste angestrichen.«

»Hm.« Herr Rabe betrachtete seinen Bleistift von allen Seiten, als sähe er ihn heute zum ersten Mal. »Da sind leider noch einige Formalitäten zu erledigen. So ohne weiteres können wir die Bücher nicht liefern.«

Hermann rückte seine Brille zurecht, er beugte sich vor. Anna saß steif und unbeweglich. »Aber Ihr Vertreter hat doch gesagt …«, stammelte sie. Herr Rabe ließ seinen Radiergummi über die Tischplatte rollen. »Ihre – hm –, wenn ich mich so ausdrücken darf, Vermögensverhältnisse sind nicht gerade sehr rosig, wie?« fragte er.

Anna sagte schnell: »So wie bei allen, Herr Rabe. Schlechter als anderen geht es uns auch nicht. Das kann man nicht sagen.«

»Unser – hm – Auskunftsbüro behauptet, festgestellt zu haben, daß Sie kürzlich Ihre Tischlerei haben räumen müssen?«

»Wir machen sie wieder auf«, versicherte Hermann eilig. »Das jetzt ist nur ein Übergang.«

»Sie sind aber – hm – getürmt, wenn ich so sagen darf?«

Beide schwiegen. Herr Rabe fegte mit der Hand durch die Luft, als wollte er Fliegen fangen. »Nun ja, ich kann mir denken, daß es Ihnen peinlich ist, darüber zu sprechen. Ich möchte Ihnen ja gern helfen. Aber wie machen wir das?« Er trommelte mit den Fingern einen flotten Marsch.

Anna sagte: »Sie wissen schon, wie das manchmal ist. Es gab Unerquickliches, Reibereien ...«

»Ich weiß, Sie waren mit der Miete im Rückstand.«

Anna sagte nichts mehr. Sie betupfte ihre Stirn mit dem Taschentuch, rückte auch den Hut gerade. »Sie schreiben doch in Ihren Inseraten«, fing Hermann an, »daß Sie jedem eine Leihbücherei einrichten. Wir sind ehrliche Leute, das sehen Sie doch. Wir haben noch keinen Menschen betrogen.«

Anna konnte nun doch nicht länger ruhig bleiben. »Nein, laß doch«, sagte sie, »bloß auf unser ehrliches Gesicht hin können Sie den Kredit nicht geben, das sehe ich ein. Aber vielleicht können wir Ihnen etwas verschreiben? Das Klavier ist da, unser Kleiderschrank ...« Sie wußte schon nicht mehr weiter.

Herr Rabe lehnte sich zurück. Seine dicken Lippen standen weit offen. »Es handelt sich immerhin um ein Objekt«, sagte er mit Betonung.

»Na, so viel ist es nun auch nicht.«

»Na, erlauben Sie – hm –, wollen mal rechnen. Fünfhundert Bücher genügen für den Anfang. Zu drei Mark das Stück, im Durchschnitt, macht fünfzehnhundert. Abzüglich zehn Prozent, bleiben immer noch dreizehnhundertundfünfzig. Ein rundes Sümmchen, wenn ich so sagen darf.«

Anna sagte: »Auf den Listen steht, daß Sie fünfunddreißig Prozent Rabatt geben.«

»Ja, bei Barzahlung, meine Gnädigste. Sie wollen doch abstottern, wie? Ich habe Sie doch recht verstanden?«

»Ja, auf Abzahlung. Anders geht es nicht.«

»Na also. Zehn Prozent. Mehr kann ich Ihnen nicht entgegenkommen.«

Anna sah Hermann an. Der saß mit offenem Mund da und lauschte auf jedes Wort. Anna sagte niedergeschlagen: »Das ist ja ganz etwas anderes. Wer weiß, ob ich dann den Laden gemietet hätte. Ihr Vertreter sagte, fünfunddreißig Prozent, so daß auf ein Buch nicht mal zwei Mark kommen. Ich weiß noch seine Worte.«

»Tut mir leid. Das muß ein Irrtum sein, wenn ich so sagen darf.«

Wieder saßen sie alle drei schweigend da. Herr Rabe kniff sorgfältig Eselsohren in ein vor ihm liegendes Stück Papier. Anna sah stumpf vor sich hin. Hermann klopfte seine Pfeife aus. Er schüttete den herausfallenden Tabak in die flache Hand. Herr Rabe sagte endlich: »Wenn Sie uns jemanden nennen könnten, der für Sie bürgt – würde es vielleicht gehen.«

Anna sah wieder auf Hermann. Der zuckte die Achseln. Sie hatten ja niemanden. »Wie wäre es mit Willy?« fragte Anna leise.

»Willy? Wer weiß, ob der das macht.«

»Sicher tut er das. Wenn du ihm alles richtig klarmachst ...«

»Nun, haben Sie jemanden?« fragte Herr Rabe.

Anna sagte: »Ja. Ein guter Freund von uns hat ein Möbelgeschäft. Der steht so da. Wenn Sie den nehmen wollen ...?«

»Ein Möbelgeschäft. Gut. Und weiter?«

»Weiter? Sonst wissen wir weiter keinen.«

»Es ist – hm –, es ist Vorschrift, in einem Fall wie

dem Ihren, zwei Bürgen zu nennen. Leider sind das unsere Bestimmungen.«

Hermann sagte: »Vielleicht können Sie eine Ausnahme machen. Der Herr, den wir meinen, steht sich wirklich großartig. Der hat ein Auto, ein Grundstück – und was nicht noch alles. Da sind Sie hundertfach gedeckt.«

»Außerdem ist unsere Tochter da«, warf Anna ein. »Sie ist fest angestellt.«

Herr Rabe notierte sich Willys Adresse. Dann stand er auf. Er streckte beide Arme vor und schüttelte den Eheleuten die Hand. »Mal sehen, was sich machen läßt«, sagte er. »Ich lasse nichts unversucht.«

Unten sagte Anna: »Wir gehen am besten gleich zu Willy.«

Hermann war damit einverstanden. Er faßte Anna unter, vorsichtig überquerten sie zusammen den Fahrdamm.

»Daß wir jetzt noch die Scherereien haben«, meinte Anna. »Der Vertreter war so zuvorkommend. Wir haben uns richtig nett unterhalten. Ich habe ihm von unserem Jungen erzählt, die Geschichte mit seiner Fortbildungsschule, die der Bengel geschwänzt hat. Und von Trude haben wir gesprochen. Alles hat ihn interessiert. Er sagte ausdrücklich, er freue sich auf unsere Zusammenarbeit. Und jetzt läßt er sich gar nicht blicken.«

»Vertreter sind immer falsch. Daß du das noch nicht durchschaut hast.«

»Nein, dieser war freundlich und nett. Wenn er ein gutes Wort für uns einlegte, wäre viel gewonnen.«

»Jetzt versuchen wir es mit Willy. Basta.«

Sie gingen weiter, ohne zu sprechen. Anna blickte auf die Schaufenster, überall lag die Herbstmode aus. Kleine eckige Hüte, die Kleider dunkel und hochgeschlossen. Vor einem Möbelgeschäft blieb Hermann stehen. »Keine gute Ware«, sagte Anna gleich. »Sieh mal, wie das Holz da verzogen ist. So was stellen die ins Fenster.«

»Ja. Ich überschlage gerade, wieviel in solchen Laden hineingeht. Eine ganze Menge. Hier steht ja Stück an Stück.«

»Für den Anfang genügen unsere beiden Schränke. Wir haben ja kein ausgesprochenes Möbelgeschäft, sondern auch noch die Leihbücherei.«

»Ja, man muß sehen. Langsam wird man schon vorwärtskommen.«

Als sie bei Willy ankamen, sagte Hermann: »Willst du nicht vorm Laden warten? Ich spreche allein mit ihm.«

»Nein, warum? Ich kann besser reden als du. Laß mich man machen.«

Im Büro saß nur Willys Frau. »Mein Mann ist hinten in der Fabrik«, sagte sie. »Gehen Sie doch durch. Er wird im Beizraum sein.«

Sie zogen über den Hof. Vor ihnen lag das Fabrikgebäude, vier Stockwerke hoch, ein plumper roter Bau. Im ersten Stock standen die Maschinen, ihr Summen erfüllte das Treppenhaus. Anna hielt sich die Ohren zu, sie stieg hastig weiter. Oben arbeiteten die Beizer und Polierer. Hermann öffnete die Tür, blieb aber am Eingang stehen. Anna wand sich an ihm vorbei. »Ist Herr Krüger nicht hier?« fragte sie einen Mann in blauer Bluse, der ihr über den Weg lief. »Wir wollten Herrn Krüger sprechen.«

Der Mann sah auf sie herab. Er war groß und breit und trug einen Bart, der altmodisch an den Enden in die Höhe stand. »Da gehen Sie man eine höher», sagte er gemütlich. »Der Chef ist oben in der Tischlerei.« Er wandte sich wieder seiner Arbeit zu.

Willy hockte auf einer Bank. Er hatte den rechten Fuß fest auf den Boden gestemmt, der andere hing in der

Luft. Zehn Bänke waren hintereinander aufgereiht, mit zehn Gesellen davor. Alles ganz junge Burschen. Der Werkmeister stand neben Willy und redete auf ihn ein. Willy unterbrach ihn mürrisch: »Warum sagen Sie das mir. Ich sage Ihnen, die Zimmer müssen billig auf den Markt. Noch billiger! Wie, das ist Ihre Sache. Vielleicht sparen Sie Löhne ein. Reden Sie mit den Leuten. Heutzutage muß jeder Opfer bringen.«

Er nahm seine Zigarre aus dem Mund und tupfte die Asche ab. Langsam stieg er von der Bank herunter. Jetzt erst erblickte er Hermann. Anna trat flink neben ihn. Sie sagte: »Wir hätten was mit Ihnen zu besprechen, Herr Krüger. Hätten Sie ein paar Minuten Zeit für uns?«

Willy starrte mit seinen stumpfen Augen auf sie herab. Er nickte langsam. Wortlos ging er zur Tür und stieg die Treppe hinunter. Die beiden hinterher, erst Anna und dann Hermann. Anna betrachtete Willys feinen grauen Anzug, die Schuhe und den Kragen, der frisch und duftig roch.

Willys Frau saß immer noch im Büro. Willy winkte mit der Hand, daß Anna sich setzen solle. Hermann blieb neben ihr stehen. »Ich weiß nicht«, fing Anna an, »ob mein Mann Ihnen erzählt hat, daß wir einen Buchladen eröffnen wollen?« Willy stierte vor sich hin, ohne ein Wort zu sagen. Auch seine Frau blieb stumm. »Wir wollen eine Leihbücherei aufmachen«, erzählte Anna weiter. »Wir stehen in Unterhandlungen mit einer Firma, die uns die Bücher liefert. Ja. Aber die Sache ist die: Wir bekommen die Bücher nicht ohne Bürgen.«

Willy setzte sich an seinen Schreibtisch. Frau Krüger fragte: »Sie wollen die Bücher abstottern, ja? Sie können ja wohl nicht bar bezahlen ...«

»Nein«, sagte Hermann, »wir haben keinen Pfennig Geld. Das wird alles auf Pump gemacht.« Er lachte verlegen, seine Pfeife hing zwischen den gelben Zähnen.

Anna sagte seufzend: »Es ist schwer heutzutage. Sie wissen es wohl nicht so.«

»O doch«, beteuerte Frau Krüger, »wir bekommen es auch zu spüren. Mein Mann ist schon ganz nervös. Wer weiß, wie lange er das aushält, sage ich immer.«

Willy rückte auf seinem Stuhl hin und her. Er bewegte schwerfällig den Kopf, sah Anna an. »Was wollen Sie eigentlich?« fragte er. »Ich werde nicht klug aus allem.«

Anna sagte: »Wir wollten Sie fragen, Herr Krüger, ob Sie vielleicht die Bürgschaft übernehmen würden?«

Eine Weile blieb alles still. Dann sagte Willy bedächtig: »So mir nichts, dir nichts geht das natürlich nicht. Aber – ich werd's mir überlegen.« Er erhob sich. Langsam stampfte er zur Tür und klinkte sie auf. Anna rannte hinter ihm her. Sie war so klein, daß sie ihm knapp bis an die Schulter reichte. Sie sagte: »Wenn es nicht so eilig wäre, Herr Krüger. Wir wollten am Ersten einziehen. Und es ist doch eine Blamage, ohne Bücher dort anzukommen.«

Frau Krüger sagte vom Fenster her: »Mach es doch ruhig, Willy. Du kennst doch die Wegeners gut.«

»Ja, was das betrifft«, sagte Anna eifrig, »wir können Ihnen verschiedene Dinge als Sicherheit überschreiben.«

Hermann sagte leise zu Willy: »Du bist vielleicht mißtrauisch wegen dieser dummen Innungsgeschichte. Aber ich kann dir genau erklären ...«

Willy knipste mit den Fingern. »Laß doch«, sagte er. »Das weiß man ja, wie so was zustande kommt. Aber was anderes: was habt ihr denn zur Sicherheit?«

Hermann zählte alles auf: ein Klavier war da, das Schlafzimmer – das Büfett war auch noch ganz gut ...

»Also setz mal so'n Wisch auf«, sagte Willy. »Ich verbürge mich für dich – dafür verschreibst du mir das und das. Außerdem ist alles, was in deiner Werkstatt produziert wird, von vornherein meins. Damit ich gedeckt bin, verstehst du?«

Anna sagte: »Natürlich, das verstehen wir. Reine Formsache. Ja, wir werden den Brief gleich zu Hause schreiben.«

Jetzt war alles geregelt. Willy setzte unter die Bürgschaft seine Unterschrift, nun würden die Bücher kommen. Anna packte zu Hause schon alles Entbehrliche ein. Der Junge nahm den Handwagen und brachte die Stücke zum Laden. Alles wurde aufgestellt, auch das, was Hermann für die Arbeit brauchte. Zwei Bänke nahm er mit, die anderen sollten vorläufig bei Grieser bleiben. Auch Anna sagte: »Fürs erste genügen die zwei, für dich und den Jungen. Wenn es uns erst besser geht, sind die anderen rasch geholt.«

Einige Tage in der Woche ging Hermann in seine neue Werkstatt. Das Holz lag da, er schnitt Regale zu und den Ladentisch. Endlich stand er wieder an der Hobelbank, Holz war in seinen Händen, der Hobel, eine Säge und Leim. Gleichmäßig schnurrte die Maschine. Hermann lief hin und her, er bückte sich und reckte den Körper wieder gerade, dabei pfiff er eine kleine Melodie vor sich hin, *Puppchen, du bist mein Augenstern* oder *Marie, Marie,* nichts Besonderes also. Dann hörte er auf und stellte sich mitten in den Raum. Er stopfte die Pfeife und paffte dicke Wolken in die Luft.

Es wurde jetzt schon früh dunkel. Wenn Hermann nach Hause ging, brannten bereits die Laternen. Die erleuchteten Läden strahlten aus den Häusern wie blanke Augen. Hermann ging langsam, mit gebeugtem Kopf. Er atmete tief die noch laue Luft. Bald war der Sommer vorbei. Er dachte daran, daß er wieder nicht mit Anna hatte verreisen können. Ein einziges Mal waren sie zusammen in den Wald gefahren. Vielleicht klappt es nächstes Jahr, dachte Hermann. Er war nicht mutlos. Er wälzte verschiedene Pläne in seinem Kopf, keineswegs hatte er Grund, verzagt zu sein.

Anna lief geschäftig in der Wohnung umher. Sie trug ein Tuch um den Kopf und fegte mit dem Besen alle Winkel kahl. »Morgen kommt das letzte dran«, sagte sie. »Dann packt ihr die Matratzen auf den Handwagen, und wir übersiedeln ganz.«

»Hauptsache, daß die Wirtin nichts dagegen hat.«

»Was soll sie dagegen haben? Der Laden steht ja leer.«

Anna sagte nach einer Weile: »Jetzt könnten bald die Bücher kommen. Ich bin schon unruhig. Wir müssen sortieren, Nummern aufkleben, Umschläge schneiden. Das ist keine Hexerei. Wir brauchen mindestens zwei Tage dazu. Kataloge müssen geschrieben werden.«

»Die Bücher werden schon kommen«, erwiderte Hermann. »Du immer mit deiner Angst.«

Zwei Tage später traf ein Schreiben ein: Herr Wegener möchte in die Buchhandlung kommen. Hermann machte sich gleich auf den Weg. Herr Rabe begrüßte ihn freundlich. Er rückte für Hermann einen Stuhl zurecht, blieb aber selber stehen und stützte sich auf den Tisch. Er sagte zögernd: »Es ist – hm –, wie soll ich sagen, es ist leider eine Schwierigkeit eingetreten. Ich fürchte, wir sehen uns außerstande, Ihnen die Bücher zu schicken.«

Hermann rückte seine Brille gerade. »Dieser Herr Krüger«, fuhr der andere fort, »steht leider nicht so großartig da, wie Sie es uns geschildert haben. Er steht sozusagen dicht vor dem Offenbarungseid.«

»Das ist nicht möglich. Nein, das glaube ich nicht.«

»Das ist Ihre Sache.« Das Gesicht von Herrn Rabe war plötzlich lang und streng. Die dicken Lippen bildeten einen Wall. »Sie dürfen mich nicht falsch verstehen«, lenkte Hermann ein. »Aber sicher liegt hier ein Irrtum vor. Der Herr Krüger fährt ein Auto, hat ein Grundstück – er lebt wie ein Fürst. Er trägt die Hunderter lose in der Westentasche. Sicher ist Ihnen eine Verwechslung unterlaufen.«

»Bedaure. Wir haben exakte Auskünfte eingeholt. Hm. Es fragt sich nur – hm –, was wir mit Ihnen machen. Wir brauchen Sicherheiten.«

Jetzt erst erfaßte Hermann die ganze Schwere der Lage. Er sah Annas Gesicht, wenn er zurückkam und ihr sagte: die Bücher kommen nicht. Der Laden war gemietet, an den Wänden standen Regale, alles war bereit. Am Ersten sollte eröffnet werden. Er sagte: »Unsere Tochter verdient regelmäßig. Halten Sie sich an meine Tochter. Sie dürfen uns jetzt nicht im Stich lassen.«

Herr Rabe langte nach einem Ordner und begann darin zu blättern. »Wir haben es uns so gedacht«, sagte er. »Bringen Sie vom Arbeitgeber Ihrer Tochter die Bestätigung, daß er vierzig Mark ihres Gehalts monatlich an uns abführt. Verstehen Sie? Diese Sicherheit müssen wir haben. Dann bekommen Sie die Bücher.«

Hermann nickte. Er stand auf. Nachdenklich stieg er die Treppen hinunter. Er stellte sich vor, wie er mit Trude sprach: vierzig Mark von deinem Gehalt gehen für die Bücher weg. Nun hing es von ihr ab, sie konnte nein sagen oder ja. Er selbst war nichts, und Anna, Anna war seine Frau. Er war Handwerksmeister, hatte eine kleine Werkstatt. Früher, als Geselle, hatte er manchmal vor sich hin geträumt: selbständiger Tischlermeister will er einmal sein. Nun war er ein Nichts. Trude, die erwachsene Tochter, mußte für ihn bürgen.

Er kam bei Willy vorbei. Im Büro saß eine Kundin. Hermann nahm die Mütze ab und stellte sich an die Tür. Willy hatte beide Arme weit über den Tisch gelegt. Er hielt die Hände gefaltet und stützte den Kopf darauf. Die Frau sagte: »Wenn Sie klagen, entstehen unnötige Kosten. Haben Sie doch ein Einsehen, Herr Krüger!«

Willy lachte behäbig. »Wie stellen Sie sich das eigentlich vor, liebe Frau?«, sagte er. »Meinen Sie, ich hätte keine Verpflichtungen? Ich kann auch nicht zu meinen Gläubigern sagen: ich habe kein Geld. Da muß man eben irgendeinen Ausweg suchen.«

Die Frau strich ihr Haar hinter die Ohren zurück. Sie glättete ihr Kleid. Sie trug derbe braune Schuhe, die an den Hacken abgelaufen waren. Sie sagte weinerlich: »Was soll ich denn mit den paar Unterstützungsgroschen? Wenn mein Mann wieder arbeitet, sind Sie der erste, der sein Geld bekommt. Mein Mann kriegt ja Arbeit, er hat verschiedenes in Aussicht. Der mit seinen dreißig Jahren. Er muß doch arbeiten!«

Willy wischte sich den Schweiß von der Stirn. »Sie müssen mir wenigstens eine Rate bringen«, beharrte er. »Ich gebe Ihnen eine Frist von drei Tagen.« Er stand auf und ging in den Laden. Die Frau nahm ihren Einholekorb, wandte sich zum Ausgang und lächelte Hermann im Vorbeigehen schüchtern an.

Als sie draußen war, kam Willy ins Büro zurück. Er klopfte Hermann auf die Schulter. »Na?« sagte er breit grienend. »Die hätten wir hingekriegt. Wetten, daß sie morgen ihre Rate bringt? Die pumpt Gott und die Welt zusammen.« Hermann lachte höflich. Er blieb vor Willy stehen, breitbeinig, die Pfeife zwischen den Zähnen. Er sagte: »Du wirst den Laden schon schmeißen, Willy. Übrigens: Was macht denn das Geschäft? Merkt man ein bißchen den Herbst?«

Willy sah Hermann an, seine Augen blinzelten müde. »Keine Konjunktur. Nichts los. Alles eine Scheiße.«

Hermann pflichtete ihm eifrig bei. »Da hast du recht. Scheiße ist alles.«

Willy drehte sich um zum Tisch, nahm ein Buch in die Hand und begann, ein paar Zahlenkolonnen nachzurechnen. Zwischendurch sagte er: »Wie ist es denn, willst du keine Schränke für mich machen?«

Hermann sagte: »Ich habe immer noch zwei. Ich wollte sie in unseren Laden stellen. Aber wenn du sie willst …

»Behalte sie man lieber«, sagte Willy. »Weißt du, wieviel ich heute für einen Schrank bezahlt habe? Zwei Meter breit, Eiche, glatt, aber solche Arbeit, sage ich dir. Also, was glaubst du? Fünfundsechzig Mark! Fünfundsechzig Mark«, wiederholte er, »kaum zu glauben, wie?« Er stemmte die Hände in die Seiten und sah auf den Meister herab. Hermann schüttelte ungläubig den Kopf. Willy sagte: »Ich kann dir den Lieferschein zeigen. Ein kleiner Tischler aus Weißensee. Dem steht das Wasser bis zum Halse. Ja, einen Riecher muß man haben!«

»Das ist klar. Für solchen Preis kann unsereiner nicht verkaufen.«

Hermann ging zum Fenster und klopfte am Sims seine Pfeife aus. Dann kramte er seine Blechbüchse aus der Tasche, stellte sie auf den Tisch und holte den Tabak hervor. »Willy«, sagte er bedächtig, »ich komme eigentlich in einer anderen Sache.« Er machte eine Pause und sah Willy an. Der hatte sich zur Wand gedreht und polkte an seiner Nase. »Du hast doch für mich gebürgt«, sagte Hermann weiter. «Und nun, es ist ja lächerlich – die Leute da sind völlig verdreht. Sie wollen dich als Bürgen nicht anerkennen. Sie behaupten, daß du angeblich den Eid geleistet hast oder leisten sollst. Was sagst du bloß dazu?« Er lachte und schlug sich sogar auf die Schenkel dabei.

Willy sagte gleichmütig: »Vielleicht haben die Leute recht …«

Hermann stützte sich auf den Tisch. Es war ihm peinlich, manchmal verstand Willy keinen Spaß. Er wußte nicht, was er sagen sollte. Willy rieb sich die Hände, nickte und lachte breit über das ganze Gesicht. »Sei nicht so schwerfällig, Menschenskind! Also schön, wenn du's nun mal weißt: Ich habe Pleite gemacht, weil mir die Schulden bis zum Halse wuchsen. Jetzt habe ich mit meinen Gläubigern einen Vergleich geschlossen, sie bekommen vierzig Prozent in bar. Na ja, Bargeld lacht! Und ich bin die Schulden los.«

»So ist das. Aha.«

»Heutzutage muß man über Leichen gehen«, belehrte ihn Willy. »Wie machen's denn die anderen?«

»Ja, die machen es nicht besser.«

Hermann setzte die Mütze auf. Wie es seine Gewohnheit war, rückte er sie hin und her auf dem Hinterkopf, bis sie richtig saß. Dann reichte er Willy die Hand. Langsam schlenderte er durch den Laden auf den Ausgang zu. Wohnzimmer, Küchen und Kleinmöbel standen hier übereinandergestapelt. Da steckten Tausende drin. Solch ein Lager müßte man haben. Er selber fing mit zwei Schränken an. Anna meinte: alles kommt nach und nach. Später würden sie andere Möbel dazukaufen können. So war die Anna. Sie verlor nie die Hoffnung, spann immer neue Pläne.

An der Ecke wäre er fast mit Trude zusammengestoßen. Hermann bemerkte sie erst, als sie dicht vor ihm stand. Neben ihr war wieder der Herr Lange, Hermann nickte ihm zu. Trude fragte teilnehmend: »Na, was hast du erreicht? Mutter hat mir erzählt, daß du bei der Firma warst.« Hermann hängte die Daumen in die Jackentaschen. »Trude«, sagte er zögernd, »das ist eine verdammte Geschichte. Sie wollen von dir die Bestätigung, daß du jeden Monat vierzig Mark abzahlen wirst.«

Trude warf dem Hans Lange einen Blick zu. Sie erwiderte nichts. Hermann sagte nach einer Weile: »Es ist der einzige Ausweg, Trude. Sonst wollen sie überhaupt nicht liefern.«

Sie standen im Dreieck und blickten aneinander vorbei. Hermann hatte seinen kleinen Buckel. Hans starrte vor sich hin auf die Stiefelspitzen. Trude hielt die Hände über den Leib. Ihr weiter Mantel war offen, die dünne Bluse darunter flatterte leicht.

Hermann sagte endlich: »Na, auf Wiedersehen. Überleg dir das mal, Trude. Wie gesagt, wenn ich einen anderen Ausweg wüßte ...« Er schluckte. Die Worte blieben ihm in der Kehle stecken.

Trude blieb mit Hans zurück. Sie sagte: »Da hast du es. Immer kommt etwas Neues dazwischen. Als ob meine hundert Mark ein Vermögen wären!«

Hans drückte ihren Arm. »Es sind doch die Eltern, Trude. Das hilft nun mal nichts.«

»Wenn ich mir wenigstens von dem Laden was versprechen könnte. Das kann ja gar nicht gut gehen. Mit Schulden anfangen.«

Sie schlenderten langsam weiter. Hans ließ ihren Arm nicht mehr los. Sie gingen Schulter an Schulter. Trude trug die helle, billige Bluse, sie färbte etwas ab an dem Halsausschnitt. Rote Tupfer saßen verwischt auf ihrer weißen Haut.

»Wenn Vater bloß was anderes hätte«, fing sie nach einer Weile von neuem an. »Dieser kleine Pinscherbetrieb. Jetzt stehen wieder zwei Schränke da. Wer weiß, wann die verkauft werden. Und wenn man sie los wird, dann weit unterm Preis, und der Verdienst ist futsch. So geht das Jahr für Jahr. Aber die Eltern sehen das nicht. Sie hoffen immer noch auf ein Wunder.«

Hans erwiderte nichts. Er drückte nur immer wieder Trudes Arm. So glücklich war er, neben ihr einherzugehen. Wenn er hinuntersah, hatte er ihr kleines, schmales Gesicht vor Augen. Sie war nun nicht mehr geschminkt – das war lange vorbei. Ihre Lippen waren blaß, aber ihm erschienen sie verführerisch. Von ihren Mundwinkeln liefen zwei dünne Striche zum Kinn hinunter. Hans mußte an sich halten, um nicht auf offener Straße mit seinen Händen die Striche nachzuziehen. »Wir hoffen doch auch, Trude«, sagte er. »Ohne Hoffnung kann man nicht leben. Es fragt sich nur, worauf man seine Hoffnung setzt.«

»Auf ein Wunder – ich sag's ja.«

Hans nahm jetzt große Schritte, Trude trippelte neben ihm her. Er hatte seinen Arm wieder frei gemacht und zupfte die Jacke gerade.

»Deine Eltern«, sagte er, »werden auch noch dahinterkommen. Einmal müssen sie doch sehen, wer es gut mit ihnen meint. Die Nazis etwa?«

»Die Nazis!« Trude zuckte die Achseln. »Meine Eltern interessieren sich nicht für Politik.«

»Aber sie wollen doch heraus aus dem Dilemma – oder? Dann müssen sie sich entscheiden ...«

»Ja, für deine Kommunisten«, fiel Trude ihm ins Wort. »Bloß schade, daß die selber nichts haben.«

So war die Trude. Hans ließ die Schultern fallen. Immer hatten sie deswegen Streit miteinander. Einmal hatte sie sogar gesagt: »Für mich ist alles ohne Ausweg. Manchmal ist es so schlimm, dann möchte ich ins Wasser springen. Na ja, das tut man nicht. Aber ...« – Er würde ihr solche Gedanken noch austreiben müssen. Sie waren doch jung. Sie erlebten bestimmt noch eine andere Zeit. Für Hans war die neue Welt zum Greifen nahe. Eine Welt der sozialen Gerechtigkeit. Bloß, solche Welt fiel einem nicht kampflos in den Schoß, das sagte er Trude wieder und wieder. Aber sie lachte ihn nur aus.

Sie bogen in Trudes Straße ein. Es war bereits dämmrig, hier und da wurde hinter den Schaufenstern Licht gemacht. Vor ihrem Haus blieb Trude stehen. »Ich möchte hinauf, Hans. Du weißt, ich bin jetzt dauernd müde.« Sie drehte sich schon um. Hans sah ihr lange nach. Er hätte ihr noch viel zu sagen gehabt. Er wollte ihr auch Bücher empfehlen. Bücher, die sie unbedingt lesen mußte ... Aber jetzt hatte sie wohl andere Dinge im Kopf.

Trude stieg langsam die Treppen hinauf. Die Eltern hockten in der Küche. Die Mutter fragte gleich: »Was sagst du dazu, Trude? Ist das nicht eine schreckliche Firma? Erst versprechen sie das Blaue vom Himmel herunter, und jetzt ...«

Trude setzte sich an den Küchentisch. Hermann sagte: »Hauptsache, wir bekommen die Bücher endlich. Hilft doch alles nichts. Man muß ja doch immer klein beigeben.« Er beugte sich zu seiner Tochter hinüber. »Hast dir inzwischen alles gut überlegt?«

»Wenn ich die vierzig Mark geben soll«, sagte Trude, »bleibt mir fast nichts vom Gehalt.«

Anna legte Brot und Messer auf den Tisch zurück. »Du sollst doch das Geld nicht hergeben, Kind!« sagte sie. »Das ist doch alles bloß pro forma. Natürlich bezahlen wir die Raten selbst.«

»Und wenn ihr das Geld nicht habt?«

Anna verschlug es fast die Sprache. »Der Laden wird doch wenigstens so viel abwerfen«, sagte sie endlich, »daß wir die Raten bezahlen können. Nein, selbstverständlich bezahlen wir die Bücher selbst.«

Trude kaute unlustig. Sie biß winzige Happen von der Schnitte ab. Das zweite Stück Brot schob sie wie angewidert zurück. Sie stand auf und ging zur Tür. Die Mutter folgte ihr mit den Blicken. »Ich weiß nicht«, sagte sie langsam, »irgend etwas ist los mit dir. Du bist ganz anders in letzter Zeit. Ich möchte rauskriegen, was du hast.«

»Ach was, ich habe keinen Appetit, das ist alles.«

Anna legte die Schnitte in die Brottrommel zurück. »Kann der Junge futtern«, sagte sie. Trude ging ins

Wohnzimmer, zu ihrer Couch. Es war eigentlich viel zu früh, um sich schon niederzulegen, aber sie war müde, der Kopf tat ihr weh. Langsam zog sie ihre Kleider aus, umfaßte mit beiden Händen den starken Leib und legte sich behutsam nieder. Lang ausgestreckt lag sie auf dem Rücken da. Allerlei Gedanken kamen auf sie zu. Trude schloß die Augen. Vom Hof her kamen laute Stimmen zu ihr herauf; Frauen, die plärrend lamentierten. In der Küche klapperten die Teller, die Mutter wusch wohl noch ab.

Allmählich schlief Trude ein, aber die Gedanken ließen ihr keine Ruhe. Auf einmal war ein weites leeres Zimmer da. Eine zahnlose Alte erhob sich, kam mit hageren Beinen auf Trude zu. »Willst du dein Kind haben?« fragte sie. Sie schwankte zurück, jetzt waren ihre Beine dünn wie Roggenhalme. Gleich Spinnweben bewegten sie sich hin und her. Die Alte trat an einen großen Kübel. Mit raschelnden Händen zog sie einige Dinge ans Tageslicht: einen Radiergummi, ein paar Bananen, eine Schuhsohle, zwei Paar Socken und einen Haufen Knochen. Sie warf alles achtlos auf den Boden, so daß die Knochen gegeneinanderklapperten. Plötzlich hielt die Alte ein Bündel im Arm. »War es gleich tot?« fragte Trude beklommen. »Nein, es hat eine Stunde gelebt«, sagte die Hexe hämisch.

Alles fiel jetzt wieder zurück in den Korb. Das Bündel zuerst. Trude schlug die Augen auf. Sie war schweißbedeckt, aber sie fror. Das Bettzeug war zu Boden geglitten. Sie hob es auf und wickelte sich wieder ein. Nebenan schliefen die Eltern inzwischen, Trude hörte ihre Atemzüge durch die Wand hindurch. Sie legte sich auf die Seite und zog die Knie an. Allmählich fiel sie erneut in Schlaf. Aber mitten in der Nacht fuhr sie wieder auf. Sie hatte geträumt, daß sie ein Mädchen bekommen hatte. Mädchen – die haben es schwer im Leben. Dennoch lachte sie leise. Ihr war auf einmal ganz leicht und froh. Ihr Kind sollte leben, egal, ob es ein Junge oder ein Mädchen war.

15

Der Junge wollte auf Großfahrt. Er stand fertig zum Abmarsch vor den Eltern. Er trug das grüne Hemd und die kurzen Hosen. Der Affe saß auf dem Rücken. Anna tupfte noch ein paar Fusseln weg. »Führst du nun die Gruppe«, fragte sie, »oder ist Gustl dabei?«

»Ich führe. Wir treffen uns Bahnhof Friedrichstraße.«

Er ging mit großen Schritten die Straße hinunter, blickte nicht einmal zurück, obwohl er wußte, daß die Eltern am Fenster standen. Rasch bog er um die Ecke, gerade kam dort drüben die Straßenbahn. Er fuhr bis Jannowitzbrücke, ging dann hinüber zur Köpenicker, wo Laster hinter Laster wartete. Mogli ging die Wagenreihe entlang und buchstabierte die Schilder: Elberfeld, Essen, München, Hannover. Vor ihm schwang sich ein breiter Chauffeur auf den Sitz. Die Mütze saß ihm im Genick, seine Stiefel waren bis oben hin mit Dreck bespritzt.

»Kann ich vielleicht mitfahren?« fragte der Junge.

Der Fahrer blickte sich um. Er hatte lustige Augen. »Wohin willst du denn?« fragte er.

»Ist mir ganz egal.«

Der Mann zeigte nach vorn auf das Schild. *Genehmigter Güterverkehr Hamburg* stand darauf. Mogli sah sich den Wagen an, ein riesengroßer Bus mit Anhänger. Er lachte. »Von mir aus auch genehmigt.« Er kletterte auf den Sitz.

»Hast du irgend'nen Ausweis?«

Mogli kramte seinen Schein hervor. Er nahm den Affen ab und legte ihn vor sich auf den Boden. Nun war er eingerichtet. Der Fahrer fragte: »Gehst wohl auf Walze, was? Haste schon ausgelernt?«

»Ich fahre bloß die Ferien über. Per Anhalter, kippern. Egal, wohin. Eigentlich wollte ich nach München runter, aber von Hamburg aus kann man nach Schleswig, vielleicht an die Nordsee. Die kenne ich noch gar nicht.«

Der Fahrer nickte. Er zog seine Mütze über die Stirn und spreizte die Beine weit. Behutsam lenkte er den Wagen aus der Autoreihe. Mogli betrachtete die vielen Hebel. Einige kannte er schon. Gasgeben war ja leicht. Auch bremsen, in den nächsthöheren Gang einschalten. Eigentlich war alles ein Kinderspiel. Er malte sich aus, wie es wäre, wenn er den schweren Wagen durch die Stadt bugsieren müßte. Er würde anders aufdrehen. Immer scharf an den roten Ampeln vorbei.

Die Chaussee machte sich langsam von den Häusern frei. Spärliche Bäume säumten jetzt die Ränder der Straße. Der Wagen wischte an Dörfern vorbei, Flecken, die mitten in der Wiese lagen. Hin und wieder winkten ein paar Leute, die gleichfalls mitfahren wollten. Der Fahrer beugte sich zu dem Jungen hinüber. »Wir nehmen keinen mehr auf, was? Det wird hier zu enge!« brüllte er durch den Lärm. Mogli hielt seine Hände an die Ohren, er nickte. Der Wind pfiff kalt, es war doch nicht mehr Sommer.

»Wo sind wir'n jetzt ungefähr?« fragte er.

Der Fahrer blickte starr geradeaus, er hatte nichts gehört. Er hielt mit beiden Händen das Steuer. Der Wagen gluckste und ratterte über die Holpersteine. Plötzlich gab es einen Knall, der Anhänger schlingerte hinter dem Triebwagen her. Mogli klammerte sich an den Sitz. Der Fahrer nahm Gas weg und zog die Vierradbremse. Schwerfällig bequemte er sich abzusteigen.

»Verfluchter Mist! Plattbeene!«

Auch Mogli war abgesprungen. Er stellte sich vor die

Scheinwerfer und spiegelte sich in dem Glas. Er bekam einen runden Bauch und zentimeterhohe Beine. Aber er konnte wenigstens den Scheitel geradeziehen. Er warf den Widerhaken zurück. Der Chauffeur bastelte am Reifen. Er holte den Wagenheber und drehte die Radschrauben los. Er brummelte vor sich hin, die Mütze saß ihm im Genick.

»Der Reifen ist hin. Neuen her!«

Gemeinsam spannten sie den Reifen über. Der Fahrer holte zwischen dem Handwerkszeug die Pumpe hervor. »Ja, das is nu nicht anders. Müssen den Ballonreifen mit der Hand aufpumpen. Mal sehen, daß wir seine sechs Atmosphären hinbekommen.«

Der Junge hatte die Ärmel aufgekrempelt, er pumpte aus aller Kraft, der Schweiß trat ihm auf die Stirn. Langsam wuchs der Reifen an. Dann löste ihn der Fahrer ab. Langsam wurde der Reifen rund und satt. Der Chauffeur schob die Mütze in die Stirn. »Na, denn man weiter!« Und er fing wieder an.

Es wurde schon dunkel, der Fahrer schaltete die Lampen ein. Der Junge döste in seiner Ecke. In einem kleinen Dorf hielt der Fahrer auf einmal an, er rüttelte den Jungen an den Schultern: »Trinkste 'ne Molle mit?«

»Nein, vielen Dank auch«, sagte Mogli, »ich muß heute noch weiter.« Er sprang vom Wagen.

Er ging geradeaus, nahm lange Schritte. Die Chaussee schimmerte blaß. Rechts und links erhob sich der Wald. Die Luft roch kühl. Einige Autos schwirrten vorbei. Mogli winkte, aber kein Wagen hielt. Sie sausten an ihm vorüber, das Licht der Scheinwerfer tanzte zwischen den Bäumen. In kleinen Windungen lief der Weg. Mogli ging mitten auf der Straße, er pfiff sich ein Lied: *Wohlauf, Kameraden, aufs Pferd, aufs Pferd.* So ging er einige Zeit, Stunden vielleicht oder nur Minuten. Er besaß keine Uhr. Er wußte auch nicht, wo er sich befand, Karte und Kompaß steckten unten im Affen. Aber er mochte sie nicht hervorkramen, er wollte keinen Aufenthalt. Er ging und pfiff. Ein anderes Lied kam ihm in den Sinn: *Wir sind des Geyers schwarze Haufen.* Als es zu Ende war, fing er wieder das erste an. Er riß den Mund auseinander und sang schallend vor sich hin. Die Füße stießen unter ihm die Erde zurück, sie liefen wie von selbst.

Wieder überholte ihn ein Auto. Am Steuer saß eine Frau in einem wunderbar hellen Kostüm. Mogli winkte – aber die Frau gab Gas und flog wie ein Traum an ihm vorbei. Wieder wurde es finster. Mogli setzte sich an den Chausseegraben, er nahm den Affen ab. Er stellte auch die Taschenlampe neben sich. Ein matter gelber Schein. In seiner Jackentasche hatte er den Bleistift verstaut und die vorrätigen Postkarten. Er zog eine hervor und schrieb: »Liebes Lieschen! Ich denke gerade an Dich, obgleich Du jetzt sehr weit weg bist von mir. Du, es macht ungeheuren Spaß, eine Gruppe zu führen, Du müßtest dabeisein. Natürlich ist die Verantwortung sehr groß. Man kann auch nicht einfach machen, was man selber will. Für einen Führer kommt zuallererst die Pflicht, die er den anderen gegenüber hat. Soviel für heute. Es grüßt Dich Dein Freund Mogli.«

Im nächsten Ort löste er eine Fahrkarte für eine Mark und stieg in den ersten besten Zug. Überall waren die Fenster verhängt. Den Kopf gegen die hölzerne Rückwand gelehnt, schliefen die meisten Reisenden fest. In einem Abteil saß nur ein alter Herr. Erst als Mogli sich in seine Ecke kuschelte, bemerkte er, daß in der Ecke gegenüber noch ein junges Mädchen saß. Er knüllte seine Jacke zusammen und schob sie sich unter den Kopf. Er war todmüde und versuchte, gleich einzuschlafen. Der Zug fuhr langsam los, es dauerte eine Ewigkeit, bis er auf Touren kam.

Der alte Herr hatte einen Hustenanfall. Er zog die

Beine an und rieb die Hände aneinander. Das Mädchen hatte ganz wache Augen. Mogli fiel es jetzt erst auf, daß sie dasaß und gar nicht schläfrig war. Er nahm seine Jacke weg, glättete sie und hängte sie an den Haken. Der Mann von gegenüber sagte: »Finden Sie nicht, daß es furchtbar zieht? Sind denn die Fenster zu?«

Mogli sprang auf. Er trat ans Fenster und schob den Vorhang beiseite. Kräftig zog er an dem Gurt, dann legte er den Stoff wieder übereinander: es war alles fest verschlossen. Der Mann kroch in seine Ecke zurück. Er verschränkte fröstelnd die Arme und schloß die Augen wieder. Mogli saß ruhig auf seinem Platz. Seine bloßen Knie waren an vielen Stellen aufgeschlagen, hier und da hing ein Fetzchen Haut. Das Mädchen las in einem dicken Buch. Zuweilen blickte sie auf und starrte in die Luft. Ihre Augen waren sehr dunkel, streng lag das Haar zu beiden Seiten am Ohr. Plötzlich löste sich eine Strähne und fiel nach vorn. Mogli kniff die Augen zusammen, er hätte gern den Titel entziffert, aber die Buchstaben waren zu verschnörkelt. Der Mann rückte wieder unruhig auf seiner Bank herum. Er legte ein Bein über das andere, nahm es gleich wieder herunter und stemmte beide Füße gegen die Querleiste. Das Mädchen schüttelte langsam den Kopf. Sie blickte zu Mogli hin und lächelte leicht. Dann wandte sie sich wieder der Lektüre zu. Der Mann sagte nörgelnd: »Es zieht wie Hechtsuppe. Ich kriege bestimmt die Gicht.«

Mogli erwiderte den Blick des Mädchens. Auch seine Augen lachten. Er nahm seine Jacke wieder vom Haken herunter und hängte sie vors Fenster. Leider fand er dort keinen Haken. Das Mädchen legte das Buch auf die Knie und sah genau zu, wie Mogli die Jacke zwischen die Ritzen klemmte. Der alte Herr sagte grämlich: »Das wird nicht gehen, junger Mann.« Wirklich fiel die Jacke wieder auf den Boden. Das Mädchen lachte laut auf. Mogli bückte sich nach der Jacke und warf sie wieder über das Fenster. Diesmal klemmte er nur eine Ecke fest, riß dann sein Taschenmesser aus dem Affen, durchbohrte damit den Stoff und stieß es ein Stück in die Wand. Nun war ein fester schwerer Vorhang vorm Fenster.

Mogli setzte sich wieder. Er blickte gleichgültig vor sich hin, auf das Schild *Im Interesse der öffentlichen Gesundheitspflege* ... Der alte Mann war inzwischen wieder eingenickt. Das Mädchen blickte Mogli jetzt unverwandt an. Mochte sie gucken, vorhin hatte sie laut gelacht. Mogli schloß halb die Augen. Eine Weile hielt der Zug, ruckte dann wieder an, gleichmäßig ratterte er durch die Nacht. Das Mädchen lehnte den Kopf gegen das harte Holz. Mogli dachte daran, daß er noch den Pullover im Affen hatte. Er könnte ihn dem Mädchen geben, damit sie es weicher hatte. Aber er rührte sich nicht. Was gingen ihn fremde Menschen an.

Der Herr von gegenüber wachte wieder auf. Er hob seine Hosenbeine an und rieb sich die Waden. »Ich weiß nicht«, sagte er, »es wird hier immer kälter. Meine Füße sind richtige Eisklumpen.«

»Das ist ganz natürlich«, erwiderte Mogli. »Durch den Vorhang wird jetzt die kalte Luft nach unten gedrängt, weil sie schwerer ist. Da müssen Sie ja kalte Füße bekommen.«

Der Herr wickelte sich fest in seinen Mantel. »Eine gräßliche Fahrerei«, räsonierte er. »Kann man nicht wenigstens die Lampe zuziehen? Es schläft sich so besser.«

Mogli kletterte auf die Bank. Er verdunkelte eine Seite der Lampe, einen Halbmond ließ er stehen. Dann trat er ans Fenster, zog den Vorhang etwas zurück und preßte das Gesicht gegen die Scheibe. Das Mädchen stand plötzlich dicht hinter ihm. »Sie wissen ja allerhand«, sagte es anerkennend.

»Wieso?«

»Ich meine«, sagte sie weiter, »Sie sind so geschickt. Das mit der Jacke hat mir sehr gut gefallen.«

Mogli sagte mit tiefer Stimme: »Das war weiter nichts.« Sie sollte wirklich nicht denken, er machte sich wer weiß was aus ihrem Lob.

Sie blieb aber neben ihm stehen. Mit einer Hand hielt sie sich, über seinen Kopf hinweg, am Fensterrahmen fest. Mogli stand, ohne sich zu rühren. Er blickte starr geradeaus, obwohl da draußen nichts zu sehen war.

»Fahren Sie noch weiter?« fragte sie wieder.

Mogli zuckte mit der Schulter. »Das ist nicht genau raus. Ich fahre, solange ich will.«

»Aber müssen Sie denn nicht an einen bestimmten Ort?«

»Nein«, sagte er, »ich bleibe da, wo es mir Spaß macht.«

»Aber die Nacht über müssen Sie fahren«, sagte das Mädchen. »Im Dunkeln werden Sie ja wohl nicht aussteigen wollen.«

Mogli drehte sich um, jetzt konnten sie einander gerade in die Augen sehen. Er sagte: »Es ist sehr schön, nachts zu laufen.«

»Ja?« fragte sie wie erstaunt. Sie lehnte sich wieder gegen das Fenster, blickte mit wachen Augen hinaus. Mogli griff nach dem Buch, das noch immer auf der Bank lag. Vorn auf der ersten Seite stand zittrig und klein: *Unserer lieben Cordula zum zwanzigsten Geburtstag.* »Sie sind schon zwanzig?« fragte er ganz erschrocken.

Sie lachte. Die Haarsträhne kam wieder hinter dem einen Ohr hervor. »Viel älter. Ich bin schon fünfundzwanzig.«

»So sehen Sie nicht aus.« Nach einer Weile fügte er noch hinzu: »Aber Cordula gefällt mir. Ein schöner Name. Andere heißen zum Beispiel Lieschen.«

»Dafür kann man ja nicht«, erwiderte sie. »Ich sollte erst Monika heißen.«

Wieder starrten sie beide stumm zum Fenster hinaus. Eine matte Dämmerung lag schon auf den Feldern. Manchmal zog ein Streifen Wald vorbei, dann wurde es sofort wieder finster, kein Baum war zu erkennen. Cordula knickte leicht in den Knien ein, sie stützte sich auf das Fenstersims.

»Wollen Sie sich vielleicht setzen?« fragte Mogli heiser. »Sie können sich an mich lehnen.«

Er kroch wieder in seine Ecke. Cordula streckte sich auf der Bank aus, ihr Kopf lag fest auf Moglis Arm. Sie hielt die Augen geschlossen, und Mogli sah, wie ihre feinen weißen Lider unruhig zuckten. Er hob die Hand und strich damit leicht über ihr weiches Haar. Nach einer Weile tastete er sich höher, bis er die Kopfhaut spürte. Vorsichtig hob er eine Strähne an und bettete sie auf eine andere. Drei dünne Flechten knüpfte er so zusammen.

Cordula wischte sich über die Stirn. Dann streckte sie sich und legte die Arme lang an den Körper. Sie hatte winzige Hände, ein schmales Handgelenk. Mogli verstand nichts von solchen Dingen, nie hatte er ein Mädchen angeguckt. Gegenüber saß der frierende Herr. Er öffnete die Augen und schloß sie gleich wieder. Der Zug hielt und fuhr an, keiner stieg zu mitten in der Nacht. Die halbverhängte Lampe malte einen abnehmenden Mond an die Wand.

Cordula zog die Beine an. Sie setzte sich ein wenig auf und drehte sich um. Nun lag sie fest auf Moglis Knien. Er wagte kaum zu atmen. Er stützte die Arme auf. Wieder sah er auf das stramm zurückgehaltene Haar, in dem am Hinterkopf eine Spange steckte. Die Ohren waren klein und durchsichtig. Mogli ging mit den Augen allen Windungen nach, bis er nicht weiterkam. Jetzt bewegte sich das Mädchen, ihre dunklen Augen sahen ihn an. Mogli wandte den Kopf ab. »Schlafen Sie lieber«, sagte er fast barsch. Cordula sagte: »Schön, daß Sie noch nicht aussteigen müssen.« Sie richtete sich wieder bequem auf seinen Knien ein.

Der Herr gegenüber fuhr aus dem Schlaf, nickte aber sofort wieder ein. Auch Mogli schloß die Augen, während sich seine Hände auf einmal selbständig machten. Sie lösten sich von der Bank und krochen an den Armen des Mädchens hinauf. Jetzt lagen sie auf der Schulter, strichen hinunter bis zum Ellenbogen, lagen dann wieder auf dem Handgelenk. Sie gingen den Linien der Finger nach. Ja, nun blieben auch diese Finger durchaus nicht bewegungslos, sie packten Moglis Hände, drückten und rieben sie. Sie spreizten sich und kuschelten sich in die große, kräftige Hand, jeder Finger suchte nach dem besten Platz.

Draußen kam langsam die Sonne vor. Sie machte den Vorhang hell und durchsichtig. Cordula richtete sich auf, strich ihr Haar zurück. Auch der Herr gegenüber rekelte sich. Er sagte verschlafen: »Ist wohl schon sieben, was?«

»Ja, sieben Uhr wird es sein«, sagte das Mädchen in einem Ton, als sei nichts geschehen. Die Sonne verschwand wieder. Grau und schläfrig wurde der Raum. Der Vorhang hatte große Flecken. Mogli stieg auf die Bank und zog das Tuch von der Lampe. Das Licht stritt mit dem dünnen Morgen. Mogli sagte leise: »Ich steige jetzt aus.«

Cordula blickte vor sich hin. Ihre kleinen, bekannten Hände lagen still nebeneinander. »Wohin wollen Sie denn jetzt?« fragte sie.

»Tippeln. Man sieht ja nichts, wenn man dauernd fährt.«

»Ach so, das ist wahr.«

Mogli hob den Affen aus dem Gepäcknetz. Dann löste er den Vorhang vom Fenster. Er schob das Messer in die Scheide und hängte es an seinen Gürtel. Die Jacke hatte ein klaffendes Loch. »Ich würde gern einen Flicken daraufsetzen«, sagte Cordula. »Ist doch schade um die Jacke.«

»Ach, das ist nicht so schlimm.«

Der Mann in der Ecke reckte sich. Er trat zum Fenster und wischte mit dem Handrücken die Scheibe blank. Cordula sagte zu Mogli: »Kannst du nicht wenigstens auf den Schienen laufen – dem Zug hinterher?«

Mogli drehte sich um, er starrte das Mädchen an. Sie hatte du gesagt, einfach so. Er warf die Haare nach hinten, seine Augen waren ganz blank. »Natürlich«, sagte er überlaut. »Warum nicht?«

Der Herr trat vom Fenster weg und blickte kurzsichtig auf den Jungen. Er putzte sich lärmend die Nase.

»Wenn es Ihnen Freude macht«, sagte Mogli zu dem Mädchen, »ich kann auf den Schienen laufen. Vielleicht nimmt mich auch irgendein Auto mit. Dann würde ich den Zug nicht aus den Augen verlieren.«

Cordula sagte zögernd: »Ich könnte auch mit dir aussteigen. Ich brauche erst morgen anzukommen.«

Mogli breitete eifrig die Karte aus. Er fuhr mit den Fingern die Strecke ab und berechnete die Kilometerzahl. Seine Lippen bewegten sich dabei. Nach einer Weile sagte er: »Es sind vierzig Kilometer – die müßte man schaffen. Wir haben doch einen Tag und eine Nacht.«

»Wir wollen aber nachts wandern«, sagte Cordula. »Und am Tage, wenn es etwas wärmer ist, schlafen wir. Manchmal ist es noch schön warm jetzt.«

»Man kann auch im Heu schlafen«, schlug Mogli vor.

»Nein, lieber nachts laufen. Ich glaube, es ist sogar Vollmond.«

»Nein, Halbmond ist's.«

»Und am Tage muß es ganz hell sein. So daß man gleich guter Laune ist.«

»Ich bin guter Laune«, beteuerte er.

Plötzlich verließ sie der Mut. »Nein«, sagte sie leise, »es wird doch nichts draus. Ich habe gerade noch das Fahrgeld bezahlen können. Weiter habe ich nichts.«

Mogli schnippte mit dem Finger: wenn es weiter nichts war ...! Er legte sich wieder auf die Bank, stützte die Arme auf und lag auf dem Bauch, als wäre er draußen im Gras. »Das ist das wenigste«, sagte er. »Was meinen Sie, wie wir manchmal auf Fahrt gehungert haben. Einmal waren wir acht Jungen. Keiner hatte einen Sechser. Fahrtenkasse leer. Morgens krochen wir in irgend so' n christliches Hospiz, erzählten von unserem Kohldampf und noch allerlei. Manche von uns sind groß darin, Geschichten zu erfinden. Na, die fromme Dame sagt, wir sollen gegen Mittag wiederkommen. Das kennt man allmählich. Mittags heißt es, man soll lieber abends kommen. Wir sehen uns also noch woanders um und werden ganz schön satt. Natürlich gingen wir auf alle Fälle auch noch ins Hospiz. Da war vielleicht eine Tafel für uns aufgefahren! Das hätte für dreißig von uns gereicht. Die fromme Dame sprach das Tischgebet, und dann sollten wir einhauen. Kein Krümel durfte übrigbleiben. Und kaum war der letzte Rest weggeputzt, da wurde dem Jüngsten von uns schlecht, und er kotzte alles aus. Das war vielleicht peinlich! Wir haben dann wieder irgendwas erfinden müssen: überhungert und so. Das Dumme war bloß, daß er nun leer war und gleich wieder Hunger hatte.«

Cordula lachte. Mogli setzte noch hinzu: »Ich wollte bloß sagen, daß man auch schnorren könnte. Manchmal kommt man in ein Dorf, und alle scheinen hier guter Laune zu sein. Glück muß man haben.«

Cordula verzog den Mund. »Das ist auch nichts, von den Launen abhängig zu sein.«

»Ach, so schlimm ist es nicht. Ich könnte auch Rüben für Sie ernten. Sie stehen überall zwischen dem Unkraut. So lange, lappige Blätter, wie Eselsohren.«

Der Mann gegenüber sperrte jetzt die Augen auf, unverwandt blickte er zu den beiden hin. Cordula setzte sich wieder. »Ich fahre doch lieber weiter«, sagte sie. »Weißt du, mein Freund wohnt da, wo ich hin will.«

»Ach so«, sagte Mogli. Er warf den Affen über den Rücken. Er schüttelte sein Haar zurück und blickte Cordula an. Ihre kleinen Hände nestelten an dem Rock. Ihre Augen waren sehr dunkel, stramm lag das Haar hinterm Ohr. Der Mann gegenüber zog ein Taschentuch mit blauem, verwaschenem Rand hervor. Der Junge verharrte noch etwas. Den einen Fuß hatte er vorgestellt, die Hände klammerten sich an den Rucksackriemen. Plötzlich hielt der Zug an. Mogli sprang ab, ohne noch etwas zu sagen, und als er sich nach einer Weile umwandte, lehnte sich der ältere Herr von der Ecke gegenüber weit aus dem Fenster. Hinter ihm war Cordulas Gesicht, sehr klein und blaß.

16

Anna war allein im Laden. Sie trat an die Regale und ordnete Bücher ein. Einige stellte sie mit der Titelseite nach vorn, so daß sie in dem Fach mehr Platz einnahmen. Die Regale waren nur spärlich belegt, überall klafften große Lücken.

Eine Leserin kam herein. Sie legte zwei Bücher auf den Ladentisch. »Geben Sie mir was Schönes«, verlangte sie, »von Liebe und so.« Anna reichte ihr ein Buch hinüber. »Das lesen Sie mal, das ist richtig aus dem Leben.«

Die Frau blätterte mißtrauisch ein paar Seiten um. »Wovon handelt sich 'n das?«

»Das ist von einem Angestellten, der immer mehr herunterkommt. Großartig geschrieben.«

»Nee, nee, schlecht geht es uns alleene.« Die Frau schob das Buch zurück. »Ich lese gern von Grafens und so. Das haben Sie wohl nicht?« Sie blickte sich um. »Sehr viel Auswahl ist hier ja nicht.«

Anna trat an das andere Regal, wählte ein Buch. »Hier, *Arme Agnes.* Ein Findelkind, das von einfachen Leuten adoptiert wird. Später stellt sich heraus, daß das Kind von vornehmen Eltern ist.«

»Au ja, fein. – Das kostet?«

»Zwei Stück fünfundzwanzig.«

»Dann geben Sie noch 'nen Krimi.«

Als die Frau weg war, reihte Anna die zurückgebrachten Bücher ein. Dann stellte sie sich in die Ladentür. Die Kellerluke ging auf. Hermann kam die Stiege heraufgeklettert.

»War jemand da wegen des Schreibschrankes?«

»Ach wo. Eine Buchkundin.«

Er ließ die Luke wieder zuklappen. Nach einer Weile hörte sie ihn unten hämmern. Anna ging in die Küche, um nach dem Essen zu sehen. Dann setzte sie sich wieder hinter den Ladentisch. Fünfzig Pfennig hatte sie bis jetzt eingenommen, heute wollte das Geschäft wieder gar nicht gehen. Sie griff nach ihrem Buch, um ein wenig zu lesen. Eine Kundin kam, eine Frau mit stark vorstehendem Bauch. Sie sagte schon von der Tür her: »Das war ja großartig, dieses Buch. Sie können sich nicht denken, wie ich dabei geheult habe. Haben Sie noch so was Trauriges?«

Anna nahm ein Buch aus dem Regal. »Hier, das müssen Sie lesen, das ist was für Sie.«

Die Frau schlug die letzte Seite auf und überflog den

Schluß. Gleichzeitig legte sie das Geld auf den Tisch. Sie sagte: »Es ist zu schön, wenn man liest, daß andere Leute auch ihre Sorgen haben. Da kommt man von dem eigenen Kram ein bißchen los.«

Sie ging. Die Kellerluke öffnete sich, Hermann stieg herauf. Er sah Anna ins Gesicht. Dann lehnte er sich mit dem Rücken gegen den Tisch und kramte die Pfeife hervor. Anna sagte: »Das ist ein Geschäft heute! Jetzt, nachmittags gegen vier, die dritte Kundin.«

»Ist ja noch nicht sieben. Wird schon noch was kommen.«

»Also gut, soll ich noch ein, zwei Mark einnehmen heute. Aber mehr als sechzig, höchstens siebzig Mark sind aus dem Laden nicht rauszuholen im Monat. Wir haben zuwenig Bücher.«

Hermann paffte dicke Rauchwolken vor sich hin. »Man müßte jeden Monat mindestens für zwanzig Mark Neuerscheinungen kaufen können«, sagte Anna. »Diese Bücher hier sind ja alles Ladenhüter. Die Menschen sind viel belesener, als man denkt.«

»Ja, Kino ist teurer, und man hat weniger davon. Lesen ist immer noch das billigste.«

Sie standen beide am Ladentisch. Dann drehte sich Anna wieder zu den Regalen um und rückte ein paar Bücher zurecht. »Stell dir vor«, sagte sie zu Hermann, »wenn hier alles voller Bücher stände. Ich würde schon Schwung in den Laden bringen. Aber das ist es ja eben, man kann sich nicht rühren. Nicht mal die Rate für die Firma werden wir zusammenbekommen.«

»Man hatte sich das mit den Möbeln anders gedacht,« sagte auch Hermann. »Es kommt ja keine Menschenseele.«

»Nicht mal nachfragen tut einer.«

Hermann ging in die Küche und klopfte am Herd seine Pfeife aus. Dann kam er zurück und klappte die Falltür zum Keller auf. Er stieg wieder die Leiter hinunter. Nun stand er in seiner kleinen Werkstatt. In einer Ecke lagen noch die letzten paar Bretter. Die beiden Bänke waren blank gefegt, der Leimofen war kalt. Die Zwingen hingen, sauber der Größe nach aufgereiht, im Werkzeugkasten; keine einzige fehlte. Nutzlos standen die Furnierböcke herum. Der Meister hob ein Brett, das von den Schränken übriggeblieben war, vom Boden auf und spannte es in die Bank. Er nahm den Hobel und schabte die Kanten glatt. Seine Muskeln bewegten sich dabei auf und ab. Kurze Späne rieselten auf die Erde. Oben ging wieder die Ladentür. Hermann hielt in der Arbeit inne und lauschte. Er stemmte die Hände in die Taschen, sein Kopf lag im Genick. Er hörte Annas helle Stimme. Sie sagte ganz deutlich: »Der wird doch viel gelesen. Da haben Sie einen eigentümlichen Geschmack ...«

Hermann trat wieder an seine Bank zurück. Er strich mit den Fingern über das Brett. Dann spannte er es aus, lehnte es gegen die Böcke. Er schaltete den Motor ein, hörte eine Weile auf sein eintöniges Brummen und stellte ihn wieder ab.

Die Luke ging auf. »Hast du viel zu tun, Hermann?« fragte Anna hinunter. »Komm doch einen Augenblick in den Laden, ich muß zum Fleischer gehen.«

Hermann stieg auf die Leiter. Er sagte mürrisch: »Das richte dir gefälligst anders ein. Laß dir von den Kindern helfen. Ich mache keine Weiberarbeit.«

Anna stemmte die Hände in die Hüften. »Was ist denn in dich gefahren?«

»Ich will dir bloß sagen, daß ich Weiberarbeit nicht tue. Vorläufig habe ich noch die Werkstatt. Da gibt es genug zu pusseln.«

Anna rannte hinaus. Hermann stellte sich in den Türrahmen, aber er ging gleich wieder zurück, er fror. Er trat zu den Schränken und klopfte mit den Fingern gegen die Rückwand. Extra gute Sperrplatten hatte er ausgewählt. Die Seiten waren massiv, die Türen gut verschließbar, es gab nichts auszusetzen. Anna kam schon zurück. Sie trug das Fleisch in die Küche, dann stand sie wieder im Laden. Sie sagte: »Was arbeitest du eigentlich da unten? Ich habe mir gerade überlegt – du hast doch jetzt gar nichts.«

»Es gibt alles mögliche. Da steck du dich mal nicht dazwischen.«

»Entschuldige bloß! Jedenfalls hast du doch gar kein Material.«

Hermann ging auf und ab, blieb schließlich vor Anna stehen. Er nahm die Pfeife aus dem Mund, steckte sie dann sorgfältig in eine Zahnlücke. Er sagte: »Du würdest wohl am liebsten sehen, wenn ich stempeln ginge. Paar Piepen nach Hause bringen wie die anderen alle. Ich sage dir, ich schneide wieder meine Schränke zu. Irgend jemand wird mir schon das Holz dafür geben. Mal wird man die Dinger auch los. Ich verdiene weiter, das sage ich dir. Ist ja ekelhaft, immer abhängig zu sein. Ist ja ekelhaft.«

Er stieg in den Keller. Anna blieb zurück. Sie ließ die Tür zum Laden offen und setzte den Topf mit dem Fleisch aufs Feuer. Gerade wollte sie anfangen, die Kartoffeln zu schälen, da kam wieder eine Kundin. Die alte Frau Mertens war es. Anna wischte ihre Hände an der Schürze ab. Sie sagte freundlich: »Das haben Sie aber schnell ausgelesen! Waren ja nur knappe zwei Tage.«

»Ja, wissen Sie, ich stricke dabei meine Strümpfe und lese Seite um Seite. Das flutscht man so.«

»Daß Sie noch so gut sehen können!«

Die alte Frau lachte. Ihr Mund war ohne Zähne, die Lippen fielen nach innen. »Ich habe ja drei Männer zu Tode geärgert«, scherzte sie, »da werde ich doch sehen können.«

»Drei Männer! Du lieber Himmel.«

»Von dem ersten habe ich mich scheiden lassen. Die anderen zwei sind weggestorben. Der letzte erst voriges Jahr.«

Anna sagte: »Ja, jeder hat sein Päckchen zu tragen.«

»Das stimmt. Jeder hat das Seine. Nun grämt man sich wieder der Kinder wegen. Da ist auch nicht alles, wie es sollte.«

»Wieviel Kinder haben Sie denn?« fragte Anna höflich.

»Zwei Söhne. Ja. Der eine ist arbeitslos, den füttere ich noch mit meiner Rente durch. Der andere ist schon verheiratet. Ein großer, verständiger Bursche. Sechsunddreißig geworden. Na, aber was soll ich Ihnen sagen, der setzt sich in den Kopf, ein Motorrad zu kaufen. Drei Wochen hat er schon seiner Frau kein Kostgeld gegeben, weil er für die Anzahlung spart. Was sind das alles für Sachen.«

Anna sagte: »So vernünftig müßte er doch sein. Was nicht geht, geht nicht.«

»Ja, das sollte man annehmen. Aber wie junge Leute manchmal sind. Ich hoffe bloß, daß sich alles zum Guten wendet. Ich habe da mein Gottvertrauen.«

»Das hat wohl nichts mit Gott zu tun«, sagte Anna.

Die Frau blickte auf. »Nein, nein, Frau Mertens«, sagte Anna eifrig, »ich glaube nicht an so was. Was heißt denn das: Gott. Der liebe Gott ist was für arme Leute, wissen Sie. Die Reichen haben ihr Geld, um sich das Leben angenehm zu machen. Aufs Paradies hoffen nur die Armen.«

»Nein, nein. Dann hat man ja gar nichts.«

»Haben wir auch nicht, Frau Mertens. Das stimmt.«

Anna stand still hinterm Ladentisch, sie blätterte in einem Buch, ohne hineinzusehen. Ihr blanker schwarzer Kittel war vorn übereinandergesteckt. Die Alte sagte: »Ich will man meinen Glauben behalten. Das gibt so 'n schönen Trost.« – »Sicher. Wenn Sie's können ...«

Anna trat wieder an die Regale. Sie kannte hier jedes Buch. Da standen die Liebesromane, dort die Krimis, Abenteuer- und Unterhaltungsbücher. Anna griff einen schmalen Band heraus, hundert Seiten im ganzen, Erzählungen. So was liest kein Mensch. Aber die Buchhandlung hat es mitgeliefert, es soll bezahlt werden, mit dem gleichen Preis. Verschiedene Bücher hätte ich anders gewählt, dachte Anna, wenn ich das Geld gehabt hätte. So mußte ich nehmen, was die Firma loswerden will. Verschiedene Schmöker sind dabei, Romane von Anno dazumal, die längst jeder kennt.

Ein Mann betrat den Laden. Er hatte in der Hand einen Spazierstock und trug einen steifen Hut. Er fragte, ohne die Zähne auseinanderzunehmen: »Was kost 'n solch Schrank?«

Anna errötete vor Freude. »Einen Augenblick«, sagte sie schnell, »ich rufe den Meister.« Sie öffnete die Kellerklappe. »Hermann, ein Herr will den Schreibschrank kaufen!«

Hermann kam gleich nach oben. »Wieviel kostet der Schrank bei Ihnen?« wiederholte der Kunde.

Hermann sagte: »Fünfundachtzig Mark sollte er bringen. Ja, fünfundachtzig.«

»So billig bekommen Sie ihn nirgends«, sagte Anna.

»Na, na.«

»Nein, nicht solchen Schrank. Sehen Sie sich den an. Solche gute Verarbeitung können Sie mit der Lupe suchen.«

Der Herr trat näher an den Schrank heran. Anna wand sich hindurch und öffnete die Türen und Kästen. »Hier, innen anpoliert«, lobte sie. »Hier haben Sie Platz für Wäsche, für Gläser und so weiter. Hier kommen die Briefschaften hin – na, wie Sie sich das einrichten, ist Ihre Sache. Aber Platz ist genügend.« Hermann war etwas abseits stehengeblieben. Keiner sprach. Der Herr sah nachdenklich vor sich hin. Anna gab Hermann einen gelinden Stoß: »Sag du mal was!«

»Was soll ich da sagen. Der Schrank ist prima. Das sieht doch jedes Kind.«

Der Herr wandte sich endlich zu dem Meister um. »Sind Sie schon in einer Sterbeversicherung?« fragte er.

Hermann starrte ihn hilflos an. Auch Anna wußte nicht, was sie sagen sollte. Erlaubte sich der Herr einen Scherz mit Ihnen?

»Nein, nein, ich frage ganz ernsthaft«, beteuerte der. »Wenn Sie nämlich nicht drin sind, möchte ich Ihnen einen Vorschlag machen.«

Anna sagte endlich: »Wir sind in keiner Kasse.«

»Sehr schön«, sagte der Herr zufrieden. »Ich reise nämlich für eine Versicherung. Ich werde Ihren Schrank kaufen. Sie lassen ihn mir für achtzig, nicht wahr. Sechzig lege ich hier auf den Tisch des Hauses – und die restlichen zwanzig rechnen wir auf die Versicherung an. Einverstanden?«

Anna meinte zögernd: »Fünfundachtzig war wirklich das äußerste.«

»Streit doch nicht wegen fünf Mark«, sagte Hermann.

»Also gut. Aber sagen Sie niemand was. Es ist wirklich eine Ausnahme.«

»Und wie ist das mit der Versicherung? Sind Sie einverstanden?«

»Ja, in eine Sterbekasse wollten wir immer mal«, sagte Anna zögernd. »Aber man hatte ja nie das Geld. Es ist eine Angst, wenn mal was passiert.«

»Na, sehen Sie. In Ihrem Alter muß man unbedingt daran denken. Und unsere Gesellschaft ist äußerst entgegenkommend.«

Hermann sagte: »Setz doch mal so 'n Wisch auf, Anna.«

»Na also.« Der Herr plapperte plötzlich wie aufgezogen. Ein Satz reihte sich an den anderen, er sagte Satzung, Verpflichtungen und Leistungen her. Zum Schluß sagte er: »Ich denke mir, daß Sie eine Prämie von zehn Mark im Monat zahlen. Das ist Ihrem Alter angemessen und dürfte Sie nicht zu sehr belasten. Ist es Ihnen recht?«

Als der Herr draußen war, sagte Hermann schmunzelnd: »Jetzt kaufe ich gleich Material für zwei neue Schränke.«

»Nein, nein«, sagte Anna, »das geht nicht. Erst müssen wir an die Miete denken.«

»Aber die Hälfte von den sechzig Mark nehme ich für Material. Ich muß doch weitermachen. Da unten liegt keine Latte mehr.«

Anna faltete das Geld zusammen, drei Zwanziger. Sie stand mitten im Laden, ihr schwarzer Kittel glänzte. »Weißt du was?« sagte sie strahlend. »Jetzt müßte man den zweiten Schrank verkaufen. Dann würde man vorwärtskommen.«

17

Langsam wurde es Winter, der Herbst ging vorbei. Er hatte in diesem Jahr keinen Aufschwung gebracht. Hermann traf manchmal einen Kollegen. Alle hatten den Kopf voller Sorgen. Sie sagten verbittert: »Statt Papen jetzt Schleicher – die Scheiße geht weiter.« Es ist wahr, die Schlangen vor den Stempelstellen waren nicht kürzer geworden, viele Nazis, die vergeblich auf Arbeit gehofft hatten, gingen zu den Kommunisten über. »Pack!« schimpfte Mahlwitz. Andere waren sich einig: so wie jetzt kann es nicht weitergehen. Es war kein Geld unter den Leuten, die Menschen drückten sich vor den vollen Schaufenstern die Nasen platt. »Sie können sich kaum was zu fressen kaufen«, sagte Hermann, »geschweige denn neue Möbel.« Er wußte es vielleicht am besten. Da stand der zweite Schrank, er war noch immer nicht verkauft. Anna meinte: »Die Leute kommen nicht, wenn ein einzelnes Stück im Fenster steht. Sie wollen Auswahl haben.«

Vielleicht lag es daran, vielleicht hatte es einen anderen Grund. Oft ist Hermann im Keller, in seiner kleinen Bude. Er hat nichts zu tun, er steht und grübelt. Sein Lebtag lang hat er gearbeitet. Wenn er sich seine Hände besieht, sie sind rauh und rissig. An der rechten Hand ist der Daumen breitgequetscht, damit ist er mal in die Maschine gekommen. Die Nägel sind vom Beizen braun gefärbt. Hermann grübelt. Er steht in der sauberen Werkstatt, in der es keinen Leimspritzer gibt, keinen Hobelspan. Er lehnt an der Bank. Aus alter Gewohnheit trägt er noch seinen Kittel. Er nimmt den Hobel zur Hand. Verschiedenes geht ihm durch den Kopf. Schließlich steigt er die Leiter hinauf und betritt den Laden.

»Anna, woher kriege ich bloß Material!«

Anna saß am Ladentisch. Ihr Gesicht war klein und blaß. Vor ihr lag ein Zettel, der über und über mit Zahlen bedeckt war; Anna hatte wieder gerechnet. Hermann lehnte sich mit dem Rücken gegen das Regal, stützte rückwärts die Arme auf. Anna sagte: »Du redest immer wieder dasselbe. Dir pumpt doch niemand was. Und selbst wenn wir den Schrank verkaufen, muß das Geld für die Miete bleiben. Sonst kommen wir zu sehr in Rückstand. Es bleibt ein ewiges Würgen.«

Sie war nicht oft so mutlos. Hermann starrte sie an. Er ging auf und ab. Die Hände hatte er auf dem Rücken verschränkt, seine Schultern fielen nach vorn.

Gerade kam Trude nach Hause. Sie musterte die Eltern mit einem langen Blick. »Was ist denn mit euch wieder los?«

Anna sagte: »Ach, nichts.«

»Na, irgendwas ist doch.«

Hermann sagte mit heiserer Stimme: »Mutter hat mir gerade erzählt, daß wir uns aufhängen können. Zum Tischlern komme ich wohl im Leben nicht mehr.«

Trude ging wortlos in die Küche und legte den Mantel ab. Dann kehrte sie zurück. Anna sagte: »Aufhängen ist ja Unsinn. Aber wir wissen nicht, woher Vater das Material nehmen soll, um weiterzuarbeiten. Er kann doch nicht ewig vor der leeren Werkstatt stehen.«

Trude sagte: »Ich habe ja immer geahnt, daß ihr den Schrank nicht verkauft.«

»Ach, los werden wir ihn schon«, entgegnete Anna. »Jetzt ist bald Weihnachten, da gönnt sich doch dieser oder jener mal ein neues Möbelstück. Aber das Geld geht gleich für die Miete weg. Wir sind ja anderthalb Monate im Rückstand.«

Trude trat ans Fenster. Sie stand sehr aufrecht, mit geradem Rücken. Ihr Leib wölbte sich leicht nach vorn. Anna starrte die Tochter an, plötzlich war alles weit weg, die Sorgen um die Schränke, das Geld und die leere Werkstatt. Sie sah bloß noch Trude, wie sie da am Fenster stand. Die Tochter sagte gerade: »Am besten, ihr meldet das Gewerbe ab und geht stempeln.«

»Nein«, widersprach Anna heftig, »das ist das Letzte. Bestimmt findet sich noch ein anderer Weg. Und wenn Vater wieder zu Willy geht. Hermann, was meinst du dazu? Vielleicht gibt dir Willy wieder Material, und du arbeitest für ihn. Zwei Schränke baust du nebenbei für dich, und das Holz kostet uns nichts.«

»Ja«, sagte auch Hermann, »ich will mit Willy sprechen.« Er ging gleich zum Flur und kam mit der Mütze zurück. Die Jacke hatte er bereits übergezogen. Beim

Hinausgehen kam er an Trude vorbei, er klopfte ihr leicht auf die Schulter. Er lachte ein bißchen, er hatte wirklich wieder ein wenig Hoffnung.

Plötzlich fing Anna an zu weinen. Sie wimmerte vor sich hin, es war wie das Miauen eines Kätzchens. Trude sah die Mutter an. »Warum weinst du denn plötzlich?«

Anna weinte immer heftiger. Laut aufheulend ging sie in die Küche hinüber, Trude lief ihr nach. Die Mutter setzte sich an den Tisch. Allmählich beruhigte sie sich. Sie sah jetzt still vor sich hin. Trude sagte beklommen: »Ist es meinetwegen?«

Anna nickte. »Ich weiß es ja seit langem«, sagte sie. »Seit damals, als du von der Reise kamst. Aber ich dachte, ich habe mich vielleicht geirrt. Jetzt gibt's ja keinen Zweifel mehr.«

Trude stand reglos am Tisch, nur ihre rechte Hand wischte unaufhörlich über die Platte hin. Anna sagte: »Das hättest du uns ersparen können. Neben allem anderen nun das.«

Draußen klinkte die Ladentür. Trude ging zu der Kundin hinaus. Nach einer Weile kam sie zurück und stellte sich wieder vor die Mutter hin. Anna strich sich das Haar aus dem Gesicht. Sie nahm das Handtuch vom Haken und wischte damit über ihre verweinten Augen. Schwerfällig schlurfte sie zum Laden. Trude verstellte ihr den Weg. »Laß doch, ich mach das schon«, sagte sie. »Ruh dich lieber aus.«

»Nein, nein, ich will Beschäftigung haben.«

Sie setzte sich, zog die Karteikarten zu sich heran und fing an, darin herumzublättern. Trude stellte sich wieder in die Tür. Eilig liefen draußen die Menschen vorbei, niemand kam herein. Die Mutter fragte nach einer Weile: »Wie weit ist es denn, Trude?« – »Im sechsten.«

»Allmächtiger! Du dürftest gar nicht mehr ins Büro.

Das Sitzen ist so schädlich. Viel frische Luft ist die Hauptsache, und Bewegung.«

Sie dachte an die eigene Schwangerschaft. Sie hatte damals Mützen genäht, die Maschine getreten, Tag für Tag. Aber heute waren die Menschen schon aufgeklärter. Der Film fiel ihr ein, den sie kürzlich mit Hermann zusammen gesehen hatte, *Leben zu zweit.* Man tat da ja allerhand für werdende Mütter, es gab für sie eigene Gymnastikschulen. Aber sicher war das nur für Leute, die es sich leisten konnten.

»Ins Büro muß ich«, sagte Trude, »das weißt du.«

Wieder verstummten sie beide. Anna ordnete die Lesekarten in die Kartothek. Dann stand sie auf, griff nach dem Staubtuch und polierte die Regale blank. Sie trat neben Trude, der sie knapp bis zur Schulter reichte. Ihre kleinen verweinten Augen hakten sich an dem Mädel fest. »Du mußt wenigstens abends an die Luft gehen, Trude. Das Wetter ist ja noch ganz gut. Vielleicht hat Vater jetzt Glück bei Willy – dann nimmst du dir Urlaub im Büro.«

»Urlaub – was denkst du dir! Übrigens fühle ich mich sehr gut.«

»Aber Milch werde ich dir kaufen«, beharrte die Mutter. »Du trinkst von jetzt an täglich einen Liter Milch. Und viel Obst mußt du essen. Wenn man bloß hier …«, sie rieb die Finger gegeneinander, »ein bißchen Bewegung hätte. Immer die abgezählten Groschen.«

Trude wandte den Kopf. Sie sah das kleine, besorgte Muttergesicht. Sie sagte weich: »Wenn du willst, können wir ja heiraten – der Hans und ich.«

Das Gesicht vor ihr hellte sich auf. »Wirst du endlich vernünftig, Trude?« fragte Anna erfreut. »Mein Gott – ich hätte das vor den Leuten nicht überlebt.«

»Wir müssen eben zusammenziehen. Ihr nehmt das Vorderzimmer und ich mit Hans die beiden kleineren.«

»Und der Junge?«

»Ach so, ja – das kleinste muß für den Jungen bleiben. Dann ziehe ich mit Hans in das andere. Möbel haben wir sowieso nicht.«

»Also hör mal!« protestierte Anna. »Dein Vater ist schließlich Tischlermeister.« In ihrem Eifer zog sie einen Stuhl heran. »Hier, setz dich, wir müssen das alles in Ruhe bereden. Die Hochzeit muß ja bald sein, damit du noch im Schleier gehen kannst.«

»Im Schleier? So was mach ich nicht. Standesamt, und fertig.«

»Aber Trude! Du wirst dich doch nicht um das Beste bringen! Du weißt nicht, wie feierlich das alles ist. Ich sehe mich noch mit Vater ... Wir hatten uns alles mühselig heransparen müssen. Du ahnst ja nicht, was das kostet. Und dann war alles wie ein Rausch: die Kutsche, die vielen Leute, nachher vorm Altar. Das hat nichts mit dem Glauben zu tun, Trude, du kennst uns ja. Aber die ganze Aufmachung, das Feierliche – ich hätte es nicht missen mögen.«

Trude zuckte die Achseln. »Wir sind heute anders. Nur Standesamt. Und vergiß nicht: Hans ist arbeitslos.«

»Na, das wird sich doch einmal ändern«, sagte Anna. »Solch ruhiger, bescheidener Mensch, wie das ist. Sicher ist er tüchtig in seinem Beruf. Er hat so kluge Augen.«

Die Ladenklingel schepperte, Anna stürzte hinaus. Trude sah ihr kopfschüttelnd nach. Mehr als sieben Millionen Arbeitslose zählten die Arbeitsämter – und die Mutter glaubte, Hans würde, allein seiner klugen Augen halber, bald wieder Arbeit haben. Ewige Romantikerin, die sie war. Der Bruder war genauso, auf seine Art. Bloß sie und Hans waren anders. Nüchterner.

»Na, Sie haben wohl das große Los gezogen!« sagte die Kundin draußen zu Anna. »Sie strahlen ja heute.«

Anna schob die zurückgebrachten Bücher an ihren

Platz und griff zwei neue heraus. »Die sind gut«, sagte sie, »was für Ihren Geschmack. Ja, das große Los könnte uns gerade retten. Meine Tochter will heiraten.«

»Da gratuliere ich. Dazu gehört wirklich Mut, in diesen Zeiten.«

»Wer wagt, gewinnt, Frau Müller«, erwiderte Anna.

Sie kam wieder zu Trude zurück und blieb hinter ihr stehen. »Ihr bekommt dann das Klavier«, sagte sie, »damit ihr es gemütlicher habt. Betten braucht ihr nicht. Vater macht euch solche moderne Couch. Einen kleinen runden Tisch – viel paßt ja nicht rein in die Kammer. Ein bißchen Drum und Dran kaufst du dir nach und nach. Ich habe da kürzlich ein Bild gesehen – wunderbar, sage ich dir. Also, ich an deiner Stelle würde mich freuen.«

Trude verzog ein wenig den Mund. Sie umfing Anna mit beiden Händen. »Ach, Mutter – für mich bleibt doch alles, wie es jetzt ist. Ich muß nach wie vor ins Büro.«

»Nein, das wollen wir erst sehen«, protestierte Anna. »Vielleicht wird es bei uns wieder besser. Mal muß doch ein Umschwung kommen.«

Alles hing davon ab, was der Mann erreichte. Hermann war auf dem Weg zu Willy. Es war noch nicht lange her, da hatte er sich geschworen, nie wieder zu dem großen Kollegen zu gehen. Sechzig Mark hatte der ihm für einen Schrank geboten. Einen Hundelohn. Nun war es der letzte Ausweg, zu ihm zu gehen, wieder zu Kreuze zu kriechen.

In Willys Geschäft rekelte sich der Verkäufer faul auf einem Stuhl. Ohne sich zu rühren, wies er mit der Hand nach hinten. Hermann ging ins Büro. Willy saß am Schreibtisch. »Tag, Willy.«

»Menschenskind, Hermann – du lebst noch?«

»Ja«, sagte Hermann bitter, »krepiert bin ich noch nicht.«

Er setzte sich, stemmte die Beine weit ab. »Ich habe jetzt meine Werkstatt im Keller. Du weißt doch, wir haben den Laden. Ich murkse so 'n bißchen.«

Willy sah schief zu ihm hin. »Ich habe gehört, daß du vorher getürmt bist? So was spricht sich herum.«

»So? Wer erzählt denn das?« fragte Hermann.

»Vom Verein weiß ich's«, erwiderte Willy. »Du – der Mahlwitz steht groß da! Der hat jetzt Aufträge von der Kirche. Der stößt sich gesund dabei, braucht nicht mehr lange zu rackern.«

Hermann sah vor sich hin. Willy stand auf, beugte den Körper nach hinten und gähnte laut. Er sagte: »Das is 'n Abgefeimter, kann ich dir sagen. Ist vor kurzem katholisch geworden. Die Katholiken zahlen besser, erzählt er.«

Hermann lachte kurz auf. »Junge, Junge.« Er erhob sich. Klein und schmächtig stand er vor dem großen Kollegen. »Was macht denn bei dir 's Geschäft?«

»Könnte besser sein, klar. Aber man kann nicht klagen.«

Der Meister hustete. Er krächzte in der Kehle, zog den Schleim durch die Nase und schnaubte aus. »Wie ist es denn, Willy«, begann er zögernd. »Ich wollte wieder ein paar Schränke bauen.«

»Mach doch. Vielleicht kaufe ich sie dir ab.«

»Nein, nein, ich dachte: mit Material und Wochenlohn, wie früher immer.«

Willy schüttelte träge den Kopf. »So was mach ich nicht mehr. Kommt man zu schlecht bei zurecht.«

Hermann trat vor Willy hin, zupfte ihn am Ärmel. Er sagte: »Wir können uns ja über den Preis einigen, Willy. Ich bin auch billiger geworden, jeder muß sich anpassen.«

Willy stand breitbeinig da. Der schwere Körper war wie ein plumper Sack. Seine Augen bohrten sich stumpf ins Leere. »Was soll ich weiter mit dir reden«, erwiderte er. »Ich mach das nicht mehr, basta. Bring mir die Schränke, wenn sie fertig sind. Vielleicht kommen wir ins Geschäft.«

Hermann verharrte noch eine Weile völlig regungslos. »Kannst du denn gar nicht mehr weiter?« fragte Willy endlich.

Hermann schüttelte den Kopf. »Der eine Schrank steht noch da. Man kann ihn ja nicht anknabbern. Die Miete soll dasein. Der Wirt kümmert sich nicht darum, ob die Ware dasteht oder nicht. Er will bares Geld. Essen muß man auch ...«

Willy blickte auf den kleinen Mann hinunter. Der stand gebückt, eine runde kahle Stelle war mitten auf seinem Kopf. Die Hände hielt er auf dem Rücken gefaltet. Es waren grobe Hände, mit Schwielen, die Nägel ungepflegt. Willy sagte zögernd: »Bring den Schrank her, wenn du willst. Besser wenig Geld als gar keins. Ich gebe dir fünfzig Mark.«

»Ich will es mir überlegen«, erwiderte Hermann. Er ging aus der Tür, durch den Verkaufsraum, ohne den Verkäufer zu sehen. Er stolperte über die Schwelle und trat auf die Straße hinaus. Es nieselte draußen. Die letzten gelben, fauligen Blätter rissen sich von den kahlen Bäumen und klebten am Boden fest. Nur wenige Menschen waren unterwegs. Einige standen unschlüssig in den Hauseingängen. Hermann setzte sich in Trab. Er hatte keine Eile, er versäumte nichts. Aber er fing an zu rennen, lief, ohne nach rechts oder nach links zu sehen.

In der Prenzlauer Allee ging es nicht weiter. Ein dichtes Menschenknäuel. Ein Demonstrationszug wälzte sich die Danziger Straße hoch, schlug kurz vor der Menschenmauer einen Haken und marschierte in Richtung Alexanderplatz. Hermann trat von der Bordsteinkante zurück. Jemand zerrt ihn am Ärmel, unversehens wird er mitgerissen, wie ein Stück Holz vom Strudel. »Zum KL-Haus!« ruft eine helle Stimme: Hermann sieht neben sich eine gelbe Windjacke, auf dem Kopf eine Schirmmütze. Die Linke des Burschen umspannt eine Fahnenstange. Auch vorn und hinten wehen Fahnen. Zwei Reihen weiter schaukelt ein Transparent. *Gebt uns Arbeit und Brot,* steht darauf. Hermann stolpert vorwärts. Er will gar nicht, immer wieder versucht er, seitwärts auszubrechen. Einmal bleibt er einfach stehen und dreht sich um. Jetzt ziehen sie alle an ihm vorbei. Ganz junge Kerle, dazwischen auch Frauengesichter. Eine erinnert ihn an Anna. Sie hat den Kragen ihres Trenchcoats bis zum Kinn hochgeklappt. Das Gesicht unter der Baskenmütze ist verhärmter als Annas. Wenn Anna ihn hier sehen könnte. Er rudert mit den Armen. Nur weg von hier. Was sollte er im Liebknecht-Haus, da sind ja wohl die Roten, er hat ganz andere Sorgen.

Er kannte in der Nähe ein großes Möbellager. Er öffnete die Ladentür und nahm die Mütze ab. Ein Fräulein erkundigte sich höflich nach seinen Wünschen. »Kann ich den Herrn Chef sprechen?« sagte Hermann wichtig. »Es betrifft ihn selbst.« Das Mädchen lief schnell weg.

Ein Mann mit eingedrückter Nase und pockennarbiger Haut musterte Hermann argwöhnisch. »Sind Sie etwa auch von dem Mob da draußen?«

Hermann schüttelte heftig den Kopf. »Eine Schande so etwas«, sagte der andere. »Früher hätte man denen beim Kommiß die Hammelbeine langgezogen.«

Hermann betete sein Verslein her: Er wolle nur fragen, ob der Herr Chef vielleicht ... Er habe Schreibschränke ... – »Na, so was!« ereiferte sich der Mann. Er drehte sich zu dem Fräulein um und sagte quengelnd: »Deswegen rufen Sie mich extra, Fräulein? Ich habe Ihnen doch gesagt, daß Sie Offerten strikt abweisen sollen.«

Das junge Fräulein sagte bedauernd: »Wir kaufen nichts, mein Herr, wir sind eingedeckt. Vielleicht später mal ...«

»Ja, gewiß«, erwiderte Hermann, »vielen Dank.«

Immer noch fiel der Regen in dünnen Fäden. Hermann fing wieder an zu rennen. Vor dem nächsten Möbelgeschäft blieb er eine Weile stehen, betrachtete die Schaufensterauslagen. Auch Schreibschränke gab es. Zierliche Dinger, die Schreibplatte dünn wie ein Blatt Papier. Hundertfünfundsechzig Mark. Hermann trat ein. Ein dunkel gekleideter Verkäufer sprang ihm entgegen: »Bitte, womit kann ich dienen?«

Hermann griff zu einer List. Er sagte bedächtig: »Sie haben da einen Schreibschrank im Fenster ...« Der Verkäufer sah kurz hin. »Den zu hundertfünfundsechzig meinen Sie, ja?«

Hermann nickte, und der Verkäufer sagte schmeichlerisch: »Ein exzellenter Schrank, mein Herr, prima Material.«

Hermann sagte: »Ja, das sehe ich. Aber ich könnte Ihnen den Schrank für den halben Preis anbieten. Ja, darum bin ich hier.«

Der Verkäufer sagte verblüfft: »Wieso? Das verstehe ich nicht. Sie wollen gar nichts kaufen?«

»Nein, ich mache selber diese Schränke. Eiche, Kranz und Sockel mit Nußbaum abgesetzt, rund gearbeitet. Wie gesagt: für den halben Preis.«

»Leider kein Interesse.« Der Verkäufer ging zu seinem Pult zurück.

Hermann sagte niedergeschlagen: »Kaufen Sie gar nichts auf?«

»Nein, danke. Wir haben unsere festen Lieferanten.«

Hermann schob die Mütze über den Kopf. Langsam ging er hinaus. Es hatte jetzt aufgehört zu regnen. Ein feuchter Wind peitschte die Straßen. Der Meister ging mit gesenktem Kopf, er steckte die Hände in die Jackentaschen. Er fing an zu frieren und klappte den Kragen hoch. Er zog den Kopf tief zwischen die Schultern, daß Hals und Ohren kaum noch zu sehen waren.

Zu Hause saßen Anna und Trude schon beim Abendbrot. Hermann hauchte in die Hände. »Ungemütliches Wetter«, sagte er. Anna lachte ihn an, sie sah so munter aus. »Trink schnell was Warmes«, sagte sie, »damit dir das Blut in die Glieder geht.« Sie schob ihm den Stuhl zurecht und füllte das Essen auf. Hermann aß einen Löffel nach dem anderen. Er blickte nicht auf von der Schüssel.

Trude sagte schließlich: »Willst du uns nicht erzählen, was du erreicht hast?«

»Nichts habe ich erreicht. Das mit Willy ist danebengegangen. Er vergibt keine Aufträge mehr.«

Anna sah ihn erschrocken an. Trude lehnte sich lasch in ihren Stuhl zurück. Hermann stocherte in dem Essen. »Kannst du nicht ausführlicher erzählen?« fragte Anna endlich. »Was sagt er denn? Er muß doch für seine Weigerung eine Begründung geben.«

»Er macht das nicht mehr, und damit Punktum. Ich soll ihm die Schränke bringen, wenn sie fertig sind.«

Trude sagte erregt: »Ich verstehe euch nicht. Ihr seht doch, daß mit dem Tischlern nichts mehr zu verdienen ist. Hol dir wenigstens die Stempelkarte, Vater. Dann weiß man, was man hat, und es ist nicht immer das Ungewisse.«

Anna stand auf und lehnte sich gegen den Herd. Sie sagte leise: »Wir haben uns gerade alles so schön ausgemalt. Trude will ja heiraten, Hermann.«

Jetzt blickte er endlich auf. Er sah die Tochter an. Seine schwieligen Hände lagen auf dem Tisch. Trude sagte hastig, bevor er sich äußern konnte: »Das ist jetzt unwichtig. Ihr sollt euch endlich entschließen, das Gewerbe abzumelden. Fünfzig Mark wirst du wohl kriegen im Monat. Ist doch etwas.«

Hermann legte den Löffel hin. Er schob den Teller beiseite. »Und wenn du noch soviel redest, Trude«, sagte er, »ich mach das nicht. Man ist in den besten Jahren, das wäre ja noch schöner, wenn unsereiner nicht mehr arbeiten sollte. Irgendwas wird sich schon finden.«

»Irgendwas!« Trude empörte sich. »Hans ist schon lange arbeitslos«, sagte sie, »und der ist jünger als du. Denkst du, er will nicht arbeiten?«

»Ja,« sagte Anna, »darauf kommt es heute nicht an.«

Hermann verfiel in Schweigen. »Und der Junge?« fragte er endlich. »Nein, wenigstens so lange muß ich machen, bis er ausgelernt hat.«

Anna fragte wieder: »Was sagst du denn dazu, daß sich Trude verheiraten will?«

»Was soll man sagen, Anna. Eine ist aus dem Haus. Nun noch der Junge, dann können wir abkommen.«

»Ja, das ist wahr. Wer weiß, was aus dem Jungen mal wird. Soll der auch sein Leben lang am Kratzbock stehen – und nie bleibt ein Verdienst?«

Sie saßen wieder stumm beieinander. Anna räumte die Teller zusammen. Sie setzte den Teekessel auf für das Abwaschwasser. Plötzlich hielt sie in ihren Hantierungen inne. Sie blieb vor Hermann stehen: »Wie wär's, wenn du zum Wohlfahrtsamt gingest? Die geben doch Darlehen.«

»Ob man was bekommt ...«

Anna sagte lebhaft: »Du mußt unsere Lage eindringlich schildern. Daß du die Werkstatt hast, Handwerkszeug, Maschinen, alles tipptopp. Du brauchst bloß das Geld für Material. Hundert Mark würden reichen.«

Trude stand auf. »Schiebt es nicht wieder auf die lange Bank«, sagte sie. »Solch Antrag läuft Wochen.«

»Nein, ich gehe gleich morgen hin.« Auch Hermann erhob sich. Er griff nach seiner Jacke und zog den Tabak hervor.

18

Er ging wirklich gleich am anderen Tag zum Wohlfahrtsamt. Es lag in der Nähe, er brauchte nicht weit zu laufen. Er stellte sich in der Schlange der Wartenden an. Wieder klappte er den Kragen hoch, niemand brauchte ihn hier zu sehen. Der Angestellte hinterm Schalter war in seine Papiere vertieft. Nervös sortierte er sie und malte einen Kritzel auf jede Ecke. Endlich blickte er auf.

Der Meister trat hüstelnd an den Tisch heran. »Bei mir handelt es sich um folgendes«, sagte er. »Vielleicht darf ich kurz erklären, damit … Ich meine, ob ich hier richtig bin. Ich bin selbständiger Handwerksmeister …«

Der Angestellte rieb sich mit der Handfläche die Nasenspitze. »Bitte die Stempelkarte«, sagte er.

»Ich habe keine Stempelkarte. Ich war doch selbständig. Ich habe eine Tischlerei«, wiederholte Hermann.

»Das ist ganz egal. Und wenn Sie Minister waren – ich brauche Ihre Stempelkarte.«

Er winkte die Frau hinter Hermann an den Tisch heran. Der Meister sagte hastig: »Das muß ein Irrtum sein, Herr Vorsteher. Ich kann doch als selbständiger Meister keine Stempelkarte bringen. Ich war doch nicht Geselle. Ich habe einen eigenen Betrieb.«

»Nun hören Sie endlich auf! Wenn Sie keine Karte haben, besorgen Sie sich eine. Nachweis für Facharbeiter, Gormannstraße. Dann kommen Sie wieder her.«

Der Meister ging still hinaus, beim Treppensteigen hielt er sich am Geländer fest. Draußen war es kühl, der unfreundliche Wind wehte immer noch. Die Bäume waren fast kahl.

Anna stand hinter der Ladentür. »Na, geben sie dir das Darlehen?« fragte sie gespannt.

Hermann ging in die Küche und hängte die Mütze an den Haken. Er kam zurück und lehnte sich gegen ein Regal. Umständlich schnaubte er die Nase aus. »Ich habe mich tüchtig erkältet«, sagte er. »Kein Wunder bei diesem Wetter.«

»Ja, du mußt unbedingt einen Mantel haben.«

Sie standen sich gegenüber. Anna trug den blanken Kittel, sie faltete die Hände über dem Bauch. Hermann sah in ihre kleinen, runden Augen. Er sagte: »Ich soll zur Gormannstraße, 'ne Stempelkarte holen.«

»Sollst du denn stempeln?«

»Das weiß kein Mensch. Die Brüder sind ja so maulfaul. Ich soll mit der Stempelkarte wiederkommen.«

Hermann stierte vor sich hin. Nach einer Weile fügte er hinzu: »Dann muß ich ja das Gewerbe abmelden.«

»Das ist ein Durcheinander«, ärgerte sich Anna. »Sicher hast du den Leuten nicht richtig erklärt, was du willst. Du brauchst doch das Darlehen gerade, um weiterarbeiten zu können. Dann meldet man doch nicht das Gewerbe ab.«

»Du hast gut reden!« brauste Hermann auf. »Geh du mal hin und sprich mit den Leuten, wenn die bloß dasitzen und auf Feierabend lauern. Die hören ja gar nicht zu. Das geht alles nach Schema Eff.«

Ein alter Herr betrat den Laden. Er trug einen weißen Schnurrbart, der unternehmungslustig gekräuselt war. Er tänzelte auf Anna zu und flüsterte ihr ins Ohr: »Haben Sie etwas Leichtes, Pikantes, na, Sie wissen schon ...« Er spitzte lüstern den Mund.

Anna legte ein Buch vor ihn hin. »Daß Sie auf Ihre alten Tage noch so was lesen mögen«, sagte sie lächelnd.

Der Mann steckte das Buch in eine Seitentasche und

knöpfte den Mantel sorgfältig zu. »Ich lese so was gern«, sagte er. »Das schadet nichts. Wer moralisch ist, der bleibt es auch.« Gravitätisch stelzte er hinaus.

»Ja, natürlich«, rief Anna ihm nach, »es sollte ja nur ein Scherz sein.«

Hermann stand noch immer auf demselben Fleck. Anna sah ihn an. Seine Arme hingen lasch herunter. Sie faßte einen Entschluß. »Ich habe noch zehn Mark im Schubfach«, sagte sie. »Die nimmst du jetzt und kaufst dir einen Mantel. Du kannst dir den Tod holen in der dünnen Jacke.«

»Wir brauchen das Geld nötiger für anderes.«

»Nein, du kaufst den Mantel. Außerdem wirst du ja das Darlehen bekommen. Ich glaube das ganz bestimmt. Man will doch dem Mittelstand helfen. Stempeln gehen schon genug Leute.«

Hermann öffnete die Kellerluke und stieg in den Keller hinunter. Er wollte seinen Zollstock holen. »Die Lütichen hat mich vorhin angekriegt«, erklärte er. »Ich soll bei ihr den Erker ausmessen. Sie kann ein billiges Vertiko kaufen, weiß aber nicht, ob es nicht zu breit sein wird.«

»Ein schöner Auftrag«, spottete Anna. Für so was war er nun gut genug. Sie sah ihm nach, wie er über die Straße ging. Seine Füße schlurften über den Boden, der ganze Körper war nach vorn gebeugt. Die Hose schlotterte in dem Wind. Wie klein er aussah. Die spiegelglatte Straße warf sein Bild verkrümmt zurück: ein dürftiges Männchen. Anna dachte an ihr erstes Rendezvous. Hermann war lange vor der Zeit an der Ecke gewesen, aber sie hatte sich eine ganze Weile nicht zu erkennen gegeben, hatte ihn nur kritisch betrachtet. Die schiefgelaufenen Absätze. Den Regenschirm. Den Hut, der ihm fast auf der Nase saß. Sie hatte selbst nicht viel auf dem Leib gehabt, aber sich immer adrett gehalten. Sie hat jedesmal eine neue Bluse an, hatte Hermann zu seinem Freund gesagt. Dabei band sie nur eine andere Schleife um, eine andersfarbige Krawatte, knöpfte die Bluse neu. Sie war erfindungsreicher, ihre Armut zu verdecken. Hermann trug sie offen zur Schau. Bald hatte Anna ihn umgemodelt, aber die Armut war ihnen treu geblieben. Irgend etwas, dachte Anna jetzt, haben wir falsch gemacht.

Sie wartete hinter der Schaufensterscheibe, bis Hermann wiederkam, öffnete weit die Tür. »Hör mal«, rief sie ihm zu, »geh in den kleinen Laden – hier gleich um die Ecke, der hat so billige Sachen. Und kauf nichts Schwarzes, das steht dir nicht.«

»Nein, nein. Und mehr als zehn Mark kann ich ja nicht anlegen.« Er schlurfte an ihr vorbei.

Er ging um die Ecke und suchte die Häuser ab. Kolonialwaren, Milch und Butter, FF Fleischwaren, *Hier werden Schuhe besohlt.* Er lief wieder zurück und blieb an der Ecke stehen. Ein Zeitungshändler fragte: »Habn Sie wat valorn?«

»Hier war doch ein Kleiderfritze«, sagte Hermann langsam. »Soviel ich weiß, war es das dritte Haus von hier …«

»Ach der?« sagte der andere, »der ist längst pleite. Kobolz geschossen.«

»Ach so, vielen Dank.«

Nun ging er weiter, den Weg zur Gormannstraße. Unterwegs kam er an verschiedenen Bekleidungsläden vorbei. Alles viel zu teuer. In einem Schaufenster standen Puppen mit diesen glänzenden schwarzen Mänteln, die man neuerdings trug. Vielleicht machten die sich doch ganz gut. Hermann trat ein. Ein hochaufgeschossener Verkäufer schleppte die Mäntel an: »Achtfünfundneunzig.« Hermann stieg vorsichtig in die Ärmel. Der Mantel war ihm zu weit, er konnte ihn vorn zweimal übereinanderlegen. Der Verkäufer zuckte bedauernd die Achseln. »Das ist unsere kleinste Größe. Kleinere Größen führen wir nicht in der Qualität.«

Hermann stand da, der glänzende Gummi hüllte ihn von oben bis unten ein. Die Ärmel fielen ihm über die Hände. Er zog den Mantel aus und fragte zaghaft: »Was haben Sie denn sonst noch?«

Ein fester Covercoat, den der Verkäufer beflissen herbeibrachte, paßte wie nach Maß. »Dreißig Mark, mein Herr«, sagte der junge Mann mit einer Verbeugung. Hermann schüttelte den Kopf. »Leider nicht mein Geschmack.«

»Aber der Herr sah großartig aus. Vielleicht ein Ulster? Ulster ist immer vornehm, der Herr.«

Der Verkäufer ging nach hinten, zum Lager. Hermann blieb stehen. Dicht neben ihm blinkte die Klinke zur Ladentür. Vor ihm hingen die Mäntel, gute, teure Stoffe. Die Gummimäntel daneben fielen lasch vom Bügel. Der Verkäufer, der im Hintergrund rumorte, rief von weitem: »Nur einen Moment, mein Herr.«

Hermann drückte behutsam auf die Klinke. Er schlich hinaus. Draußen rannte er über die Straße und bog rasch um die Ecke. Nach einer Weile gelangte er in die Gormannstraße. Das rote, eingebaute Gebäude war von Menschen umlagert. Hermann ging gleich hinein, wartete auf einer Bank im Gang, bis er an die Reihe kam. Er stützte die Arme auf die Knie, den Kopf hatte er in den Händen vergraben. So saß er, wie ihm schien, eine Ewigkeit.

Der hiesige Beamte war freundlicher. Er warf einen Blick auf den Meister und fragte: »Eine neue Stempelkarte?« Er notierte ein paar Daten. »Zeigen Sie Ihre Invalidenkarte.«

»Ich habe keine«, erwiderte Hermann. »Ich war selbständig, ich habe auch jetzt noch die Werkstatt. Ich wollte bloß um ein Darlehen bitten. Verstehen Sie? Ich zahle es so bald wie möglich zurück.«

Der Mann füllte weiter den Bogen aus. Einmal sah er kurz auf. »Das gibt es leider nicht mehr«, sagte er. »Entweder Sie melden das Gewerbe ab und holen ›Wohle‹, oder Sie bekommen gar nichts. Darlehen gab es früher einmal.«

Hermann drehte die Mütze zwischen den Händen. Er sah hilflos vor sich hin. »Ich würde an Ihrer Stelle stempeln«, riet ihm der andere gutmütig. »Glauben Sie mir, Sie sind nicht der einzige von den selbständigen Meistern. Und wenn Sie allein nicht weiterkönnen ...«

Hinter Hermann drängten sich schon die nächsten heran. Der Mann sagte: »Bringen Sie mir morgen die Gewerbeabmeldung, dann schreibe ich die Karte aus.«

Hermann stand wieder auf der Straße. Langsam schlurfte er seinen Weg nach Hause. Es regnete. Die Tropfen fielen auf seinen Anzug und zergingen in großen schwarzen Punkten. Hermann drückte sich an die Häuserwand. Aber auch die Balkons boten keinen Schutz. Immer wieder tropfte es kalt auf ihn herab, und er mußte die Stirn mit dem Ärmel trocken wischen.

Zu Hause fand er auch Trude vor. Sie saß mit der Mutter in der Küche. Hermann setzte sich an den Tisch. »Nun sind wir soweit«, sagte er. »Stempelbrüder.«

Anna erwiderte nichts. Sie blickte Hermann nur an. Er zog die Knie an und stellte die Füße auf die Tischleiste. »Darlehen geben sie nicht mehr.«

»Dann mußt du eben stempeln«, sagte Trude. »Müssen ja so viele. Ich weiß nicht, warum es für dich so was Besonderes ist.«

Hermann sah auf die Tochter, sie hatte ein strenges Gesicht. Viele Jahre ist es her, da hat sie auf seiner Hand gesessen. Er hat für sie geschuftet, sein Wohl und Wehe hing davon ab, ob sie wuchs und gedieh wie andere Kinder. Wenn sie krank war, hat er nächtelang an ihrem Bett gewacht. Jetzt sagt sie diese kühlen Worte.

Anna wurde im Laden gebraucht, zwei Kunden waren gekommen. Sie fragte und antwortete mit ihrer hellen Stimme. Hermann starrte auf die Tischplatte. An der Ecke war das Linoleum los, faserig stand das lose Ende in die Luft. Als Anna wieder hereinkam, sagte Hermann: »Was soll bloß aus dem Jungen werden.«

»Der stempelt auch«, sagte Anna höhnisch. »Was du da noch fragst. Eine schöne Familie sind wir geworden. Auch der Schwiegersohn liegt auf der Stempelstelle. Wir haben's weit gebracht.«

Sie fing an zu weinen. Immer kamen ihr jetzt so schnell die Tränen. Trude stand heftig auf, sie stieß den Stuhl zurück. Hermann trat zum Herd und legte die Hände an die kalten Kacheln. »Ich habe keinen Mantel bekommen«, sagte er. »Was ein bißchen nach was aussieht, ist zu teuer. Ich werde wohl den ganzen Winter im Jackett rumlaufen müssen.«

»Nein«, sagte Anna, »mir ist was anderes eingefallen. Gut, daß wir die zehn Mark noch gerettet haben, wir müssen jetzt jeden Pfennig zusammenhalten.« Sie ging zum Handtuchhalter und trocknete ihr Gesicht an dem Überwurf. Mit roten Fäden war darauf gestickt: *Sich regen bringt Segen.* Anna rannte auf den Flur und kam mit einem Stoffbündel wieder. »Zieh das mal über«, sagte sie, »ist was vom Jungen. Der trägt ja doch dauernd seine Fahrtentracht. Vielleicht kann man das für dich zurechtmachen.«

Hermann kroch in den Mantel. Er war viel zu lang, und auch in der Breite paßte er nicht; der Junge war ja viel kräftiger. Anna sagte: »Morgen gehe ich damit zum Schneider. Die Änderungen können höchstens einen Taler kosten.« Hermann nickte. Er zog den Mantel wieder aus und setzte sich. Anna schloß den Laden ab. Dann hantierte sie lange mit dem Geschirr. Sie sagte nichts weiter. Der Abend ging hin, ohne daß einer von seinen Gedanken sprach.

Am anderen Tag füllte Anna das Formular für das Finanzamt aus. Die Gewerbeabmeldung. Hermann nahm den Brief und steckte ihn in den Kasten. Mit dem Durchschlag ging er wieder nach der Gormannstraße. Der Mann am Pult erkannte ihn gleich, er lachte ihn freundlich an. Sorgfältig schrieb er die Karte aus. »Nun kommen Sie jeden Monat einmal hierher und holen sich den Monatsstempel. Sonst stempeln Sie in Ihrem zuständigen Revier.«

Hermann steckte die Karte ein, ohne sie anzusehen. Langsam ging er hinaus. Das Wetter hatte sich gebessert. Der Regen hatte aufgehört, manchmal kam für einen Augenblick die Sonne hervor und leuchtete kalt die Straßen ab. Eilige Passanten wischten an Hermann vorbei. Alle sahen aus, als strebten sie einem wichtigen Ziel und einer Arbeit zu. An einem freien Platz zwischen den Häusern wurde gebaut. Fünf Männer in blauen Blusen kletterten auf dem Gerüst herum. Einer stand oben auf dem Balkon, unter seinen Füßen wippten die dünnen Bretter. Zwei andere reichten den Mörtel hinauf, Hermann stand lange am Bauzaun und sah zu, wie die Arbeit voranging. Dann kletterten die Männer vom Gerüst herunter; es war Mittagspause. Sie setzten sich auf einen Stapel Mauersteine und packten ihre Stullen aus. In einer Ecke lagen die Bierflaschen.

Der Meister ging langsam weiter. Als er über die Brücke kam, standen da viele Leute und blickten über das Geländer. Auch Hermann stellte sich dazu, er hatte ja Zeit. Zum ersten Mal in seinem Leben hatte er Zeit. Die Sonne schien auf das Wasser. Die fettigen Spreewellen glänzten. Ein großer Schleppkahn fuhr langsam zwischen den Brückenpfeilern hindurch. Am Steuer stand eine Frau. Sie hatte ein rotes Gesicht, die Haare wehten um ihren Kopf. Der Mann ging mit großen Schritten an der Bordwand entlang, von der Spitze zum Heck, und stakte den Kahn vorwärts. Immer wieder trabte er seinen Weg, er beugte dabei den Kopf, legte sein ganzes Gewicht gegen die lange Stakstange. Man sah, wie die Muskeln arbeiteten, sie malten ein bewegliches Muster auf seinen nackten Rücken.

»Keine leichte Arbeit so was«, sagte ein Mann neben Hermann. »Eine wahre Freude, das mitanzusehen. Die meisten Menschen sind ja heutzutage arbeitsscheu. Wenn man sieht, wie die auf der Straße herumlungern ... Denen fehlt eine feste Hand, sage ich immer.«

Hermann ließ ihn stehen und ging weiter. Zu Hause setzte er sich ans Schaufenster. Anna gab ihm ein Buch. »Siehst du«, sagte sie, »jetzt hast du wenigstens mal Zeit zum Lesen.« Er schlug das Buch auf und las ein paar Sätze. Aber er hatte keine Geduld. Was gingen ihn fremde Menschen mit ihren Nöten an. Hier saß er und ließ die Zeit vergehen. In dem anderen Fenster stand der letzte Schrank. Seine Gedanken gingen immer im Kreise: Jetzt müßte er in der Werkstatt stehen, müßte zuschneiden, verleimen, furnieren. Zwei Schränke werden fertig, sie kommen in den Laden und werden verkauft. Langsam geht es wieder mit ihm bergauf. Anna braucht ein Kleid. Trude will sich verheiraten. Der Junge lernt aus und besucht die Architektenschule. War denn das alles zuviel verlangt?

Anna riß ihn aus seinen Gedanken. Sie sagte: »Ich würde den Schrank an Willy geben. Sind fünfzig Mark. Wir müssen doch Miete bezahlen.«

»Nein. Vielleicht haben wir noch Glück. Der Wirt muß warten.«

Am anderen Tag kam der Prüfer vom Finanzamt. Er breitete seine Papiere aus und wollte verschiedene Auskünfte haben. Über seinen Kneifer hinweg blinzelte er Anna an. »Ich weiß gar nicht, was Sie wollen«, sagte er. »Ihnen geht es doch nicht schlecht. Sie waren doch dreifache Verdiener.«

Anna lächelte gequält. »Das Mädel mit dem bißchen Gehalt. Das ist weg wie nichts.«

»Aber Ihr Laden? Die Leihbibliothek?«

»Da liegt die hohe Miete drauf. Außerdem haben wir an den Büchern abzuzahlen. Nein, es wäre besser, wir hätten diese Belastung nicht.«

Hermann trat hinzu. Er sagte: »Die Bücherei bringt nicht mehr als sechzig Mark im Monat. Das ersehen Sie ja aus der Kartothek.«

»Darauf geben wir nichts. Entschuldigen Sie – ich will Ihnen nicht zu nahe treten –, aber diese Angaben werden häufig gefälscht. Die bringen wir prinzipiell höher in Anschlag.«

»Aber in unserem Fall stimmt es«, sagte Anna eifrig. »Nein, das ist ungerecht. Mein Gott, wir haben tatsächlich nicht mehr eingenommen.«

Der Prüfer antwortete nicht. Er schrieb sein Protokoll und stand auf. Hermann fragte: »Können wir Ihre Aufzeichnungen nicht zu lesen bekommen? Vielleicht sind Irrtümer dabei ...«

»Nein, das ist meine Angelegenheit.«

Er ging über die Straße. Ein vielbeschäftigter Mann. Er betrat das Haus von gegenüber. Viele Leute grüßten ihn. Hermann sagte: »Na, man muß abwarten. Manchmal denke ich, daß es doch noch mit dem Darlehen klappt. Sie haben es doch nicht offiziell abgelehnt. Vielleicht müßte man noch mal vorstellig werden.«

Anna lehnte am Regal. Diesmal sagte sie: »Ich habe nicht viel Hoffnung. Die Werkstatt wirst du wohl aufgeben müssen.«

19

Einmal in der Woche ging Hermann stempeln. Alle vierzehn Tage durfte er das Geld abholen, fünfzehn Mark siebzig, runde dreißig Mark im Monat. Der Junge brachte drei Mark neunzig die Woche. Anna rechnete hin und her, sie kam zu keinem Ergebnis. Bloß Trude war zufrieden, wie es jetzt war. Sie sagte: »Wenn es auch wenig ist, man hat doch einen festen Satz, nach dem man sich richten kann.« Sie war immer so vernünftig. Nahm die Dinge hin und fand sich mit ihnen ab. Über den Jungen war ja nicht viel zu sagen. Braun und kräftig war er von der Fahrt gekommen. Er hatte unterwegs eine neue Gruppe gefunden, nun rannte er umher und hatte seine Arbeit. Er grämte sich nicht um die Werkstatt.

Den Meister kam es hart an. Obwohl er jetzt Zeit hatte, stand er früh auf; er konnte nicht lange liegen. Er heizte in der Küche und im Laden die Öfen an, dann saß er in der Stube. Manchmal las er auch. Aber bald taten ihm die Augen weh, und er mußte das Buch beiseite legen. Jetzt sah er nur aus dem Fenster.

Anna rief ihn vom Laden her. Hermann stand auf und ging durch die Tür. Anna kramte in der Kartothek. »Du könntest mal wieder einige Bücher heranholen«, sagte sie. »Hier sind verschiedene überfällig. Der Herr Werft nebenan hat sein Buch schon acht Wochen. Und hier der junge Herr Reinholz. Dem steig mal tüchtig aufs Dach. Jeden Tag geht er hier am Laden vorbei, aber wenn er mich sieht, wendet er rasch den Kopf. Und hier Fräulein Schirner. Die hat sonst immer pünktlich zurückgebracht. Geh man. Es ist ja alles auf den Karten verzeichnet. Die Nachzahlung kannst du für dich behalten.«

Hermann zog den Mantel über, den abgelegten vom Jungen. Er steckte die Karten ein und ging. Den Kopf gesenkt, der Rücken war gekrümmt. Immer noch hielt er sich wie einer, der von früh bis spät an der Hobelbank steht. Herr Werft wohnte im Nebenhaus. Hermann klomm die Treppen hinauf bis in den vierten Stock. Oben an der Türklingel fehlte das Namensschild. Die Nachbarin, eine breite, massige Frau, steckte ihren Kopf durch den Türspalt. »Sie wollen zu Werftens?« fragte sie. Sie grinste. »Die sind weg, einfach getürmt, bei Nacht und Nebel.« Sie kam näher, bohrte neugierige Blicke in Hermanns Gesicht. »Sie haben woll auch noch Geld zu kriejen, wie?«

Hermann schüttelte den Kopf. »Ich wollte bloß zwei Bücher abholen ...«

»Sind Se hier – von de Leihbücherei?« fragte die Nachbarin pfiffig. »Die Bücher könn'n Se in 'n Rauch schreiben. Die sind auf und davon und haben alles mitjehn heißen. Die janze Nachbarschaft hängt. Ick alleene bekomme ..., aber was soll man darüber reden.«

Hermann sagte: »Na denn – vielen Dank auch für die Auskunft.« Er stieg die Treppen wieder hinunter. Der Leser Reinholz wohnte zwei Straßen weiter. Hermann hatte ihn öfter im Laden gesehen, ein junger Mann mit wolligen Haaren. Er war nicht zu Hause, die Wirtin öffnete selbst. »Nein«, sagte sie verblüfft, nachdem Hermann seinen Wunsch vorgebracht hatte, »der Herr Reinholz ist doch so ordentlich. Hat er wirklich das Buch nicht zurückgebracht?« Sie lief in sein Zimmer und kam zurück, den Band unter den Arm geklemmt. »Da ist es. Aber Ordnung muß sein, darauf achte ich. Meinen Sie, der Herr Reinholz hätte ein einziges Mal eine Frauensperson mitgebracht oder so? Das gibt es nicht. Darauf achte ich. Und so ordentlich ist er in allen Dingen.«

Der Meister sagte zaghaft: »Da wäre noch eine kleine Nachzahlung: fünf Wochen zu zwanzig Pfennigen. Wenn Sie das vielleicht gleich regeln könnten?«

Die Tür klappte zu. Die Wirtin wisperte von innen: »Das lassen Sie sich mal von Herrn Reinholz geben. Er ist manchmal so zerfahren – na, wie studierte Leute nun einmal sind. Vielleicht erinnert er sich gar nicht mehr an das Buch.«

Hermann ging weiter. Er hatte noch mehrere Karten. Er ging in die Häuser, stieg die Treppen hoch und läutete. Einige der Kunden traf er nicht an. Vielleicht arbeiteten sie tagsüber, es mußte wohl auch noch solche geben. Fräulein Schirner war zu Hause. Sie musterte den Meister argwöhnisch und bat ihn dann in den Flur. »Einen Augenblick«, sagte sie. Sie setzte einen Kneifer auf, blickte sich wie suchend um, nahm den Kneifer wieder ab und flatterte durch die enge Wohnung. Als sie wiederkam, lag ein leuchtend grüner Kragen um ihren Hals. Sie sagte in die Luft: »Trinken Sie eine Tasse Kaffee mit mir? Ich muß das Buch erst suchen.«

»Danke schön«, sagte Hermann verlegen. »Nein, das kann ich nicht annehmen.«

»Unsinn, Ihre Frau ist auch immer so nett zu mir. Ja«, beteuerte sie lebhaft, »ich habe einen Sinn dafür.« Sie ging Hermann voran ins Zimmer, er trottete hinterher. »Guten Morjen!« gurrte ein Papagei. Am Sofaende lag ein schwarzes Katzenknäuel. Das Buch war übrigens auf dem Tisch.

»Ich habe ja wenig Zeit zum Lesen«, sagte Fräulein Schirner. »Sie können sich nicht denken, wie sehr ich beschäftigt bin. Immerzu kommt der Verein: diese und jene Wünsche. Ich bin nämlich in einer Gefangenenhilfe. Nächste Woche ist Stiftungsfest, da spreche ich den Prolog. Dann kassieren, die Protokolle führen – man ist doch auch nur ein Mensch.«

Hermann schlürfte hastig seinen Kaffee. Fräulein Schirner sagte weiter: »Schließlich ist die Vereinsarbeit heiligste Pflicht. Das sage ich mir immer. Aber manchmal überkommt es einen doch ... Man hat kein Privatleben mehr.«

Der Papagei rief schrill: »Guten Morjen!« Er kratzte an den Gitterstäben. Hermann rutschte unruhig auf seinem Stuhl herum. »Ja, es soll wohl nicht so einfach sein«, sagte er. Er lachte ein wenig, das Fräulein nestelte an seiner Bluse. Beide standen stumm im Zimmer herum. Eine Uhr tickte flink. Hermann schob das Buch unter den Arm, nahm es wieder hervor und fing an, darin zu blättern. Er sagte: »Beinahe hätte ich es vergessen, Fräulein. Sie haben noch eine Kleinigkeit nachzuzahlen.« Er zog die Karte aus der Tasche und zählte die Wochen nach. »Ja – achtzig Pfennig, vier Wochen über die Zeit.«

Das Fräulein lief an die Schatulle und suchte die Groschen zusammen. Hermann bedankte sich und ging zur Tür. Im ganzen hatte er nicht viel erreicht. Zwei Bücher brachte er zurück, alle anderen fehlten noch. Achtzig Pfennig hatte er eingenommen. Er trat gleich in einen Zigarrenladen und kaufte ein Paket Tabak für dreißig Pfennig. Nun konnte er wenigstens wieder Pfeife rauchen. Er blieb mitten auf der Straße stehen, schob die Pfeife in den Mund und stopfte sie sorgfältig. Andächtig paffte er die ersten Züge. Runde graue Wölkchen stiegen vor ihm in die Luft.

Langsam ging Hermann weiter. Fünfzig Pfennig klimperten in seiner Tasche, selbstverdientes Geld. Hier und da machte er vor einem Schaufenster halt und betrachtete die Waren. Erwartete er viel vom Leben? Ach, wenig genug im Grunde. Ein Päckchen Tabak steckte im Mantel, die Pfeife hing im Mund – und schon sah das Leben rosiger aus. Jetzt wünschte er nur, er müßte nach Hause kommen, und in der Werkstatt liegt das Holz bis zur Decke, er wählt die Bretter aus und bringt die Maschine in Gang. Aber in Wirklichkeit konnte er von früh bis spät durch die Straßen schlendern. Er bog in einen

Nebenweg ein, kam über einen Platz und hatte vor sich wieder eine enge Straße. Hier irgendwo, fiel ihm ein, wohnte der Kollege Hintz. Er suchte das Haus, ein braunes, einförmiges Fabrikgebäude.

Der Kollege stand an der Bank. Als er Hermann sah, legte er den Hobel hin und kam auf ihn zu. »Was treibt dich denn her, Mensch – am hellichten Tag?« Er wischte seine Hände an dem Kittel sauber und klopfte Hermann auf die Schultern.

»Bloß mal sehen, wie's dir geht. Ich war gerade in der Gegend.«

Sie standen nebeneinander. Drei halbwüchsige Jungen machten sich im Hintergrund zu schaffen. »Du arbeitest auch nicht mehr mit Gesellen?« fragte Hermann.

»Nein, wie du siehst – bloß mit Lehrlingen. Der Größte hat bald ausgelernt. Vielleicht kann ich ihn behalten. So 'n junger Mensch bekommt ja nicht viel Lohn.«

»Schafft er denn was?«

»Er ist ganz tüchtig, jawohl. Mal schießt ja jeder einen Bock. Kann uns auch noch passieren.«

Hermann sah den Jungen bei der Arbeit zu. Sie verleimten gerade. Der Leim wurde aufgetragen, dann spannten sie die Bretter in die Böcke. Der kleinste der drei holte die Zwingen herbei und schraubte sie fest. »Wir trinken doch ein Bier?« fragte Kollege Hintz.

Hermann schrak zusammen. »Nein, nein«, sagte er hastig, »ich muß gleich weiter. Ich habe zufällig an der Tür dein Schild gesehen, da wollte ich mal hereinsehen. Aber ich habe noch verschiedenes zu erledigen.«

»So? Das ist etwas anderes.«

Der lange Lulatsch klemmte ein Brett in die Bank und hobelte über die Kanten. Lange goldene Späne rieselten auf den Boden. Das Holz duftete. Hermann atmete den lang entbehrten Geruch. Er stand da und sah den ande ren bei der Arbeit zu – als ob er sich nicht losreißen könnte.

»Was machst du denn jetzt?« fragte Kollege Hintz.

»Ich murkse ein bißchen. Man schlägt sich so durch.«

»Was ist denn damals aus deiner Affäre geworden?«

Hermann sah den Kollegen an. »Du meinst die Sache mit der Innung? Ja, das war nicht meine Schuld. Ich konnte das Zimmer nicht fertigmachen, weil die Frau den Lohn nicht zahlte.«

»Ja, es ist schwer.« Hintz trat dicht an den Meister heran. »Ich könnte auch längst nicht weiter«, flüsterte er ihm zu. »Du weißt ja, mein Schwager ist an der Bank, der streckt mir hin und wieder Geld vor. Da kommt man nie in den ganz dicken Schlamassel.«

»Ja, ohne Kapital ist nichts zu wollen.«

»Trotzdem geht es immer weiter bergab«, sagte auch der Kollege Hintz. »Siehst ja, früher hatte ich fünf Gesellen. Aus der Traum! Sense!«

So standen sie in der Werkstatt, jeder erzählte von seiner Not. Einmal hatten sie voreinander großgetan: Wir sind selbständige Meister, wir haben Geld wie Heu. Ein Bier willst du trinken? Komm, ich lade dich ein, ich habe gerade erst geliefert.

Die Zeiten waren vorbei. Auch Hintz hatte Sorgen, man sah es ihm an, er konnte nicht mehr so unbeschwert wie früher lachen. Hermann sagte: »Ja, ich muß gehen.« Er sah sich noch einmal um. Kollege Hintz sagte: »Da steht das Gesellenstück von dem Stift.« Der Meister trat an den Tisch. Es war einer von den modernen, niedrigen. Hermann besah ihn von allen Seiten, seine steifen Finger wischten über das Holz. Die Politur glänzte wie ein Spiegel. »Tadellose Arbeit«, lobte er, »nichts dran auszusetzen.« Er trat zu dem Lehrling, mußte sich auf die Fußspitzen stellen, um ihm übers Haar zu streichen.

»Mach man so weiter. Was willst du denn anfangen? Dich selbständig machen?«

»Nee«, sagte der Junge, »ich arbeite lieber bei einer großen Firma. Küchenmöbelfabrik. Weißensee. Vielleicht nehmen die mich.«

»Am Ende hast du auch Glück«, sagte Hermann, »und dein Meister behält dich.« Er zwinkerte seinem Kollegen zu.

Aber der Junge schüttelte den Kopf. »Hier muß man ville zuviel arbeeten«, sagte er. »Ick jehe lieber ans Fließband.«

Die Jugend heute! Hermann schüttelte den Kopf. Hat ein Handwerk gelernt und will sich ans Fließband stellen. Er nahm die Pfeife aus dem Mund und wandte sich um. »Na, auf Wiedersehen, Kollege. Gute Arbeit auch.«

Er trabte nach Hause. Unterwegs ging ihm verschiedenes durch den Kopf, er dachte an sein eigenes Gesellenstück. Ein hoher Ständer aus Eichenholz. Früher hatte man das in den Wohnungen, stellte Blumen oder Bilder darauf. Hermann erinnerte sich noch an den breiten Aufsatz, sah die geschnitzten Adler an den Seiten, die mit riesigen Schnäbeln die Säulen hielten. Heute war alles sachlicher, die Möbel eckig und schmucklos.

Vor dem Laden lief ihm Mogli vor die Füße. Sie gingen zusammen hinein. Anna saß hinterm Ladentisch. Hermann legte seine Bücher hin. Mogli sagte: »Kann ich gleich essen? Ich muß sofort wieder weg.«

Anna warf einen Blick in die Kasse. »Was gebe ich dir denn rasch«, rief sie. »Ich habe noch gar nicht eingekauft.«

Hermann stand in der Stubentür. »Ich war eben bei einem Kollegen«, erzählte er. »Da war ein Lehrling, der sein Gesellenstück fertig hat. Da kannst du dir aber ein Beispiel dran nehmen, mein Junge. Piekfein, sage ich dir, saubere Arbeit. So was würdest du nie zustande bringen.«

»Wann soll er denn auch«, verteidigte ihn Anna, »wenn er stempeln geht.«

»Ach, das war doch früher genauso. Der Junge hatte nie Lust zum Tischlern.«

Mogli sagte: »Ich habe überhaupt was anderes vor. Ich gehe zum freiwilligen Arbeitsdienst.«

Anna blickte erstaunt auf. Hermann nahm die Pfeife aus dem Mund und stopfte mit dem Daumen den Tabak fest. Der Junge sagte: »Heute beim Stempeln hat mir der Mann gesagt, ich muß entweder zum Arbeitsdienst oder zur Landhilfe. Da gehe ich lieber zum Arbeitsdienst.«

Die Mutter fragte lebhaft: »Was wird denn da bezahlt?«

»Ach, bloß Pfennige. Ein Taschengeld. Aber Hauptsache ist ja, daß es knorke wird. Als Pfadfinder werde ich gleich viel besser behandelt. Und vielleicht kann ich später mal Führer werden.«

Anna sagte: »Nein, dafür gebe ich dich nicht her. Die suchen bloß billige Arbeitskräfte. Und ihr seid so dumm und fallt darauf herein. Nicht wahr, Hermann – was meinst du dazu?«

Hermann hob die Schultern. »Da kann ich mir nichts bei denken, Hauptsache, er ist von der Straße weg und liegt uns nicht auf der Tasche.«

Mogli stand breitbeinig da. Immer noch ging er mit den kurzen Hosen, über dem Hemd trug er die schwarze Matrosenjacke. Er sagte: »Für mich steht es jedenfalls fest. Wenn der Hitler rankommt, müssen wir sowieso alle zum Arbeitsdienst. Da gehe ich lieber schon freiwillig.«

»Wer will hier zum faschistischen Arbeitsdienst?« fragte eine Stimme von der Tür her. Ein Mann kam in den Laden, ein junger Arbeiter aus einem nahen Betrieb.

Anna hatte sich schon öfter mit ihm unterhalten. Er musterte den Jungen mit einem langen Blick. »Du setz dich mal lieber auf deine kurzen Hosen«, sagte er, »statt dahin zu gehen.« Er wandte sich an Anna: »Haben Sie die Bücher besorgt? ›Brennende Ruhr‹ und ›Ein Prolet erzählt‹ – die geben Sie mal Ihrem Jungen zu lesen.«

Anna schüttelte den Kopf. »Ich weiß – wir haben viel zuwenig Bücher. Ich muß die Bände bestellen.« Sie notierte die Titel. Es war sinnlos, vorläufig hatte sie für Neuanschaffungen gar kein Geld.

»Na, dann geben Sie mal vorläufig das da.« Der Mann nahm ein Buch aus dem Regal. »Was Russisches. Lieber lese ich ja von uns hier, wie's uns Arbeitern geht. Aber Sie sind ja hier hinterm Mond, junge Frau.« Er knallte zwanzig Pfennig auf den Tisch und ging.

»Das war ja ein komischer Heini«, sagte der Junge.

»Laß man«, sagte Anna, »der ist schon recht.« Sie ging in die Küche, schnitt dreimal rund ums Brot und bestrich die Schnitten mit Schmalz. Dann wickelte sie alles zu einem Päckchen zusammen. »Nimm man gleich die zwanzig Pfennig«, sagte sie, »und kauf dir was dazu. Ich habe gar nichts weiter hier.«

Der Junge nahm das Paket und wollte weg. In der Ladentür kehrte er nochmals um. Er strich der Mutter übers Gesicht. »Was machst 'n für 'ne Miene?« fragte er. »Is wieder was schiefgegangen?«

»Geh man los«, sagte Anna. »Du kannst dich ja nicht dareinversetzen, wie uns zumute ist.«

Der Junge ging langsam zur Tür. Vor dem Schaufenster stand einer aus seiner neuen Gruppe. Beide marschierten gleich los.

Sie waren wieder allein. Hermann ging auf und ab. Einige Dielen knarrten, wenn er darauf trat. Anna zuckte dann jedesmal zusammen. Niemand kam in den Laden. Hermann sagte: »Wenn man das so sieht, bei den anderen ... Ich war nämlich bei Hintz. Der krebst jetzt auch nur mit Lehrlingen, aber er arbeitet doch. Hin und wieder muß er ja wohl einen Auftrag bekommen.«

Anna antwortete nicht. Sie wischte ein paarmal über ihr Gesicht. Allmählich wurde es dämmerig im Laden, aber sie schalteten das Licht nicht ein; die große Birne verbrauchte zuviel Strom. Es kam ja doch kein Kunde. Einmal sagte Anna: »Willst du was essen?«

»Nein, laß man.«

Eine Turmuhr schlug von weitem sieben. Hermann schloß die Tür ab. Er ging in die Küche. Anna kam hinter ihm her. Beide setzten sich an den Tisch, sie machten auch hier kein Licht. Sie saßen still auf ihrem Platz. Hermann klopfte seine Pfeife aus, steckte sie in die Tasche.

Draußen klinkte jemand an der Tür. Trude. Sie hatte selber einen Ladenschlüssel. Sie schloß auf und tastete sich zur Küche. »Was ist denn hier los?« fragte sie. »Ihr sitzt im Dunkeln?«

Anna sagte: »Wir wollen Licht sparen.«

»Na, so schlimm ist es doch wohl noch nicht.« Trude ging zum Schalter und drehte ihn herum. Hell flammte das Licht über den engen Raum. Die Mutter hatte kleine müde Augen. Der Vater hatte den linken Arm auf den Tisch gelegt. Mit der Rechten fuhr er unaufhörlich über sein Haar, von der Stirn bis zum Hinterkopf. Trude fragte: »Was gibt es denn zum Abendbrot? Ich bin mit Hans verabredet.«

»Du siehst ja«, erwiderte Anna, »wir haben nur Brot und Marmelade.«

Trude sah von einem zum anderen. Sie atmete tief. »Ist ja zum Ersticken hier«, sagte sie. »Nächstens traut man sich überhaupt nicht mehr, nach Hause zu kommen. Was ist denn bloß los mit euch?«

Anna stellte sich an den Herd. Sie sagte müde: »Ihr könnt euch in unsere Lage nicht hineinversetzen, du und der Junge. Ihr geht eure eigenen Wege. Der Junge ist wieder in seiner Gruppe, und du hast den Hans. Aber sitz mal den ganzen Tag hier in der Bude. Das Dach fällt dir auf den Kopf, sage ich dir ...«

»Ist ja meine Rede: ihr hockt viel zuviel zu Hause. Seht euch mal einen Film an, ›Kuhle Wampe‹, handelt von lauter Arbeitslosen, die über Sommer in einer Zeltstadt wohnen. Die sind auch nicht verzweifelt, lauter junge Leute. Die halten alle zusammen ...«

»Lauter Arbeitslose?« fragte Anna. »Ich sage ja, Vater ist nicht der einzige. Aber du weißt, wie gern Vater gearbeitet hat.«

»Andere wollen auch arbeiten«, erwiderte Trude kurz.

Hermann beugte sich vor. Er stand halb auf und stützte die Hand auf den Tisch. Er sagte: »Mag ja alles sein: andere wollen auch arbeiten. Aber man hoffte doch, es würde langsam besser werden. Man hat doch nicht umsonst sein ganzes Leben lang geschuftet. Mit euch Jungen ist es was anderes. Ihr lernt die Arbeit gar nicht erst kennen. Aber mit uns ging es doch mal bergauf, man kam vorwärts.«

Anna ging zum Brotkasten und säbelte für Trude zwei Schnitten ab. Sie zündete das Gas an und setzte Kaffeewasser auf. Sie sagte: »Die Unterstützung reicht ja nicht hin und nicht her. Wie weit sollen wir denn kommen mit den paar Groschen? Wenn wir die Miete bezahlen, habe ich nichts mehr, um was auf den Tisch zu bringen.«

Trude ging ins Zimmer hinüber und zog sich um. Sie kam zurück und stülpte sich vor der Glasscheibe im Schrank die Baskenmütze aufs Haar. Hermann sagte: »Wir müssen auch an die Sterbekasse denken. Die Zeit ist jetzt abgelaufen. Nächsten Monat müssen die zehn Mark dasein. Woher aber?«

Trude lachte in das Glas hinein. Sie sagte: »Du mußt eben rasch sterben – bevor die Police fällig wird.« Sie tupfte dem Vater einen Kuß auf den Mund. Die Mutter bekam einen Nasenstüber. »Tschüs! Seid man nicht so miesepetrig.« Sie fegte aus der Tür.

Anna lief zum Schalter und drehte das Licht wieder aus. Nun lag die Küche im Dunkeln. Hermann ging auf und ab. Vom Fenster bis zur Tür, seine Füße schlurften über den Holzfußboden. Anna stand plötzlich auf. »Ich halte das Rumsitzen nicht länger aus. Trude hat ganz recht, wir hocken zuviel hier drinnen. Kommst du mit? Ein bißchen durch die Straßen gehen.«

»Nein, geh man allein.«

Anna schlüpfte in ihren Mantel. Dann bürstete sie das Haar noch mal glatt. Klein und grau, die Schultern hochgezogen, so schlich sie aus dem Laden. Der Meister war nun allein. Eine Weile setzte er sich an den Tisch. Er zog die Pfeife aus der Tasche und steckte sie zwischen die Zähne. Aber sie schmeckte ihm heute nicht. Er legte sie auf die Tischkante zurück. Er stand auf und ging ins Schlafzimmer hinüber. Er machte Licht. Die Betten standen an der Wand, darüber hing ein Ölgemälde. Eine Waschtoilette stand übereck. Auf der Chaiselongue lagen noch die Decken, Anna legte sich manchmal über Mittag hin.

Hermann ging wieder in den Laden zurück. Er knipste auch hier das Licht an. Er entzifferte die Titel auf den Buchrücken und fuhr mit den Händen über die Regale. Er rüttelte an ihnen, sie schienen wie für ewig gebaut. Gut war das. Anna war so flink und freundlich in ihrem Laden. Sie liebte ihre Bücher – und mit der Zeit würden auch Kunden kommen. Es mußte sich bloß erst herumsprechen, daß sie hier gut beraten wurden. Hermann ging zu der Kellerklappe und machte sie auf. Er stieg die Leiter hinunter. Ein kegeliges Licht fiel vom Laden in die Werkstatt. Hell standen die Bänke da, die Maschine. Von einem Balken baumelte das Handwerkszeug. Hermann trat an den Ofen heran, der stand im Dunkeln, ein breiter, unförmiger Schatten. Da war auch noch der Leimtopf, der Pinsel stand wie eingefroren genau in der Mitte.

Hermann griff nach seinem Kittel, der über den Bökken lag, als hätte er ihn gestern erst ausgezogen. Er fror. Er klappte die Seiten übereinander und zog den Gürtel fest. Dann nahm er den Leuchter vom Paneelbrett und zündete den Lichtstumpf an. Ein zittriges Licht flackerte auf.

Leise fing er an, mit sich zu sprechen. Lauter Gedanken, die sich in seinem Schädel drehten. Die neuen Freunde von dem Jungen ... Einer trug eine braune Affenjacke. Und die Trude mit ihrem Hans – der ist ja wohl ein Roter. Er ist mit Isaac zusammen, mal haben ihm die beiden aus der Patsche geholfen. Hermann hat nichts gegen Isaac, aber er soll ihn in Ruhe lassen. Anna und er, sie gehören nirgends hin. Sie sind genau in der Mitte, sie haben ausgespielt. Wieder denkt er an die Tochter. Wie sie gesagt hat: Du mußt rasch sterben, bevor die Police fällig wird. Mal hat sie, vor vielen Jahren, auf seiner Hand gesessen. Mit beiden Händen hat sie sich an seinen Daumen geklammert. Kleine Trude. Jetzt ist sie erwachsen und weit weg und kühl. Aber er weiß nun selbst, daß sie recht hat. Er muß sich mit dem Sterben beeilen, er ist überzählig auf der Welt. Er steht morgens auf und legt sich abends hin. Tagsüber läßt er die Zeit vergehen. Er weiß kaum noch, ob Sonntag oder Alltag ist.

Er ging noch einmal durch die Werkstatt und sah sich alles an. Er prüfte ein paar Balken, die unter der Decke liefen. Dann kramte er in den Ecken. Unter dem Handwerkszeug des Jungen lag das Seil, sie hatten es öfter zum Liefern gebraucht. Er riß die Enden auf. Plötzlich fiel ihm ein, daß er vergessen hatte, einige Kleinigkeiten wegzuräumen. Er nahm den Leimtopf vom Ofen und stellte ihn in den Seitenschrank. Dann bürstete er mit dem Pinsel die Bänke blank. Späne lagen ja nirgends herum, aber er wischte doch über sämtliche Flächen und achtete darauf, daß kein Staubkorn irgendwo in den Winkeln blieb.

Nun gab es nichts mehr zu tun. Noch einmal stieg er die Leiter hinauf. Er wollte in den Laden und das Licht ausdrehen. Anna würde sich wundern, wenn sie kam und alles hell erleuchtet war. Doch als er nach oben kam, stand Anna schon in der Tür. Wahrscheinlich war sie gerade erst hereingekommen, sie hatte den Mantel noch nicht ausgezogen. Ihr Gesicht war rot. Die erschrockenen Augen eilten hin und her. Hermann hockte sich auf den Ladentisch. Anna trat vor ihn hin. Sie hielt seine Hand fest. Diese schwielige Hand. Sie sagte: »Wärst du mal mitgekommen. Man hockt zuviel hier herum. Draußen sieht alles ganz anders aus.« Eine Weile blieb es still, Hermann wußte nichts zu sagen. Er war erleichtert, als er von neuem Annas Stimme hörte. Sie sagte: »Wir melden das Gewerbe wieder an, du mußt was Richtiges arbeiten. Weißt du was? Wir bringen überm Laden ein Schild an: *Übernehme Reparaturen aller Art.* Wirst mal sehen, wie die Leute kommen!« Sie ging weg und hängte ihren Mantel an den Haken. Ihr Kittel sperrte über der Brust. Sie sah auf einmal ganz jung aus, mit ihrem straffen Gesicht. »Es wird doch jetzt nicht zu Ende sein«, sagte sie. »Gerade jetzt, wo wir den Laden haben. Es ist doch immer gegangen, wenn man die Zeit überdenkt.«

Ja, es war immer gegangen. Es war weitergegangen, weil er die Anna hatte. Wie benommen kletterte Hermann von dem Ladentisch. Er tapste in die Stube hinüber. In dem gelben Schein der Hängelampe stand Anna.

Nachwort

Wenn mein Buch KLEINE LEUTE jetzt – zwanzig Jahre nach der Erstveröffentlichung und sogar fünfundfünfzig Jahre nach seiner Niederschrift – wiederum auf den Buchmarkt kommt, ist es nur natürlich, daß meine Gedanken zurückgehen in eine Zeit, die die meisten heutigen Leser nur aus dem Geschichtsbuch kennen; ich meine die letzten Jahre der sich schon in Agonie befindenden Weimarer Republik, als ich, damals erst zweiundzwanzig Jahre alt, mir die Geschichte des Handwerksmeisters Hermann Wegener von der Seele schrieb, eine Geschichte, der eigenes Erleben in meinem Elternhaus zugrunde lag, und der ich damals den ironisierenden Titel gab: HANDWERK HAT GOLDENEN BODEN. Wie war es dazu gekommen, dieses Buch zu schreiben?

Schon als Kind gehörte es zu meinen liebsten Beschäftigungen, meine kleinen Erlebnisse einem Tagebuch anzuvertrauen. In der Schule war Deutsch mein Lieblingsfach, in dem ich mich vor allem im Aufsatzschreiben hervortun konnte. Und als uns unsere Klassenlehrerin bei der Schulentlassung nach unseren Berufswünschen fragte – ich ging schon nach der 10. Klasse, damals sagte man »mit dem Einjährigen«, von der Schule ab, um möglichst bald Geld zu verdienen –, gestand ich ihr errötend meinen geheimsten Wunsch: ich wollte für mein Leben gern für Zeitungen schreiben, wollte Journalistin werden! Meine Klassengefährtinnen, die angehenden Friseusen, Stenotypistinnen oder Schneiderinnen, lachten, und auch um den Mund unserer Lehrerin zuckte es. »Ja, warum nicht gar Schriftstellerin?« spottete sie, und sie fragte: »Hast du denn schon ein Pseudonym?« Wieder war ich der Gegenstand allgemeinen Gespötts, doch das scherte mich wenig: um so hartnäckiger bestand ich auf meinem Wunsch. Doch wie wurde man Journalistin (oder Schriftstellerin) in einer Zeit, in der es weder Schulen für künftige Literaten gab, wie heutzutage das Leipziger Literatur-Institut, noch Zirkel für Literatur-Freunde, wie sie heute in vielen Betrieben, ja sogar schon in den polytechnischen Oberschulen gang und gäbe sind? Für ein Mädchen wie mich, das aus dem Mittelstand kam, weder Fürsprache noch Verbindungen hatte, war mein Wunsch geradezu vermessen, und bis zu seiner Verwirklichung war noch ein langer, beschwerlicher Weg.

Zunächst fand ich nicht einmal eine Lehrstelle. Mein sehnlichster Wunsch, als Volontärin an eine Zeitung zu kommen, schien unerfüllbar; meist erhielt ich nicht einmal eine Antwort auf meine Bewerbungen. So mußte ich mich nach einem anderen Betätigungsfeld umsehen. Meiner Mutter, die nie in ihrem Leben ein Bankkonto besessen und vermutlich nicht einmal eine Bank je von innen gesehen hat, schwebte für ihre Tochter ein Traumberuf vor, den sie mir in den prächtigsten Farben malte. Ich sollte mich um einen Lehrvertrag bei einer Bank bewerben, sollte »Beamtin« werden, womöglich mit Pensionsanspruch – ein Ziel, das meiner Mutter in ihrer unsicheren Existenz als der Inbegriff des Erstrebenswerten erschienen sein mag! Ich weiß nicht mehr, welchem gütigen Geschick ich es verdankte, daß mir das Los erspart blieb, bis zu meinem Rentenalter über Zahlen zu brüten oder hinter einem Schalter zu stehen; offenbar waren die Auskünfte, die die Bank über mich und meine »Herkunft« einzog, nicht günstig genug. Auch andere Versuche, zu einer Lehrstelle zu gelangen, so etwa bei »Neumann & Schneider – Blusen und Kleider« oder bei einem anderen der vielen Berliner Konfektionsbetriebe, zerschlugen sich leider – oder, wie ich heute weiß: zu meinem Glück. Denn wie hätte ich eine dreijährige monotone Lehrzeit in einem x-beliebigen Büro ertragen sollen, da mein Kopf doch auf Schritt und Tritt Sätze formte; da ich *schreiben* wollte?

So war es fast zwangsläufig, daß meine Augen eines Tages unter den spärlichen Stellenangeboten in der Zeitung eine bescheidene »Kleine Anzeige« entdeckten, die mein lebhaftes Interesse erregte: die Ausbildung zur »versierten Bürokraft« in einer nur einjährigen Lehrzeit wurde zugesichert. Als Firma zeichnete ein »Pressebüro Kosmos«. Ich bewarb mich und durfte mich vorstellen. Das Büro, das in einem hochherrschaftlichen Haus am Kurfürstendamm untergebracht war, erschien mir und meinen Eltern, die mich dorthin begleiteten, durchaus vertrauenswürdig; ja, es blendete uns durch seine vorgetäuschte Vornehmheit. Was tat es, daß die Lehre, wie der Chef nur beiläufig erwähnte, ohne jede Vergütung erfolgen sollte? Meine Eltern waren freudig bereit, mich noch ein weiteres Jahr durchzubringen. Was bedeutete ein Jahr, wenn ich danach eine perfekte Kontoristin war oder sogar, was mir verlockender schien, eine geschulte Journalistin? Um es kurz zu machen: das pompöse Büro, das unter verschiedenen Firmennamen florierte, zu dessen »Bürokräften« indes, außer mir, nur noch zwei weitere Lehrlinge zählten, erwies sich als ein großangelegtes Schwindel-Unternehmen! Wir drei Lehrlinge waren zu jung und zu unerfahren, um die Machenschaften unseres Chefs, des vorgeblichen Generalkonsuls, Presse- und Generalvertreters sowie Inhabers einer Treuhandgesellschaft, bis auf den Grund zu durchschauen. Doch es sprach sich auch bis zu uns herum, daß sein jüngerer Bruder, unser »Bürovorsteher«, gerade aus dem Gefängnis gekommen war, wo er eine mehrjährige Haft wegen Betruges hatte absitzen müssen. Um dem Älteren seine Nützlichkeit zu beweisen, befleißigte er sich nun, uns in Windeseile beizubringen, wie man Briefe sauber mit der Maschine tippt oder in Ordner ablegt, kurz, wie wir alle

Arbeiten einer sonst teuer zu bezahlenden Bürokraft absolvieren konnten. Ich setzte immer noch meine Hoffnung auf das Pressebüro, bis ich entdeckte, daß auch dieses Unternehmen lediglich aus einigen Briefbogen mit dazugehörigem Stempel bestand, mit denen unser »Chefredakteur« bei den Theatern um Freikarten schnorrte, die er seltsamerweise auch erhielt, obwohl meines Wissens nie eine Rezension von ihm verfaßt worden ist. Ich wußte nun schon, ich war hier fehl am Platze. Doch bevor ich ernstlich daran dachte, mich nach einer anderen Stelle umzusehen, fiel mein Blick eines Tages auf die letzte Seite des »12-Uhr-Blattes«, einer sensationell aufgemachten Mittagszeitung, die erfolglos versuchte, der guteingeführten »BZ am Mittag« von Ullstein Konkurrenz zu machen. Diesmal waren dort als Blickfang die Fotos mehrerer Mädchen zu sehen, die, wie dem Begleittext zu entnehmen war, an drei Abenden dieser Woche im »Wintergarten« für die Wahl der »Berliner Sommerkönigin 1927« kandidieren würden. Nun waren Schönheitswettbewerbe damals keine Seltenheit. Zu allen möglichen Gelegenheiten kürte man eine »Miß Germany«, eine »Königin der Nacht« oder auch nur die »Schönste Badenixe« einer Sommersaison. Aber daß die Kandidatinnen zuvor in einer Zeitung vorgestellt wurden, war etwas Besonderes und erschien mir wie eine Herausforderung an mich selbst. Rasch war mein Entschluß gefaßt: auch ich würde im »Wintergarten« auftreten, würde meine Konkurrentinnen kennenlernen und meinen Erlebnisbericht ans »12-Uhr-Blatt« schicken!

So kam es, daß ich bald darauf – zum ersten Mal! – meinen Namen gedruckt unter einem Artikel las, dem der Redakteur den reißerischen Titel »Thronkandidatinnen – Aufmarsch der Schönheiten« gegeben hatte. Und zugleich mit der Belegnummer, die er mir zusandte, forderte er mich brieflich auf, gelegentlich zu ihm in die

Redaktion zu kommen, da mein Artikel »Talent verrate«. Noch heute sehe ich das verblüffte Gesicht des schon ältlichen Mannes, als ich mich ihm schüchtern als Verfasserin des Beitrages zu erkennen gab. »Aber Sie sind ja noch so jung!« rief er aus. »Schade. Ich wollte Sie gerade bitten, uns ein Interview mit der Hilde Scheller zu schreiben ... Aber Sie sind ja wohl selber erst sechzehn?« schloß er mit einem fragenden Blick auf mich. »Fast siebzehn!« verbesserte ich ihn kleinlaut. Noch nie hatte ich meine Jugend so sehr verwünscht. Denn nichts erschien mir verlockender, als jene Hilde Scheller kennenzulernen, die die Ursache einer Schülertragödie geworden war, über die die Zeitungen gerade spaltenbreit berichteten; hatte doch ein Primaner aus Eifersucht seinen besten Freund erschossen! Noch hoffte ich, den Redakteur dazu bringen zu können, daß er mich, ungeachtet meiner Jugend und meiner Unerfahrenheit, dennoch das Gespräch mit Hilde Scheller führen ließ; aber er ließ sich nicht umstimmen. Immerhin erteilte er mir in nächster Zeit einige andere, unvergleichlich leichtere Aufträge, die für mich eine gute journalistische Übung waren. Ich interviewte einen »achtjährigen Kraftmenschen von Oranienburg«, der Ketten zu sprengen vermochte und Nägel mit der bloßen Hand in die Wand schlug, und ich besuchte eine Familie, die aus fünf Generationen bestand und einträchtig unter einem Dach zusammenlebte. Ich berichtete für das Blatt über »Die erste große Funkausstellung« und über den »Luna-Park des Ostens« in Berlin-Moabit. Ja, ich ging sogar, angetan mit einem falschen Zopf und mit dem besten Kleid meiner Mutter, in »Klärchens Ballhaus« zum verkehrten Ball – alles aus journalistischem Ehrgeiz. Inzwischen hatte ich längst meine »Lehre« in dem Schieberbüro aufgegeben und war durch Vermittlung des Redakteurs in die Anzeigen-Abteilung des »12-Uhr-Blattes« aufgerückt, wo ich indes, abgesehen von einer finanziellen Aufbesserung von Null auf fünfzig Mark Monatsgehalt, vom Regen in die Traufe geraten war: wieder einmal hatte ich keine Gelegenheit, etwas dazuzulernen, weil es für mich absolut keine Arbeit gab – ein Zustand, der einer seelischen Folter gleicht. In den ersten Tagen hatte ich noch die Portokasse führen dürfen, aber auch sie wurde mir wieder entrissen, und zwar von meinem einzigen männlichen Bürokollegen, einem Jüngling im zartesten Alter, zu dessen Obliegenheiten es gehörte, von den bei uns inserierenden Masseusen die Gebühren für ihre Anzeigen einzutreiben, die offenbar ein Hauptanziehungspunkt für die Abonnenten waren. Allzu harmlos war ich indes, um hinter den Sinn der Bemerkungen zu kommen, die unsere Bürodamen dem jungen Kollegen nachriefen, wenn er sich morgens auf die Reise machte. Und erst allmählich dämmerte mir, welchen körperlichen Leiden die flotten Damen in den Massage-Salons zu Leibe rückten. Ich sah, wie der Junge immer blasser wurde, fürchtete schon, daß er ernstlich krank sei, und wunderte mich daher auch nicht, als er eines Tages, ohne Angabe von Gründen, unserem Büro einfach fernblieb, und zwar für immer; eine Tatsache, die den beiden Damen wiederum Anlaß bot, die verschiedensten Mutmaßungen anzustellen. Mich interessierte das alles wenig, zumal auch ich danach trachtete, dem hiesigen Bürodasein zu entkommen und vor allem der Gemeinschaft mit den beiden Frauen, von denen die Jüngere oft für Stunden ins Privatkontor eines unseres Chefs entschwand, während die andere den Nachmittag vertrödelte, indem sie sich an Kuchen und Schlagsahne schadlos hielt. Ich verachtete alle beide: die eine wegen ihrer Unmoral – Jugend ist immer streng, sofern es um Ältere geht –, die andere wegen ihrer Gefräßigkeit. Und je verlorener ich mir unter ihnen vorkam, um so mehr wuchs mein Verständnis für den jungen Mann, der sich davongemacht hatte, und dem ich es so bald wie möglich gleichtun wollte. Wieder studierte ich mit Inbrunst die Stellenanzeigen, und wiederum war es das Angebot eines Verlagsunternehmens, das mir am meisten in die Augen stach.

In S. Gerstmann's Verlag, wo ich landete, wehte ein schärferer Wind! Hier wurde forsch gearbeitet, auf Leistung: vierzig Briefe, zu je dreißig Zeilen auf der Seite, war mein tägliches Mindestpensum! Heute denke ich oft, es war lehrreich, daß ich den Zwang kennengelernt habe, dem man als Arbeitnehmer im Kapitalismus unterworfen ist. Mein Soll erlaubte mir nicht, auch nur sekundenlang von meiner Arbeit aufzusehen; außerdem wußte ich, daß ich unter ständiger Beobachtung stand. Sowie mein Kollege und ich, die in einem an die Expedition angrenzenden Kabinett ihren Arbeitsplatz hatten, eine nur flüchtige Bemerkung tauschten, erschien am Schiebefenster das drohende Gesicht unseres Chefs, und wir verstummten erschreckt, manchmal mitten im Wort. Streng wurden die Pausen eingehalten: eine Viertelstunde fürs Frühstück, eine halbe zu Mittag – für beides brachten wir unsere Stullenpakete von zu Hause mit. Keine warme Mahlzeit, keine Kantine, kein entspannendes Kollegengespräch; bei Gerstmann herrschte eiserne Disziplin! Abends schmerzte mein Rücken, todmüde fiel ich ins Bett. Aber nicht der Streß war es, der mich bewog, bald wieder nach einer neuen Stellung auszuschauen, sondern allein die Tatsache, daß ich von meinem Ziel, zu schreiben, weiter entfernt war als je. Bei Gerstmann bekam ich weder ein Manuskript zu sehen, das andere, glücklichere als ich, bereits geschrieben hatten, geschweige denn ein fertiges Buch. Man hatte mich in der Werbeabteilung eines Fachblattes untergebracht, eines Traktätchens, das sich vornehmlich an das Beamtentum wandte. Mit Todesverachtung hämmerte ich acht Stunden täglich auf meiner Maschine die abgedroschenen Sätze herunter, mit denen der Werbeleiter gewisse Firmen, die er dem Branchen-Adreßbuch entnahm, zu bewegen suchte, ihre Erzeugnisse gerade in unserem Blatt anzupreisen, womöglich durch ein ganzseitiges Inserat! Mein Vorgesetzter hatte seine besten Zeiten hinter sich. Er quälte sich mit dem Text, der oft sogar grammatikalische Schnitzer enthielt. Versuchte ich aber stillschweigend, die Fehler auszumerzen, erboste ihn das erst recht. Hartnäckig bestand er auf seiner Version, verbot mir kategorisch, auch nur ein Komma daran zu ändern, drohte mir bei Nichtbefolgung mit Entlassung! Zunächst versuchte ich noch, mich durchzusetzen, doch schließlich gab ich es auf, ließ die Dinge laufen, denn ich begriff, was den Alten ängstigte. Der Ärmste, der für einen Hungerlohn arbeitete und der, wie jeder im Verlag wußte, die abgelegten Anzüge von Herrn Gerstmann auftrug, zitterte ständig bei dem Gedanken, ein Jüngerer, Vitalerer könnte ihm seinen armseligen Posten streitig machen, und womöglich gar ein Grünschnabel wie ich, der vorgab, alles besser zu wissen. Ich fügte mich also und fuhr noch eine Weile fort, seine fehlerhaften Sätze in die Welt hinaus zu entsenden. Doch schon als wir im Branchen-Adreßbuch beim Buchstaben K wie »Krolls Festsäle« angelangt waren, tippte eine neue Kraft den Werbe-Standardtext, und ich saß bereits in einem anderen Büro, das diesmal eher meinen Erwartungen zu entsprechen schien. Ich war zur Redaktionssekretärin avanciert, erhielt ein Monatsgehalt von hundertfünfzig Mark, was Ende der zwanziger Jahre, zu Beginn der Krise, schon als ein Spitzengehalt gelten konnte – zumindest für eine »Kraft« mit so wenig fundierter Erfahrung, wie ich sie hatte.

Die neue Stellung hatte ich gleichsam im Sturm genommen. Am selben Tag, als ich mich in der Redaktion der Zeitschrift »Filmtechnik« vorstellte, war im »12-Uhr-Blatt« einer meiner Artikel erschienen. Er hieß »Briefe, die Henny Porten bekommt« und fußte auf Unterlagen, die ich mir bei der Henny-Porten-Filmgesellschaft beschafft hatte (fast jeder Star hatte damals eine eigene Filmgesellschaft). Nun hielt ich dem überschlanken jungen Mann, dem Chefredakteur, mangels besserer Referenzen meinen Artikel hin – und seltsamerweise führte mein Bluff zum Erfolg. Ich wurde eingestellt, ungeachtet der Tatsache, daß ich bei dem anschließenden Probediktat jämmerlich versagte, weil ich in der Aufregung alle Kürzel, die ich mir in einem Schnellkursus eingeprägt hatte, heillos durcheinanderbrachte. Daß mein neuer Chef mich dennoch dabehielt, hatte seinen besonderen Grund. Er war Ungar und erst vor kurzem nach Berlin gekommen. Und obwohl er die deutsche Sprache bereits gut beherrschte, legte er Wert darauf, eine Sekretärin zu haben, auf deren Sprachgefühl er sich verlassen konnte. Daß ich schrieb, war ihm wichtiger als die einwandfreie Beherrschung der Stenographie, in der mich andere Bewerberinnen leicht hätten überflügeln können.

An die Zeit in der »Filmtechnik« denke ich gern zurück. Wir zwei waren die einzigen Angestellten in der Berliner Redaktion des großen Foto-Kino-Verlages, der seinen Sitz in Halle hatte: ein junger Redakteur mit seiner noch jüngeren Sekretärin. Denn auch Kraszna-Krausz zählte erst dreiundzwanzig Jahre; erstaunlich, daß ihm schon die Verantwortung eines Chefredakteurs übertragen worden war. Allerdings wirkte er älter, über seine Jahre hinaus gesetzt. Kaum einmal habe ich ihn ausgelassen oder auch nur albern gesehen, wie andere Leute seines Alters. In der Arbeit war er fleißig und zuverlässig, manchmal direkt pedantisch. Dennoch war er alles andere als ein Bürokrat, eine Tatsache, die sich noch günstig für mich erweisen sollte. Doch dazu komme ich später.

Wir gaben die »Filmtechnik« heraus, die 14tägig erschien, und eine den Filmamateuren gewidmete Monatsschrift »Film für Alle«, für dessen Umbruch ich bald allein verantwortlich war. Mit Arbeit war ich also eingedeckt, aber die Aufgaben hier waren vielseitig und immer interessant. Oft erhielt ich von meinem Chef Karten für eine Filmpremiere, die er selber nicht wahrnehmen konnte, da sie sich mit einer anderen überschnitt. Die Premierenkinos befanden sich am Bahnhof Zoo – ich wohnte mit meinen Eltern im Berliner Norden. Ich sehe mich noch, wie ich damals, meist erst gegen Mitternacht, von der U-Bahn kommend, die dunkle, menschenleere Straße hinunterlief, an deren äußerstem Ende unsere Wohnung lag. Ich rannte, um mich warmzulaufen, denn der Winter 1929 war bitterkalt, minus zwanzig Grad zeigte das Thermometer, und meine Füße in dem dünnen Schuhzeug waren steifgefroren. Zu Hause saßen meine Eltern am schon wieder kalten Ofen. Sie erwarteten mich, so spät ich auch kam, wußten sie doch, daß ich hungrig war, obendrein angefüllt mit Eindrücken, die ich mitteilen wollte. Während ich erzählte, bestrich mir meine Mutter ein paar Schnitten mit Schmalz, dem einzigen Aufstrich, den wir uns in jenem Winter leisten konnten, denn die Krise begann sich schon empfindlich bemerkbar zu machen. Überall wurde rationiert, die Arbeiter flogen auf die Straße, begonnene Bauten wurden liegengelassen, weil dem Unternehmer das Geld ausging. Wenn das Bauwesen stagniert, bekommen auch alle anderen Handwerker die Flaute zu spüren, und wer von ihnen über keine Reserven verfügte, kämpfte ums Überleben. Täglich las man in der Zeitung von neuen Pleiten, von verzweifelten Selbsthilfe-Aktionen, vorgetäuschten Konkursen, ja, von vielen Selbstmorden. Auch meine Eltern klagten darüber, daß niemand mehr das Geld hatte, um Möbel zu kaufen, und Mutter jammerte, weil sie nicht wußte, wie sie uns sattkriegen sollte. Ich hörte das ständige Lamentieren, aber ich war zu jung, und sowie ich der Stube den Rücken kehrte, stürmten neue Eindrücke auf mich ein, die das häusliche Dilemma in den Hintergrund drängten.

Heute scheint mir, daß in geistiger Hinsicht nie eine Zeit lebendiger war als die der zu Ende gehenden Weimarer Republik. Gerade waren die ersten sowjetischen Filme zu uns gelangt, Meisterwerke wie Pudowkins »Sturm über Asien« oder der »Panzerkreuzer Potemkin« von Eisenstein. Aus Amerika kamen – noch als Stummfilm – die ersten Micky-Mouse-Streifen Walt Disneys. Von Josef v. Sternberg sah ich »Unterwelt«, und als ersten Tonfilm »Der singende Narr« mit Al Johlsen, dessen »Sonny boy«-Schlager man bald von allen Straßenecken pfeifen hörte. Ich sah den Südsee-Film »Tabu« von Frank Murnau sowie viele hervorragende Filmwerke aus den deutschen Studios, von denen mir vor allem »Menschen am Sonntag« von Robert Siodmak sowie die Walter-Ruttmann-Filme noch lebhaft in Erinnerung sind. Daß es in der jungen Sowjet-Literatur ebenfalls Beachtliches gab, wußte ich damals noch nicht; ich hatte Mühe, aus der verwirrenden Vielfalt deutscher Publikationen das Beste herauszufischen. Ich las »Jahrgang 1902« von Ernst Glaeser, Döblins »Berlin-Alexanderplatz«, »Der Fall Mauritius« von Jakob Wassermann und »Der Abituriententag« von Franz Werfel ebenso begierig wie die Knut-Hamsun-Bücher, wie den »Knulp« von Hermann Hesse oder von Manfred Hausmann »Lampioon küßt Birken und junge Mädchen«, dessen Landstreicher-Romantik mich lange Zeit gefangenhielt. So etwas, nahm ich mir vor, wollte ich auch einmal schreiben. Aber wo?

Vorläufig hatte ich nicht einmal einen Tisch für mich, geschweige denn einen Raum, in den ich mich allein hätte zurückziehen können. Manchmal setzte ich mich ins »Mokka Efti«, das unserer Redaktion schräg gegenüber lag, leistete mir mit schlechtem Gewissen eine Tasse Kaffee, die damals, wenn ich mich recht erinnere, 30 Pfennige kostete, und schrieb an einem der kleinen Marmortischchen, an dem ich hoffte allein zu bleiben, eine der Glossen nieder, die mein Chef Kraszna-Krausz gelegentlich in »Film für Alle« veröffentlichte, um mir großmütig einen zusätzlichen Verdienst zu verschaffen. Einmal setzte sich dennoch ein Mann zu mir, von dem ich nur noch weiß, daß er einen Allerweltsnamen hatte, sagen wir Müller; daß er, zusammen mit einem Partner, eine Presse-Korrespondenz herausgab und im Büro in der Besselstraße im regelmäßigen Turnus Zusammenkünfte mit seinen Autoren veranstaltete. Er lud mich ein, gleichfalls einmal hinzukommen, und auf diese Weise lernte ich Hans-Wolfgang Hillers kennen, einen Dramatiker, der die anerkannte Autorität in diesem Kreise war; sein Stück »Julchen und Schinderhannes« wurde an mehreren Provinzbühnen aufgeführt, während ihm der Durchbruch nach Berlin leider bisher nicht gelungen war; hier hatte gerade der »Schinderhannes« Carl Zuckmayers große Erfolge errungen. Hillers' Stück war um zwei Jahre zu spät gekommen. Auch ein anderes seiner Stücke, »Mottentanz, Revue einer Jugend«, brachte ihm nicht den erhofften großen Erfolg; die Bühnenfassung hatte er sogar im Selbstverlag herausbringen müssen, was damals, genau wie heute in der Bundesrepublik, für junge Autoren oft die einzige Möglichkeit war, sich in der Öffentlichkeit Gehör zu verschaffen. Im »Zweimann-Verlag« von Hillers und Müller erschien auch eine Feuilleton-Korrespondenz, an der ich nun ebenfalls gelegentlich mitarbeitete, sofern sich Hillers zu einer Annahme meines Beitrages entschließen konnte. Zu meinem Glück war er ein strenger Kritiker. Er war auch der erste, der mir über gesellschaftliche Zusammenhänge die Augen öffnete, indem er mich auf die Schriften von Marx und Engels verwies. Außerdem empfahl er mir die Bücher des Malik-Verlages, die Romane von Upton Sinclair oder die Werke der Alexandra Kollontai. Was aber das Wichtigste war: Hillers nahm mich als kommende Autorin ernst. Immer wieder verstand er es, mir Mut zu machen, und unermüdlich trieb er mich an, weiterzuschreiben, weil Meisterschaft, wie er sagte, nur durch geduldige Übung zu erreichen sei. Oft stritten wir miteinander und trennten uns, wie wir meinten, im Zorn für immer. Aber sowie ich etwas Neues geschrieben hatte, bat ich ihn um sein Urteil und war wieder seine gelehrige Schülerin. Ich habe Hillers, dem Kommunisten, viel zu verdanken, und ich würde mich freuen, wenn ihm meine Zeilen aus der Vergessenheit, in die er geraten ist – meiner Ansicht nach ungerechtfertigter Weise –, heraushelfen könnten. Hillers hat eine Zeitlang die »Freie Volksbühne« geleitet, und er schrieb, zusammen mit Johannes R. Becher, »Der große Plan«, der in den Berliner Tennishallen aufgeführt wurde. Später hörte ich das Gerücht, Hillers sei »umgefallen«, er habe mit den Nazis seinen Frieden gemacht. Ich kann es nicht glauben. Ich weiß, daß er von einer Delegationsreise in die Sowjetunion in den dreißiger Jahren enttäuscht zurückgekehrt ist; vielleicht hatte er gehofft, dort schon den fertigen Kommunismus zu finden. Enttäuscht war er auch 1933 über das Unvermögen der Kommunisten und Sozialdemokraten, die Faschisten noch in letzter Minute in die Flucht zu schlagen. Ich sehe uns noch in der Hillersschen Wohnung sitzen, etwa ein Dutzend Genossen, zu denen auch ich schon gehörte. Die SA hatte an diesem 22. Januar 1933 ihren provokatorischen Marsch zum Bülowplatz, vor das Karl-Liebknecht-Haus, ungehindert durchführen können, obwohl wir Genossen nur auf das Zeichen zum Aufstand gewartet hatten. Das Zeichen erfolgte nicht, weil die Einheitsfront zwischen den beiden Arbeiterparteien nicht zustande gekommen war. Ratlos, bedrückt saßen wir da; wir alle ahnten, was jetzt auf uns zukommen würde. Viele aus der damaligen Runde wurden bald danach verhaftet, andere gingen ins Exil. Ich habe Hillers noch einmal während des Krieges wiedergesehen, in der Kantine des Ufa-Geländes. Er arbeitete für die Ufa als Dramaturg, während ich, für das Lektorat der Ufa, Bücher auf ihre filmische Verwertbarkeit zu begutachten hatte. Irgendwie mußte man sich über Wasser halten.

Ich weiß, daß Hillers kraft seiner Position manchem Antifaschisten zu einem Einkommen hat verhelfen können. Mir verschaffte er den Szenarium-Auftrag für den Semmelweis-Film, den ich 1942 zusammen mit Joachim Barckhausen geschrieben habe, und den die Ufa dann doch nicht mehr drehen durfte, weil Goebbels den Zuschauern die vielen Filmleichen nicht zumuten mochte – den Millionen Soldaten-Leichen gegenüber war er weniger zartfühlend. Es hieß, das Propagandaministerium werde dem Film erst nach einer erfolgreichen Gegenoffensive grünes Licht gewähren. Doch dazu ist es bekanntlich nach Stalingrad nicht mehr gekommen. Der Film »Semmelweis – Retter der Mütter« wurde erst nach 1945 von der DEFA gedreht.

Ich habe vorgegriffen. Noch saß ich, 1929 und 1930, in der Redaktion der »Filmtechnik«, wo sich gerade Aufregendes ereignete. Die »Dachorganisation der Filmschaffenden« war gegründet worden, eine Gewerkschaft, die die Verbände der Filmautoren, Kameraleute, Filmarchitekten, Komponisten, Darsteller und Filmregisseure unter einer Leitung vereinen sollte. Zum Präsidenten der »Dacho« wurde Lupu Pick gewählt, zum Sekretär Andor Kraszna-Krausz. Letzterer sollte auch die »Filmkunst« redigieren, das neugegründete Organ der »Dacho«, dem leider nur ein kurzes Dasein beschieden war. Die »Filmkunst« war eine Zeitschrift von hohem Niveau; zu ihren Mitarbeitern zählten namhafte Filmtheoretiker wie Béla Balazs und Rudolf Arnheim, der uns Vorabdrucke aus seiner Aesthetik »Film als Kunst« zur Verfügung stellte, die zwei Jahre später als Buch erschien. Alle großen Regisseure gingen bei uns ein und aus: G. W. Pabst, Slatan Dudow, Joris Ivens oder Fritz Lang und vor allem, fast täglich, der kleine, bewegliche Lupu Pick, der uns so plötzlich entrissen wurde durch eine Fischvergiftung, an der er in der Nacht nach einem Gala-Essen verstarb. Für die »Dacho« bedeutete sein Tod einen schweren Verlust, und auch wir im Büro waren fassungslos. Ich hatte unserer Erschütterung in einem Artikel »Büro, am Tage darauf« Ausdruck zu verleihen gesucht. Durch Zufall ist mir der Beitrag erhalten geblieben. Er ist heute für mich nur schwer lesbar, ein manirierter Stil. Doch entsprach er offenbar dem damaligen Zeitgeschmack, sonst hätte Kraszna-Krausz ihn in der elitären »Filmkunst« kaum veröffentlicht.

Der Vollständigkeit halber möchte ich hier erwähnen, daß in jenen Jahren auch eine »Neue Filmgruppe« gegründet wurde, eine Vereinigung von Filmschaffenden und Werktätigen aller Schichten, die es sich zur Aufgabe machte, auf die Entwicklung der Filmkunst im proletarischen Sinne hinzuwirken. Dieses Ziel wollte man durch die Schaffung einer eigenen Produktion, durch kollektiven Kinobesuch mit anschließenden Diskussionen sowie durch den Kampf gegen die Filmzensur zu erreichen suchen. Auch die Herausgabe einer eigenen Zeitschrift war geplant. Leider hatte ich zu dieser Filmgruppe keine Verbindung.

Unser Büro war inzwischen vergrößert worden. Zwei neue Schreibkräfte wurden eingestellt, und da auch meine Pflichten gewachsen waren, erhielt ich sogar eine geringe Gehaltserhöhung. Ich nahm jetzt abends – nach meiner Tätigkeit in der Redaktion – an den Sitzungen der einzelnen Verbände teil und führte das Protokoll. Die Sitzungen dauerten meist bis gegen Mitternacht. Da die Zeit zwischen Büro und Sitzung nicht ausreichte, um zwischendurch nach Hause zu fahren, bekam ich nur selten eine warme Mahlzeit, war daher chronisch unterernährt und sicher auch geistig überfordert. Aber in der Jugend verkraftet man viel.

Mein Chef wußte durch meine gelegentliche Mitarbeit, spätestens aber nach meinem Lupu-Pick-Artikel, daß ich weiterhin schrieb. Dennoch zog er mich nie zu weiterer redaktioneller Arbeit heran oder gar zu den Gesprächen, die er mit Autoren führte. Ahnte er gar nicht, wie sehr ich darauf brannte, unsere Mitarbeiter näher kennenzulernen und mich mit ihnen über schöpferische Probleme, die auch mich bedrängten, auszutauschen? Für ihn blieb ich die Sekretärin, die dazu da war, Manuskripte ins reine zu tippen oder am Telefon lästige Besucher abzuwimmeln. Auf die Dauer konnte mich meine Stellung nicht befriedigen, und ich sehnte mich danach, aus der Enge meiner Vorzimmer-Existenz herauszukommen.

Angeregt durch den Dudow-Film »Kuhle Wampe«, der damals gerade anlief und uns tief erregte (und der schon 1932, also noch vor der Nazizeit, wieder verboten wurde), hatte ich eine Kurzgeschichte mit ähnlicher Thematik verfaßt; sie handelte von zwei jungen Menschen, die das Wochenende zusammen auf ihrem Boot und im Zelt verbringen. Diese Erzählung, der ich den

Titel »Über Sonntag« gab, wollte ich dem »Berliner Tageblatt« einreichen. Doch wie kam man als Unbekannte an eine Zeitung heran, die zu ihren Autoren nur Berühmtheiten zählte? Ich fürchtete, daß mein Manuskript ungelesen im Papierkorb landen oder mit einem ablehnenden Standardtext wieder zu mir zurückkehren würde, und suchte daher nach einer Möglichkeit, auf andere Art die Aufmerksamkeit auf mich zu lenken. Ein Zufall schien mir zu Hilfe zu kommen. Fred Hildenbrand, der Feuilletonchef vom »Berliner Tageblatt«, hatte kürzlich auch für unsere »Filmkunst« einen Artikel geschrieben; ich wußte daher, daß er und Kraszna-Krausz einander kannten. Und sicher hätte mein Chef auch mir die Bekanntschaft mit seinem Mitarbeiter vermittelt, falls ich ihn nur darum hätte bitten können. Aber Kraszna-Krausz war gerade für einige Zeit nach Ungarn gefahren. Sollte ich warten, bis er zurückkam? In meiner Ungeduld wählte ich einen anderen Weg, durch den ich mir leicht einen Prozeß oder zumindest meine Entlassung hätte einhandeln können; ich schickte nämlich meine Erzählung an Fred Hildenbrand mit einer angeblichen Empfehlung von Kraszna-Krausz und mit der Bitte, die Arbeit der jungen Autorin, die er »für sehr begabt« halte, wohlwollend prüfen zu wollen! – Unnötig zu sagen, daß ich mehrere schlaflose Nächte hatte, weil mich nun doch Skrupel zu plagen begannen. Aber Fred Hildenbrand antwortete umgehend – und zwar erfreut, weil er so unvermutet zu einer neuen Autorin gekommen war, die auch er, wie er ausdrücklich betonte, »für eine ungewöhnliche Begabung« hielt. Meine Erzählung erschien schon in der nächsten Ausgabe, und mein Name prangte, zusammen mit dem von Alfred Polgar und Hermann Hesse, unter dem Strich im Unterhaltungsteil. War es verwunderlich, daß ich maßlos stolz war? In meiner Euphorie schrieb ich sogleich eine zweite Geschichte:

»Geburtstag in einer Großstadt«. Diesmal brachte ich sie selbst in die Redaktion. Fred Hildenbrand las sie in meiner Gegenwart. »Und was halten Sie selbst davon?« fragte er mich, nachdem er zu Ende gelesen hatte. Ich schwieg perplex, weil meine Selbstkritik damals noch wenig entwickelt war. Fred Hildenbrand aber sprang auf, lief ins Nebenzimmer und reichte dem Chef vom Dienst mit den Worten: »Hier, Herr Kollege – für die Sonntagsausgabe!« meine Blätter hin. – Ich kann nicht beschreiben, mit welchen Gefühlen ich an diesem Tag aus dem Mossehaus wieder auf die Straße trat. Ich wunderte mich, daß niemand Notiz von mir nahm. Sah man mir meinen Ruhm noch nicht an? Ich flog, nein, ich schwebte wie auf Wolken dahin, zerteilte die unwürdige Menge, die teilnahmslos wie sonst an mir vorüberging. Am nächsten Morgen fand ich einen Brief Fred Hildenbrands vor, der ganz dazu angetan war, meinen Autorenstolz weiter anzustacheln. »Vielleicht wissen Sie nicht«, schrieb er, »wie selten ich so an meinem Redaktionstisch unmittelbar hingerissen sein kann. Diesmal aber war es so. Wenn es Ihnen Freude macht, es zu hören: aus Ihnen wird etwas ganz Seltenes, wenn Sie weiter so behutsam das Letzte aus einem Thema herausholen – und Sie unterwegs kein Schicksal stört.«

Die letzten Worte Fred Hildenbrands waren prophetisch: denn ein Schicksal hat uns tatsächlich gestört, mich und alle aus meiner Generation, die ihren literarischen Weg gerade erst begonnen hatten und die das »Tausendjährige Reich« zum Verstummen zwang. Fred Hildenbrand dagegen soll sich, wie es hieß, rechtzeitig aus dem jüdischen Mossehaus in ein »Braunes Haus« hinübergerettet haben. Ich weiß nicht, ob es stimmt, und erwähne es hier unter Vorbehalt. Damals jedenfalls galt sein Wort etwas in der demokratischen Welt, und seine Empfehlung machte es mir leicht, weitere Arbeiten auch in anderen großbürgerlichen Blättern, in der »Voss«, dem »Berliner Börsen-Courir« oder in der »Frankfurter Zeitung«, unterzubringen. Einmal las ich eine Erzählung, durch Vermittlung Hildenbrands, auch im Rundfunk, in der »Deutschen Welle«, die noch vom Vox-Haus in der Potsdamer Straße aus gesendet wurde. Vorher aber stand mir die Aussprache mit meinem Chef bevor, der aus seinem Urlaub zurückgekehrt war. Doch alles verlief glimpflich. Ja, als ich Kraszna-Krausz zusammen mit meiner »Beichte« sogleich die inzwischen im »Berliner Tageblatt« erschienenen Beiträge unter die Augen hielt, rief er im ersten Impuls: »So ist es richtig! So muß man es machen, um voranzukommen!« Und tatsächlich hat er mich auch später den Mißbrauch, den ich mit seinem Namen getrieben habe, nie entgelten lassen. Die Angelegenheit war für ihn abgetan, wir sprachen nicht mehr darüber. Er war eben wirklich kein Bürokrat.

Die Krise verschärfte sich. Mein Vater hatte sich nach langem Zögern dazu entschließen müssen, sein Tischlergewerbe abzumelden, und so wurde auch mein Bruder, der bei ihm in der Lehre war, arbeitslos. Beide gingen nun stempeln und brachten nur die karge Unterstützung nach Hause. Eine neue Lehrstelle für meinen Bruder fand sich nicht, aber der Sechzehnjährige nahm es nicht schwer. Er hatte sich den »Pfadfindern« angeschlossen, ging jeden Sonntag auf Fahrt und lebte in seiner eigenen Welt. Heute würde man sagen, daß er ein Gammler war. Meine rastlose Mutter dagegen überraschte uns eines Tages mit der Idee, einen Laden zu mieten und eine Leihbücherei zu eröffnen, um uns eine zusätzliche Einnahme zu verschaffen. Der Gedanke war verlockend; es war damals die Zeit, in der Leihbüchereien wie Pilze aus der Erde schossen; die Menschen zogen es vor, sich Bücher zu leihen, statt den hohen Kaufpreis dafür hinzulegen. Doch wie sollten wir unser Vorhaben verwirklichen – ohne Geld, ohne Betriebskapital? Wir verkauften zunächst alles Entbehrliche aus unserer Wohnungseinrichtung. Dann zimmerte Vater die Ladenregale, mein Bruder malte das Schild, und Mutter brütete nächtelang über den Katalogen der Firma, die uns eine Bücherei »komplett und wohlassortiert« gegen Ratenzahlung zu liefern versprach. Als Sicherheit mußte ich der Firma dafür mein Gehalt verpfänden, das inzwischen wieder auf hundert Mark gesenkt worden war; denn obwohl meine Tätigkeit die gleiche blieb, hatte man mich zur Halbtagskraft herabgestuft. Daß die »gut ausgestattete« Bibliothek vorwiegend aus billigen Taschenbuchausgaben oder aus Ladenhütern bestand, die die Firma auf diese Weise günstig absetzen konnte, erfuhren wir erst später zu unserer großen Enttäuschung. Auch erkannten wir bald, daß wir mit den wenigen Büchern, die wir, um die Regale notdürftig zu füllen, sogar mit dem Titel zum Beschauer hin aufstellen mußten, kaum unsere Unkosten würden decken können. Und wirklich gerieten wir bald in Schulden, konnten die Miete nicht aufbringen, und der Hauswirt drohte, uns hinauszuwerfen. Unsere Lage war verzweifelt. Jedesmal, wenn die kleine korpulente Gestalt des Hauseigentümers ihren Schatten auf unser Schaufenster warf, verkrochen wir uns hinter der Tür und wagten uns erst wieder hervor, wenn er weiterging, ohne uns gemahnt zu haben. Aber der nächste Erste nahte – und was wir zusammenkratzten, reichte nur knapp für die Bücherrate. Ich glaube, damals dämmerte auch in meinen Eltern langsam die Erkenntnis auf, daß alles, was sie anpacken mochten, immer schlecht ausging, weil sie als Kapital weiter nichts besaßen als ihren ehrlichen Willen zur Arbeit. Und der stand in jener Zeit nicht hoch im Kurs.

Ich hatte aus allem längst die Konsequenzen gezogen und war schon Anfang des Jahres 1930 in die Kommunistische Partei eingetreten. Ich sah die Ungerechtigkeiten um mich her, und ich wollte mithelfen, die alte verrottete Welt aus den Angeln zu heben und eine gerechte Ordnung zu schaffen. »Der Boden soll denen gehören, die ihn bearbeiten«, hieß es, und: »Die Maschinen denen, die sie bedienen«. Waren das nicht bestechende Losungen, wert, für ihre Verwirklichung sich einzusetzen? Eines Abends hörte ich in der Humboldt-Universität einen Vortrag von Albert Einstein, und obwohl ich von den Ausführungen des großen Physikers nichts verstand, ist mir der Tag lebhaft in Erinnerung geblieben, weil er mein Leben entscheidend beeinflußt hat. Einer der Roten Studenten nämlich, der mich nach Hause brachte, drückte mir beim Abschied ein Aufnahmeformular für den Beitritt in die Kommunistische Partei in die Hand. Martin hatte sein Exemplar bereits unterschrieben. Ich tat es ihm nach. Wir gehörten beide derselben Zelle in unserem Wohnbezirk an. Gemeinsam machten wir politische Kleinarbeit. Wir fuhren an den Sonntagen zum Landeinsatz, wir demonstrierten »Für Arbeit und Brot« und für die »Freilassung der politischen Gefangenen«, wir verteilten Flugblätter vor den Großbetrieben. Wir nahmen uns vor, für immer zusammenzubleiben. Daraus wurde nichts. Aber wir sind Freunde fürs Leben geworden.

Eines Tages erzählte ich in unserer Wohngruppe von unseren häuslichen Sorgen. Der Wirt hatte uns den Räumungsbefehl zustellen lassen; wir befürchteten, daß er sich unsere letzten Habseligkeiten aneignen würde. Unser politischer Leiter sah mich aufmerksam an: »Könnt ihr gar nichts bezahlen?« fragte er mich. Ich zuckte mit den Schultern. Der Hauswirt war auf unseren Vorschlag, die Schulden abzuzahlen, nicht eingegangen. »Gut, dann werden wir ihm zuvorkommen!« entschied der Genosse. Und mit einem beruhigenden Lächeln fügte er hinzu: »Sag deinen Eltern, sie sollen sich ruhig schlafen legen. Wir lassen sie nicht im Stich.« Ich wußte, was er meinte. Daß arbeitslose, in ihrer Not bis zum äußersten getriebene Menschen zur Selbsthilfe schritten, um sich dem Zugriff des Fiskus zu entziehen, war damals keine Seltenheit. Aber ich hatte nie geglaubt, daß wir selbst einmal in diese Lage geraten könnten. Ich erwachte daher an dem für unseren »Auszug« festgesetzten Tag mit einem bangen Gefühl. Mein erster Blick ging zum Himmel – auch dort Grau und Trostlosigkeit. Es regnete; ein feiner spitzer Nieselregen, der später in flaumigen Schnee überging. »Keinen Hund jagt man bei solchem Wetter vor die Tür«, sagte mein Vater, der ebenfalls auf die regenblanke Straße starrte. »Aber wir sind offenbar schlechter als Hunde ...«

Mutter hantierte mit zusammengepreßten Lippen hinter dem Ladentisch; wie zum Hohn bimmelte die Ladenglocke heute lebhafter als sonst, als wolle sie uns den Abschied schwermachen. Mich trieb es in immer kürzeren Abständen vor die Tür. Es war bald sieben. Ob die Genossen Wort hielten ...? Die lange dunkle Straße war wie ein Schlauch. Wie Spinnweben hing der Regen vor der Straßenlaterne. Oben bei unseren Wirtsleuten brannte Licht. Wir hatten gehofft, daß der Hauswirt wie jeden Sonnabend ausgehen würde, aber bei diesem Unwetter blieb er wohl lieber daheim. Alles schien sich gegen uns verschworen zu haben. Doch plötzlich wickelte sich alles sehr rasch und reibungslos ab. Die letzte Kundin, die mit monotonem Singsang eine langweilige Geschichte erzählt hatte, war gerade gegangen, als die Ladentür von neuem aufging. Und diesmal drängten Schulter an Schulter die Genossen herein. Es waren viele dabei, die ich in unserer Wohngruppe noch nie gesehen hatte. Sie füllten unseren Laden bis in den letzten Winkel, verteilten sich auf die übrigen Räume und begannen eilig Tische und Schränke hinauszutragen, während zwei ins Treppenhaus stürmten und die Telefondrähte herausrissen, die zur Wohnung unseres Hauswirts führten ... Alles geschah mit lautloser Schnelligkeit und so exakt und umsichtig, als gingen die Genossen tagtäglich bei uns ein und aus und wären mit unserer Wohnung bis in den letzten Winkel vertraut. Und während wir noch immer stumm und steif dabeistanden, unfähig, uns zu rühren, und gebannt wie im Traum, kam ein Genosse zu uns und drängte uns mit sanfter Gewalt vor die Tür: »Geht man lieber hinaus«, meinte er gutmütig. »Paßt draußen auf eure Möbel auf, sonst verschwindet noch was ...« Aber diese Befürchtung erwies sich als unbegründet: der größte Teil unserer Sachen rollte bereits davon, sachgemäß verladen, obenauf schwankte Vaters Hobelbank. Einer aus der Wohngruppe hatte sich bereiterklärt, die Möbel in seinen Schuppen zu stellen; die Kleinigkeiten nahmen andere an sich. Manche schleppten so viel, daß es aussah, als müßten sie unter ihrer Last zusammenbrechen; andere sah ich zwei- oder dreimal kommen und gehen; keiner schloß sich aus. Die Stapel zu unseren Füßen wurden kleiner und kleiner, und zuletzt waren nur noch die Decken da, die wir an uns nahmen, weil wir sie in den ersten Nächten sicherlich brauchen würden ...

Wir haben später all unser Eigentum zurückerhalten, nicht ein Nagel fehlte. Aber das ist nicht das Wichtigste. Immer, wenn ich an diesen »Auszug« denke, fällt mir das Erlebnis ein, das ich niemals vergessen werde: wie die Frauen, als wäre es völlig selbstverständlich, unsere Sache zu ihrer eigenen machten. Jede packte hilfsbereit und energisch zu, genauso, wie eine halbe Stunde vorher die Männer zugepackt hatten – und in den Mienen der Frauen sowohl als auch in denen der Männer lasen wir die gleiche Entschlossenheit: zu helfen, solange sie noch selbst dazu in der Lage waren, denn schon morgen konnten auch sie auf der Straße liegen. Das Bewußtsein der Gefahr, die uns allen drohte, schuf dieses Gefühl der Zusammengehörigkeit. Die Erkenntnis, daß wir nicht allein waren und daß wir eine Kraft darstellten, wenn wir zusammenhielten, nahm unserem Auszug alles Bittere.

Auch mein Vater war von diesem Tage an ein anderer. Er, der bisher in eigenbrötlerischem Starrsinn mit seinem Schicksal gehadert hatte, fand plötzlich Freunde, denen er sich anvertraute. Und als sie mit einer Bitte zu ihm kamen, sagte er zu, ohne eine Sekunde zu zögern. Die Genossen suchten damals für illegale Zusammenkünfte des Zentralkomitees einen sicheren Ort. Unser neuer billiger Laden, den wir inzwischen gemietet hatten, war dafür wie geschaffen, denn er hatte drei Ausgänge. »Ihr habt mir geholfen, also helfe ich euch«, sagte mein Vater; er war stolz darauf, daß er den Genossen ein Zimmer unserer Wohnung abtreten konnte. Noch viele Monate nach Hitlers Machtantritt hielten die Genossen hier ihre geheimen Sitzungen ab.

Als Wilhelm Pieck zum ersten Mal zu uns kam, mußte er einen Augenblick im Laden warten. Gerade da hob sich die Kellerluke, und mein Vater, der unten seine Hobelbank wieder aufgestellt hatte, kletterte über die wacklige Leiter nach oben. Wilhelm Pieck warf einen raschen Blick durch die Luke. »Ein Kollege?« forschte er. Vater, der ab und zu ein wenig »Schwarzarbeit« machte und stets auf Schnüffler vom Wohlfahrtsamt gefaßt war, blinzelte ihn argwöhnisch aus kurzsichtigen Augen an: »Wieso? Bist du auch Tischler?« – »Nein, aber gewesen …« Wilhelm Pieck lachte. »Jetzt bin ich Leimreisender.« – »So?« fragte der Vater, immer noch mißtrauisch.

»Bringt denn das was ein?« – Wir alle lachten, und auch Vater verzog sein Gesicht zu einem Schmunzeln, als er gleich darauf erfuhr, mit welchem »Kollegen« er sich unterhalten hatte …

Wieder bin ich den Ereignissen vorausgeeilt. Noch lebten wir ja legal, ich war Genossin geworden, und ich war emsig bestrebt, mir ein theoretisches Rüstzeug zu erarbeiten, mit dem ich mich in Diskussionen behaupten konnte. Seit einiger Zeit besuchte ich die Marxistische Arbeiterschule, kurz »Masch« genannt, wo Hermann Duncker seine viel besuchten Vorlesungen hielt. Zusammen mit Martin bemühte ich mich auch, »Das Kapital« zu verstehen. Wie aber stand es um meine schriftstellerische Entwicklung? Nach wie vor erschienen meine Feuilletons und Stimmungsberichte – wenn auch in immer weiteren Abständen – in den großen bürgerlichen Zeitungen, und auch Verlage begannen sich für meine Arbeiten zu interessieren. Gerade hatte der Lektor der Deutschen Verlagsanstalt Stuttgart, ich glaube, es war W. E. Süßkind, bei mir angefragt, ob ich nicht mein »außerordentliches handwerkliches Können« bereits an einer größeren Arbeit erprobt haben würde? Ich hatte tatsächlich eine längere Erzählung geschrieben; sie lag auf dem Schreibtisch Fred Hildenbrands, der mir zusagte, sie an Diederichs, Jena, an S. Fischer oder an den Rowohlt-Verlag empfehlend weiterzugeben. Doch bevor er sein Versprechen einlösen konnte, zog ich die Erzählung von ihm zurück. Ich war in eine schöpferische Krise geraten. Was war geschehen?

Ich glaube, es war Walter Schönstedt, ein junger Schriftsteller-Genosse, den ich in unserer Leihbücherei kennengelernt hatte, der mich 1932 in eine Versammlung vom »Bund proletarisch-revolutionärer Schriftsteller« mitnahm, der vier Jahre zuvor, im Oktober 1928, gegründet worden war. Von dieser ersten großen Versammlung, an der ich teilnahm – und ich glaube, es war sogar die einzige –, ist mir nicht mehr viel in Erinnerung. Ich weiß nur noch, daß Johannes R. Becher sprach, und danach ergriff eine schöne junge Frau das Wort, Anna Seghers, von der ich gerade das Buch »Aufstand der Fischer von St. Barbara«, für das sie mit dem Kleist-Preis geehrt worden war, mit Bewunderung und Bewegung gelesen hatte. Anna sprach langsam, in einer wunderbar klaren Sprache, die leicht dialektgefärbt war. Sie wirkte sicher und ungezwungen, so wie man ist, wenn man sich unter guten Freunden weiß. Auch Ludwig Renn sah ich hier wieder; ich kannte ihn schon aus der »Masch«, wo er seine militärpolitischen Vorträge hielt und wo er dann später, nach dem Reichstagsbrand, von der Stelle weg verhaftet wurde. Sicher bin ich auch Hans Schwalm an diesem Abend begegnet, der sich erst im Exil Jan Petersen nannte, sowie Berta Wiener (später Waterstradt), die satirische Gedichte schrieb, und von der es hieß, daß sie auch sonst eine spitze Zunge habe. Neben Autoren, die bereits Bücher vorweisen konnten, gab es andere, wie Eugen Binger oder Hans Eckel, die bisher vorwiegend an Betriebs- oder Zellenzeitungen mitgewirkt hatten oder als Arbeiterkorrespondenten zum »Bund« gekommen waren. Sie alle rangen um eine Literatur, die sich deutlich von der bisher bekannten, bürgerlichen, abheben sollte. Bücher mit klassenkämpferischem Inhalt wurden gefordert. Kunst müsse Waffe sein! hieß es hier.

Ich vermag heute nicht mehr zu sagen, ob ich von der Versammlung sonderlich beeindruckt war. Vieles erschien mir fremd, manches sogar absurd. Um Basis und Überbau wurde gestritten, um Inhalt und Form, und um die Frage, wem von den beiden der Vorrang gebühre.

Heiß diskutiert war auch eine Behauptung Andor Gabors (von der er sich dann später distanziert hat), daß nur »der proletarisch geborene Schriftsteller eine wahrhaft proletarische Literatur schaffen« könne. Es ist hier nicht der Platz, auf die »rechten« oder »linken« Auffassungen des »Bundes« näher einzugehen. Man stritt über die Rolle des klassischen Erbes, über Wert oder Unwert der literarischen Tagesarbeit, die manche unterschätzten, während andere wiederum die wichtigste Aufgabe der Literatur darin sahen, Reportagen und Glossen für die Tagespresse zu schreiben. Die Ästheten im »Bund« blickten nach dem »großen proletarischen Kunstwerk« aus und übersahen dabei, daß schon etliche Werke erschienen waren, die durchaus als ein Schritt dorthin zu werten waren. Ich erinnere nur an Karl Grünbergs »Brennende Ruhr« oder an Ludwig Tureks »Ein Prolet erzählt«. Aber Hans Marchwitza hatte für sein Buch »Schlacht vor Kohle« in der »Linkskurve« eine vernichtende Kritik einstecken müssen, und der Rezensent Wittfogel ließ, ebenfalls in der »Linkskurve«, auch an Hans Falladas »Bauern, Bonzen, Bomben« kein gutes Haar, wenn er schrieb: »Fallada hat einen faschistischen Kolportage-Roman um das Leben der deutschen Bauern herum … verfaßt«. Ich hatte Falladas Buch bisher für gelungen gehalten. Wo lag die Wahrheit? Wer hatte recht?

Verwirrter als je ging ich zu einer Zusammenkunft der Gruppe Nord im »Bund«, der ich zugeteilt wurde. Eugen Binger las eine Betriebs-Reportage, Hans Eckel, der Lyriker, rezitierte ein Gedicht, und nun sollte auch ich eine Probe meines Könnens geben. Ich wählte zwei Feuilletons aus, die in der »Frankfurter Zeitung« erschienen waren und die ich bisher für meine besten gehalten hatte. Zu meiner Bestürzung erfuhr ich aber hier nur eisige Ablehnung. »Nabelschau!« räsonierte einer, und auch alle anderen warfen mir vor, daß ich nur über die

»Sonntage des Lebens« geschrieben hätte. Wo aber, fragten sie mich, bliebe der Alltag? Wo sei das »wirkliche Leben«? Warum suchte ich meine Themen nicht auf den Stempelstellen oder den Arbeitsämtern? – Verstört ging ich an diesem Abend nach Hause, dachte über das Gehörte nach, ging mit mir zu Gericht. Hatten die Genossen nicht hundertmal recht? Hatte ich mich nicht in eine Welt hineingeträumt, die es nicht gab? Plötzlich konnte ich gar nichts mehr schreiben. Und als eines Tages ein Artikel von Fred Hildenbrand in der Zeitung stand, »Der künstlerische Mensch in unserer Zeit« oder so ähnlich, in dem er sinngemäß behauptete, daß die wahren Künstler von heute der Welt den Rücken kehren, die Augen schließen und in abgewandter Entrücktheit eine Welt erträumen, die zart und farbig, schön und märchenhaft ist, da war ich so empört, daß ich eine heftige Entgegnung verfaßte. »Ich war vielleicht solch ein künstlerischer Mensch, wie Sie ihn sich vorstellen«, schrieb ich dem Feuilletonchef. »Aber jetzt befinde ich mich in einer Krise. Und die wird nicht, wie Sie glauben, mit einem ›milden Lächeln‹ enden, mit der tröstlichen Hoffnung, daß andere, diese ›tüchtigen und praktischen Leute‹, den Karren schon aus dem Dreck ziehen werden. Nein, es wird so sein, daß wahrscheinlich ein bißchen Phantasie und ein bißchen Träumerei flöten geht, auch bei mir, weil die Künstler ihren Verstand zu Hilfe holen. Vielleicht ist das Ihnen unsympathisch. Mir nicht und einer Reihe meiner künstlerischen Freunde auch nicht. Denn wir wollen nichts anderes als dies: die Welt, in der wir leben, ein wenig besser machen!« Mit diesem Brief hatte ich mir den Redakteur für ewig zum Feind gemacht. Doch das kränkte mich nicht mehr. Ich hatte unter einen Abschnitt meines literarischen Weges einen Schlußstrich gezogen.

Nach einiger Zeit begann ich zaghaft wieder zu schreiben. Diesmal waren es meist Betriebsreportagen, die in den Münzenberg-Blättern »Welt am Abend« und »Berlin am Morgen«, aber auch in der »Roten Post« erschienen. In der Redaktion der »BaM« kam ich öfter mit dem klugen, stets vorsichtig abwägenden und behutsamen F. C. Weiskopf zusammen, der das Feuilleton leitete. Und ab Frühjahr 1932 schrieb ich fast ausschließlich für die »Neue Montags-Zeitung«, in der Heinz Pol Chefredakteur war. Pol war gerade mit großem Aufsehen seines Postens bei der »Vossischen Zeitung« enthoben worden, weil er einen Ufa-Film, der im Anzeigenteil ganzseitig propagiert worden war, einer aufrichtigen Kritik unterzogen hatte: der journalistischen Freiheit waren Grenzen gesetzt. Sein Fall hatte in Journalistenkreisen große Empörung ausgelöst, und viele Kollegen hatten sich mit dem Gemaßregelten solidarisiert. Doch alles hatte nichts genutzt, Pol mußte gehen. Ihm selbst kam der Wechsel an ein Münzenberg-Blatt sicher nicht ungelegen, denn er war Kommunist, und seine Stellung in dem bürgerlichen Ullstein-Blatt war schon seit langem prekär, ja unhaltbar geworden.

Meine Veröffentlichungen von damals mußte ich nach 1933 vernichten. Doch fand ich kürzlich in der »Neuen Montags-Zeitung«, die in einigen Exemplaren in der Deutschen Staatsbibliothek vorhanden ist, einige meiner Beiträge wieder. Der eine ist ein Bericht über »Zeltstädte um Berlin«, und der zweite ein Sozial-Report über die Lage der Verkäuferinnen im Warenhaus Wertheim. Ich habe damals Woche für Woche Reportagen verfaßt, die mich aber auf die Dauer nicht befriedigen konnten, denn seit langem trug ich mich mit dem Plan zu einem Roman, der den verzweifelten Versuch »kleiner Leute«, sich in der Zeit der Krise über Wasser zu halten, schildern sollte. Doch noch war ich vier Stunden täglich an die Redaktion gebunden. Als mir indes im Herbst 1932 »im Zuge der verschärften Wirtschaftskrise« wiederum mein Gehalt gekürzt werden sollte, warf ich kurzentschlossen meine Arbeit hin. Ich wollte frei sein, um endlich schreiben, nur noch schreiben zu können! Meine Eltern billigten meinen Entschluß, der sicherlich leichtfertig war; verzichtete ich doch damit auf eine zwar kleine, aber sichere Einnahmequelle für die ganze Familie. Doch nie habe ich von meinen Eltern einen Vorwurf gehört. Ihr stillschweigendes Einverständnis, ihre Geduld, obwohl ein Erfolg meiner Bemühungen noch in weiter Ferne lag, waren für mich ungemein wichtig. Gerade der werdende Schriftsteller, der seinen Fähigkeiten selbst noch mißtraut, der von ständigen Zweifeln an sich selbst gequält wird, braucht Menschen um sich, die an ihn glauben. Ich hatte sie in meinen Eltern, die selber keinerlei Bildung genossen hatten, die jedes geschriebene Wort mit Ehrfurcht betrachteten. Der Tochter zuliebe, die nun selbst zu den Schreibenden gehörte, schränkten sie sich ohne Murren noch mehr ein, und gerade ihr unbedingtes, ja blindes Vertrauen an meine Fähigkeiten gab mir die Kraft, nun wirklich den Roman zu beginnen, der mich innerlich schon so lange beschäftigte. Einer meiner Freunde bewohnte ein Atelier am Lützow-Ufer. Da er für längere Zeit ins Ausland ging, stellte er es mir zur Verfügung, und dort, in völliger Abgeschiedenheit, schrieb ich in wenigen Monaten das Buch herunter, das die Geschichte meines Vaters, nein, meiner Eltern enthielt. Ich schrieb wie im Fieber, im Wettlauf mit der Zeit. Sowie ein Kapitel fertig war, las ich es meinen Freunden vor, vor allem Hans Schwalm, der mein engster Vertrauter war. Auch er feuerte mich immer wieder an, weiterzuschreiben, weil er das Buch für wichtig hielt. Er meinte, es müsse unbedingt bei Malik oder im Internationalen Arbeiter-Verlag, in der Reihe »Roter Eine-

Mark-Roman«, erscheinen. Und F. C. Weiskopf interessierte sich bereits für den Vorabdruck. Wir alle blickten – Ende 1932! – wieder optimistischer in die Zukunft, denn hatten die Nazis nicht bei den letzten Wahlen viele Stimmen verloren? Die Kommunisten dagegen zogen mit hundert Sitzen in den Reichstag ein! Noch hofften wir zuversichtlich, die braune Gefahr von uns abzuwenden.

Um so schwerer traf uns dann die Wirklichkeit. Noch ahnten wir nicht nach dem 30. Januar 1933, wie brutal die Nazis alle ihre Gegner vernichten würden. Unser »Bund« hatte im Februar noch einmal zu einer Versammlung geladen. Doch als wir unseren Tagungsort, den Graphischen Block in der Enckestraße, erreichten, fanden wir das Gebäude von SA umstellt. Verstört liefen wir, plötzlich heimatlos Gewordene, auseinander; nicht einmal einen anderen Treffpunkt hatten wir vereinbaren können. Und kurioserweise hat uns erst der 10. Mai 1933, der Abend, an dem die Nazis auf dem Opernplatz die Bücher unserer Besten verbrannten, wieder zusammengeführt. Denn viele von uns waren gekommen, um dieser Kulturschande beizuwohnen, um Zeuge zu sein. Von da an trafen wir uns wieder regelmäßig, wenn auch, nach dem Verbot des »Bundes«, jetzt illegal und nur noch im kleinen Kreis.

Mein Buch war im Februar 1933 fertig geworden. Ich brachte das Manuskript zu Monty Jacobs, dem Feuilletonleiter der »Vossischen Zeitung«, denn alle linken Verleger waren bereits verhaftet worden oder hatten sich rechtzeitig ins Ausland retten können. Doch auch Monty Jacobs gab mir die Blätter mit Bedauern zurück. Ein Jahr früher, meinte er, hätte ich sie ihm bringen müssen. Aber heute? Zu den Fanfarenklängen der neuen Machthaber passe meine düstere Geschichte schlecht. Ja, wenn ich ein Einzelschicksal geschildert hätte, den Weg eines Mannes, der aus Unfähigkeit ins Elend gerät! Aber meinem Manuskript, meinte der Redakteur, merke man es an, daß ich ein typisches Schicksal gestaltet hätte, eben den des gesamten Mittelstandes. Das aber sei in einer Zeit, da die Nazis die »jüdischen Warenhäuser« für den Ruin des Handwerks verantwortlich machten, höchst unzeitgemäß. Ich sah ein, daß er recht hatte, so schwer es mir fiel. Das Buch war um einige Monate zu spät gekommen.

Jetzt hoffte ich noch auf den Malik-Verlag, der in Prag schon wieder Bücher herausgab. Aber auch Wieland Herzfelde konnte sich nicht dazu entschließen, mein Manuskript zu drucken. Heute begreife ich, daß er es sich gar nicht leisten konnte, das Erstlingsbuch einer Autorin herauszubringen; seine Lage als sozialistischer Verleger im Exil war viel zu prekär, auch er kämpfte um seine Existenz. Und gab es unter den Emigranten nicht weltberühmte Autoren genug, die gedruckt werden wollten? Ich aber war unbekannt, vorläufig auch unbelastet. Für mich war es richtiger, nach Deutschland zurückzukehren und dort an der illegalen Arbeit teilzunehmen. Ich vergrub also mein Manuskript in der untersten Schreibtisch-Schublade, wo es für lange Zeit liegen blieb, fast von mir vergessen wurde, bis es mir viel, viel später zufällig einmal wieder in die Hände fiel.

Wir im Nazireich lebenden »Bund«-Mitglieder hatten uns inzwischen auf die Illegalität eingestellt. Wir trafen uns nur noch in Dreiergruppen. Hans Schwalm, der zu uns allen die Verbindung hielt, überbrachte uns auch alle Wünsche der leitenden Genossen vom »Bund«, die im Ausland lebten. Der Malik-Verlag brachte seit kurzem eine Zeitschrift heraus, die »Neuen Deutschen Blätter«, die eine ständige Rubrik, die »Stimme aus Deutschland«, enthielt. Diese Sparte sollte von uns mit Berichten aus Nazi-Deutschland beliefert werden. Während des Sommers fuhren wir nun oft mit dem Boot oder auf Rädern in die Umgebung Berlins, zelteten am Ufer eines Sees oder saßen am Lagerfeuer und lasen einander unsere Arbeiten vor, die dann später auf geheimen Postwegen oder durch Kuriere ins Ausland gelangten. Im Winter trafen wir uns oft in einer Pension nahe dem Kurfürstendamm, wo die Freundin von Werner Ilberg, die tüchtige Rosi, ein Zimmer bewohnte. Hier herrschte ein ständiges Kommen und Gehen, und wir fühlten uns relativ sicher, um unsere Klebezettel zu drucken, die wir auf dem Heimweg an Litfaßsäulen oder an Mauern klebten oder einfach in Telefonzellen niederlegten. Einmal aber wurden Werner Ilberg und Walter Stolle, als sie, von der Pension kommend, auf die Straße traten, überraschend verhaftet, in eine SA-Kaserne geschleppt und grausam mißhandelt. Zwar ließ man sie bald wieder frei, aber nun bestürmten wir Werner, der als Jude doppelt gefährdet war, sich umgehend in Sicherheit zu bringen, und er ging mit Rosi nach Prag. Hier beteiligte er sich an einem literarischen Wettbewerb und errang sogar den ersten Preis, was ihm aber, außer der Ehre, kaum etwas eingebracht hat, so daß es wiederum an Rosi war, für den Lebensunterhalt beider aufzukommen. Rosi war so sprachbegabt, daß sie in wenigen Monaten die tschechische Sprache beherrschte und als Verkäuferin in einem Warenhaus angestellt wurde. Es war ihr Stolz, daß sie Werner auf diese Weise den Freiraum für seine schriftstellerische Arbeit verschaffen konnte.

Wir in Berlin kamen auch regelmäßig zur theoretischen Schulung zusammen. Treffpunkt war die Wohnung von Trude Richter im »Afrikanischen Viertel«, im Norden Berlins. Trude leitete unseren marxistischen Zirkel. Doch eines Tages eröffnete sie uns, daß sie uns bald verlassen würde. Sie wollte ihrem Lebensgefährten Hans Günther, der ihr schon vorausgereist war, in die Sowjetunion folgen. Wir anderen beneideten sie glühend, denn jeder von uns träumte damals davon, in der SU, dem Vaterland der Sozialisten, am Aufbau mitzuwirken. – Ich habe Trude Richter erst in den fünfziger Jahren wiedergesehen; in der Zwischenzeit hatten wir nie etwas von ihr gehört. Und jetzt erst erfuhr ich, daß sie und Hans Günther in den dreißiger Jahren einer Denunziation zum Opfer gefallen waren. Trude hat viele Jahre in einem sowjetischen Lager verbracht, während Hans Günther schon auf dem Transport den körperlichen Strapazen erlegen war. Trude hat sich nach ihrer Rückkehr sofort wieder in die politische Arbeit gestürzt. Sie war als Dozentin am Leipziger Literatur-Institut tätig. Die zurückliegenden bitteren Erfahrungen haben ihre tiefe Überzeugung von der Richtigkeit ihrer Weltanschauung nicht erschüttern können.

Noch einen weiteren schweren Verlust hatte unsere Gruppe hinzunehmen: der Leiter der Gruppe West, Anton Kaufmann, ein hochbegabter Literat, ebenfalls Jude, hatte sich in einer depressiven Phase das Leben genommen. An der Trauerzeremonie im Krematorium Wilmersdorf nahmen wir alle teil, nicht ahnend, daß uns die Gestapo bereits auf der Fährte war. Ein Spitzel hatte sich bei uns eingeschlichen. Dieser Felix gehörte zur Gruppe West, genoß das Vertrauen der leitenden Genossen und konnte so alle wichtigen Aktionen des »Bundes«, wie die Herausgabe der illegalen Druckschrift »Stich und Hieb«, an die Gestapo verraten. Daß diese dennoch nicht sofort zuschlug, hatte nur einen Grund: sie fahndete fieberhaft auch nach Hans Schwalm, über den sie nähere Angaben von Felix nicht erhalten hatte, sie wußte nur, daß er der Leiter war. Hans, der sich immer streng an die Regeln der Konspiration gehalten hatte und das gleiche von uns verlangte, hat Felix niemals seine Adresse genannt, geschweige denn ihm anvertraut, daß er in einer Laube am Werbellinsee unter illegalen Bedingungen an seinem Erstlingswerk schrieb, dem Buch UNSERE STRASSE, das später unter seinem Pseudonym Jan Petersen im Ausland erschien, in viele Sprachen übersetzt wurde und ihm große Anerkennung eingebracht hat.

Im Frühsommer 1935 verließ uns auch Hans. Er verriet uns nicht, wohin seine Reise ging, setzte aber als seinen Stellvertreter Kurt Steffen ein, obwohl er meinte, er würde in wenigen Wochen wieder bei uns sein. Wir, die von unserer Gruppe noch übrig waren, haben ihn erst 1947, beim ersten Schriftsteller-Kongreß der Nachkriegszeit, wiedergesehen; da war er gerade aus der Emigration zurückgekehrt. Und nun erst erzählte er uns, daß er seinerzeit in Paris auf dem Kongreß »Zur Verteidigung der deutschen Kultur« aufgetreten war, um den Teilnehmern Grüße von uns illegal arbeitenden Schriftstellern zu überbringen. Mit einer schwarzen Maske vorm Gesicht war er auf die Bühne gekommen, denn er mußte ja unerkannt bleiben. Doch zwei Tage später erhielt er den dringenden Rat, nicht zurückzufahren. Er lebte zunächst in Paris, dann in London, wo er sich als Fabrikarbeiter mühsam durchs Leben schlug. Und erst jetzt, elf Jahre später, kam es zwischen ihm und einigen seiner früheren Schriftsteller-Genossen aus Berlin zu einem bewegenden Wiedersehen.

Wir in Berlin zurückgebliebenen »Bund«-Mitglieder waren am 12. Oktober 1935 – kurz nachdem Hans Schwalm nach Paris aufbrach – verhaftet worden. Wir hatten in der illegalen Arbeit einen unverzeihlichen Fehler begangen: um unsere nächsten Aufgaben festzulegen, hatten wir uns noch einmal im größeren Kreis getroffen. An dieser Begegnung an der Havel am 18. Juni nahm Felix teil, der dadurch Gelegenheit hatte, die Mitglieder der übrigen Ortsgruppen kennenzulernen und ihre Namen an die Gestapo weiterzugeben. Unter den Verhafteten war auch ich. Mit mir saßen in der »Grünen Minna«, dem Transportauto, das uns ins Hauptquartier der Gestapo, in die Prinz-Albrecht-Straße, brachte: Walter Stolle, Kurt Steffen, Eugen Binger, Hans Eckel und Peter Pewas, der Filmemacher, der dem »Bund revolutionärer Künstler« angehörte, und der offenbar an der Gestaltung von »Stich und Hieb« mitgewirkt hatte. Noch heute ist mir seine verstörte Miene mit den großen, erschrocken blickenden Augen darin besonders lebhaft in Erinnerung. Flankiert von zwei baumlangen SS-Männern, saß er mir in der »Grünen Minna« unmittelbar gegenüber.

Über meine Haft im Frauengefängnis Barnimstraße, die Freisprechung durch den Vernehmungsrichter und die dennoch weiter über mich verhängte Schutzhaft durch die Gestapo möchte ich hier nicht ausführlich berichten, da ich dies bereits an anderer Stelle getan habe.* Ich hatte das große Glück – in Berlin nennt man so etwas »Dusel« –, daß den Polizisten, die bei mir Haussuchung machten, nicht mein Paß in die Hände fiel: die zahlreichen Stempel des Grenzortes zur Tschechoslowakei hätten mich unweigerlich als Kurier entlarvt. Ich habe meinen Paß später im Gefängnis vernichten können, indem ich ihn im Kübel hinunterspülte. Da ich auch dem Spitzel Felix nur einmal begegnet war, konnte man mir nur die Teilnahme am Haveltreff nachweisen, und auch für sie fiel mir eine plausible Erklärung ein, die man mir offensichtlich geglaubt hat. So erhielt ich auch die »Vergünstigung«, in meiner Zelle – ich saß in

* In: »Altweiberspiele und andere Geschichten«, Mitteldeutscher Verlag Halle·Leipzig 1986, in dem Beitrag: »Mich nannte er Agnes«.

Einzelhaft – schreiben zu dürfen, »Nun können Sie uns ja mal beweisen, daß Sie Schriftstellerin sind«, sagte der Gestapo-Beamte ironisch. Und ich begann wirklich, sozusagen als Alibi, mir eine Romanhandlung zurechtzubasteln. Doch was war das schon für ein Thema, das ich aufgreifen konnte, unmittelbar unter den Augen der Gestapo, die jede Zeile mitlas? Der unbedeutende kleine Liebesroman ist später unter dem Titel »Junges Herz muß wandern« im Schützen-Verlag, dem Nachfolger von Mosse, erschienen; der »Weltspiegel« brachte sogar ein Bild von mir. Aber die »junge, verheißungsvolle Autorin«, wie es in der Bildunterschrift hieß, ging ihrer dunkelsten Zeit entgegen. Oft ist später um die Frage gestritten worden, wer es schwerer hatte, die Schriftsteller der äußeren oder der inneren Emigration. Der Streit ist wohl niemals entschieden worden. Doch mir scheint, daß sich in der äußeren Emigration zahlreiche Schriftsteller zur Reife entwickelt haben, und daß wir ihnen Bücher verdanken, die bleibenden Wert haben werden. Wir aber blieben zwölf Jahre lang von der Weltliteratur abgeschnitten; wir hatten keine Vorbilder, wir vegetierten geistig dahin. Viele von uns mußten nach 1945 ganz neu anfangen.

Aber warum dachte ich jetzt nicht daran, meinen Erstling wieder hervorzuholen? Um die Wahrheit zu sagen: ich hatte ihn allmählich vergessen. Ich habe mich immer der Gegenwart verhaftet gefühlt. Und plötzlich gab es so viele Themen, die mich in Atem hielten, die zur Gestaltung drängten. Erst Ende der sechziger Jahre fiel mir zufällig – wahrscheinlich bei einem meiner vielen Umzüge – das Manuskript in die Hand. Es hatte äußerlich arg gelitten, war kaum noch leserlich, die Blätter waren an den Rändern zerfranst. Freunde empfahlen mir dringend, das Manuskript einem Verlag zu geben. Kritiken, die nach seinem Druck erschienen, bestätigten mir, daß das Buch »aus genauer Stoffkenntnis heraus entstanden« sei, daß es »ein Zeitdokument darstelle« (Jürgen Engler) und »als ein markanter Beitrag proletarisch-revolutionärer Gesellschaftskritik« (Annemarie Auer) zu werten sei.

Jetzt erscheint das Buch rechtzeitig zum 60jährigen Jubiläum der Gründung des »Bundes Proletarisch-Revolutionärer Schriftsteller« in einer Neuauflage. Es liegt genau so vor, wie ich es vor fünfundfünfzig Jahren geschrieben habe. Nicht ein Wort wurde verändert. Ich hoffe, daß meine Leser es mit Anteilnahme aufnehmen werden. Es ist ein Stück meiner Jugend, das ich ihnen in die Hände gebe.

Berlin, im Oktober 1987 *Elfriede Brüning*